Guido M. Breuer

Alte Sünden

KBV

Originalausgabe

www.kbv-verlag.de
E-Mail: info@kbv-verlag.de
Telefon: 0 65 93 - 998 96-0
Fax: 0 65 93 - 998 96-20
Umschlagillustration: Ralf Kramp
Redaktion: Nicola Härms, Rheinbach
Druck: CPI books, Ebner & Spiegel GmbH, Ulm
Printed in Germany
ISBN 978-3-95441-163-4

»Schau dich im Spiegel an!
So sieht ein Sheriff-Stern aus,
an dem ein Besoffener hängt!«

El Dorado, USA 1966
Regie: Howard Hawks, Buch: Leigh Brackett (nach Harry Brown)

1. Kapitel

Zugegeben, ich bin Insasse einer Altenpflegeanstalt.

Lorenz Bertold sah zweifelnd auf den Satz, den er soeben geschrieben hatte. Irgendwie kannte er diese Formulierung, doch er hatte vergessen woher. Dann drückte er die Taste, auf der ein großer Pfeil nach links abgebildet war, und wartete, bis jener blinkende Strich auf dem Bildschirm nach und nach alle Buchstaben verschluckt hatte. Als wären sie nie da gewesen. Das waren sie aber nach wie vor. In seinem Kopf, in seiner Erinnerung. Zumindest für kurze Zeit. Aber sie hatten auf der weißen Fläche vor seinen Augen Platz gemacht für einen neuen ersten Satz.

Ich bin alt, und das ist auch gut so.

Wieder schwebte der Finger über der Löschtaste. Blieb in dieser Position, verharrte, zog sich sogar etwas zurück. Ob diese Zeile etwa Bestand haben könnte? Lorenz murmelte: »Der in Ehren ergraute Ermittler war unsicher wie nie. Kommissar Wollbrand kam sich nicht wie ein Schriftsteller vor. Eher wie ein Esel.«

Vielleicht war es nicht die rechte Zeit, einen Roman zu beginnen. Lorenz hatte eben erst zu Mittag gegessen und verspürte eine verdauungsbedingte Müdigkeit. Bei dem Gedanken, dass seine Enkeltochter Rita dies sicher als »Mampfstarre« bezeichnen würde, musste er grinsen. In diesem Zustand sollte man wirklich besser nicht versuchen, einen zündenden Start für einen Krimi zu erschaffen. Also schloss er das Dokument, verscheuchte mit einem Mausklick noch eine lästige Meldung vom Bildschirm und realisierte einen Moment später, dass das Programm ihn freundlicherweise aufgefordert hatte, vor dem Beenden den Text noch abzuspeichern. Was er natürlich nun nicht getan hatte.

»Blöde Schrottkiste«, knurrte der Alte und meinte damit weniger den Computer als vielmehr sich selbst. Er wusste, dass er nur einen einzigen Satz geschrieben und diesen nun im Datennirwana verloren hatte. Ärgerlicherweise waren ihm selbst diese wenigen Worte bereits wieder entfallen. Er versuchte sich damit zu trösten, dass seine Formulierung vermutlich nicht so gut gewesen war, dass sie vor dem Vergessen hätte bewahrt werden wollen, und trollte sich in Richtung seiner Schlafstatt. Das Verbrechen würde sicherlich noch ein Stündchen warten können.

2. Kapitel

Das Gesicht wirkte sehr alt, obwohl es einem Mann in den besten Jahren zu gehören schien. Die Augenhöhlen waren leer, der Mund unter den markanten Wangenknochen wie zu einem Schmerzensschrei geöffnet. Dieses Gesicht gehörte zu einem haarlosen Kopf, dessen dunkelbraune Haut durch sehr dicht gestochene Tätowierungen schwarz wirkte. Es fehlten an diesem Kopf nicht nur Nase und Ohren, sondern auch der ganze übrige Körper. Das schien die fünf Personen, die den Schädel fasziniert betrachteten, jedoch nicht zu stören. Tatsächlich wären sie sogar entsetzt gewesen, mehr als einen Kopf auf dem Tisch liegen zu sehen. Die einzige Frau unter den Anwesenden trat ganz nah an den Tisch heran, um die Tätowierungen auf den Wangen besser erkennen zu können. »Das ist ein Ekoi, nicht wahr?«, flüsterte sie ehrfurchtsvoll.

»Allerdings«, antwortete Wim van der Kriek. »Eines meiner schönsten Stücke derzeit, gar keine Frage. Nigeria, frühes 19. Jahrhundert.«

»Ist das ein – ein echter Menschenkopf?«, fragte einer der Männer.

»Nein und ja. Der Schädel ist aus Holz, jedoch mit Menschenhaut überzogen. Sehr selten. Die Ekoi oder Ejagham sind für ihre imposanten Kopfschmuckarbeiten bekannt, auch für Holzmasken. Diese wurden auch hin und wieder mit Haut überzogen, allerdings fast nie mit der eines Menschen. Hier wurde jedoch einem Mann die Gesichtshaut abgezogen und auf das Holz aufgebracht. Die Tätowierungen, die Sie sehen, waren schon vorher am lebenden Objekt vorhanden. Sehr selten, wie gesagt, und der Hintergrund ist nicht eindeutig geklärt.«

»Sie meinen, Sie wissen nicht, warum dieser Kopf mit Menschenhaut überzogen wurde?«, fragte ein weiterer Kunde, der zum ersten Mal in Wim van der Krieks Laden für Antiquitäten und exotische Kunst gekommen war und auch dies nur, weil seine Frau ihn dazu überredet hatte. Die beantwortete die Frage ihres Ehemannes nun anstelle des Kunsthändlers. »Das ist doch wohl klar, Herbert«, sagte sie. »Die Ekoi sind keineswegs als Kopfjäger und Kannibalen bekannt. Das wäre etwas ganz anderes, würde dieses Stück aus Südamerika stammen, von den ecuadorianischen Shuar beispielsweise, oder von den Dayak auf Borneo.«

»Sie kennen sich aus, gnädige Frau«, lächelte van der Kriek. »Tatsächlich spricht man den Ekoi ähnliche Riten zu, wenn auch längst nicht so verbreitet wie bei den von Ihnen richtig genannten Kulturen, wo die künstlerische Verarbeitung getöteter Feinde, insbesondere ihrer Köpfe, bis ins 20. Jahrhundert datiert.«

»Siehst du«, triumphierte die Frau und wandte sich kurz ihrem Mann zu, um sich dann sofort wieder dem Kopf zu widmen.

»Und nun bewundern Sie dieses gute Stück einmal in der angemessenen Beleuchtung, dann kommt es erst so richtig zur Geltung«, sagte der Kunsthändler und entzündete eine Fackel, die neben dem Tisch stand. Dann löschte er das elektrische Licht.

»Das ist ja unheimlich«, flüsterte die Frau und trat einen Schritt zurück. »Schaut euch das an! Es sieht fast so aus, als bewege sich das Gesicht. Als wolle er uns etwas mitteilen.«

»Das ist auch beabsichtigt.« Wim van der Kriek flüsterte nun auch. »Dieser Kopf dient vermutlich dazu, die Lebenden vor Gefahren aus dem Reich der Toten zu warnen. So bedrohlich er auch wirken mag, ist er doch ein Schutzfetisch.«

Die Frau wollte etwas erwidern, hielt jedoch erschrocken inne, als die Tür aufgestoßen wurde und mehrere Gestalten in den Raum drängten. Ein Schuss dröhnte, und sie wurde, von einem Projektil in den Leib getroffen, herumgewirbelt und zu Boden geschleudert. Weitere Schüsse streckten die beiden Männer nieder, die der Tür am nächsten gestanden hatten. Van der Kriek streckte seine Hände in die Höhe und rief aus: »Du? Was machst du mit diesen miesen Halsabschneidern hier in ...« Weiter kam er nicht, denn der nächste Schuss zerfetzte seine Brust und warf ihn gegen die Wand, an der er leblos herabrutschte und eine blutige Spur hinterließ. Der letzte noch nicht getroffene Kunde sah fassungslos auf seine Frau, die sich am Boden wälzte, dann auf die anderen regungslos daliegenden Körper, und war gelähmt vor Angst. Er traute sich kaum, die Männer anzusehen, die dieses Blutbad in wenigen Sekunden angerichtet hatten.

Die Eindringlinge hielten großkalibrige Revolver in den Händen. Ihre Kleidung war auffällig, das bemerkte selbst der schreckstarre Mann. Sie trugen Hüte und lange Staubmäntel, die über ihre Jeans bis zu den Westernstiefeln hinunter reichten. Einer sagte mit rauer Stimme: »Chisum, was machen wir mit dem da?«

Der Angesprochene verzog einen Mundwinkel, als habe er etwas Anstößiges vernommen. Dann spuckte er auf den Boden und antwortete: »Du sollst nicht meinen Namen nennen.« Er sah dem zitternden Mann ruhig und kalt in die Augen, dann richtete er den Colt auf dessen Stirn aus. Sein Finger suchte sachte den Druckpunkt des Abzugs.

Der schrille Pfiff ließ den Alten hochschrecken. Er riss die Augen auf und sah zuerst auf den Wasserkessel, aus dessen Ventil heißer Dampf entwich, dann auf die Kaffeemühle, die er zwischen seinen Knien eingeklemmt hatte. Er musste wohl kurz eingenickt sein, nachdem er die Bohnen gemahlen hatte. Dass ihn der Schlaf nicht mitten in dieser Tätigkeit übermannt hatte, sah er an der mit frischem Pulver gefüllten Schublade der Mühle.

»Kommissar Wollbrand war froh, immerhin nur halb senil zu sein«, murmelte Lorenz und stand auf. Früher war ihm das Pfeifen eines Wasserkessels lauter und nerviger vorgekommen, vermutlich eine Folge des sich verschlechternden Gehörs. Er legte die Mühle ab, stand auf und ging zum Herd, um den Kessel von der Platte zu nehmen und diese abzudrehen. Er sah auf die Uhr. Kaffeezeit. Jeden Moment würde seine Enkeltochter Rita mit Kuchen auftauchen.

»Wim?«

Der Ruf ließ die Männer aufhorchen. Einem Wink ihres Anführers folgend, verließen sie den Laden durch den Hintereingang. Sie waren kaum verschwunden, als ein weiterer Besucher den Ausstellungsraum betrat. Mit einem Blick, der zwar Überraschung, keineswegs jedoch Schrecken zeigte, nahm er die Szenerie in sich auf. Er sah im Schein der lodernden Fackel die Leichen und das Blut, dann den Schädel, der ihn finster ansah und ihm eine Warnung zukommen ließ, von der Deogratius Mbumba wusste, dass sie zu spät kam. So wie er offensichtlich zu spät gekommen war. Ein zweiter Blick wies ihm den Weg zu der Frau, die in ihrem Blut lag und deren zuckende Finger ihm zeigten, dass noch Leben in ihr war. Er stellte seinen großen, prall gefüllten Rucksack an einer Stelle ab, die nicht blutbesudelt war, und kniete neben der Frau nieder. Er legte die Schusswunde frei, betrachtete diese eingehend, und in wenigen Sekunden hatte er ihr dann aus dem Stoff ihrer Bluse einen Verband angelegt, der die

Blutung eindämmte. Als er die Frau, die nun laut zu stöhnen begann und stoßweise hektisch atmete, vorsichtig in eine angenehmere Lage befördert hatte, zog er ein Mobiltelefon aus der Tasche, wählte den Notruf und sprach ruhig einige Worte. Seine dunkle, kehlige Stimme schien die Verletzte zu beruhigen. Sie sah Deogratius Mbumba aus weit aufgerissenen Augen an und beobachtete, wie er zu seinem Rucksack ging, diesem einen Gegenstand entnahm und damit zu ihr zurückkehrte. In seiner Rechten hielt er eine Holzfigur, in die etliche Nägel getrieben worden waren. Seine linke Hand benetzte er mit dem Blut der Frau, welches auf dem Boden eine große Lache gebildet hatte, und verstrich es auf der Figur. Dabei formten seine Lippen Worte, die für die Verletzte seltsam fremd klangen und die doch ihre Todesangst und die Schmerzen in einen milden Schleier hüllten, der ihr Herz leichter werden und sie in eine gnädige Ohnmacht fallen ließ. Sie nahm nicht mehr wahr, wie er ihre Vitalfunktionen überwachte und nicht von ihrer Seite wich, bis erneut jemand eilig in den Raum stürmte und Deogratius Mbumba unsanft von ihr wegriss.

3. Kapitel

Lorenz hatte sich gerade entschlossen, den ersten Kaffee alleine zu trinken, als es an seiner Tür klopfte. Er stellte die Tasse ab und schlurfte zur Tür. Er öffnete jedoch nicht gleich, sondern wartete noch ein paar Sekunden ab, ob sich das Anklopfen wiederholen würde. Ritas Stimme klang belustigt, als sie durch die geschlossene Tür sagte: »Opa, ich weiß, dass du nur darauf wartest, dass ich noch mal anklopfe. Den Gefallen tu ich dir aber nicht, sonst konterst du wieder damit, dass ich dich nicht für schwerhörig halten soll.«

Lorenz öffnete nun missmutig die Tür. »Du kannst einem alten Mann aber auch jeden Spaß verderben.« Dann grinste er, trat einen Schritt zurück, damit seine Enkeltochter eintreten konnte, und öffnete die Arme. »Nun komm mal zu mir herab und umärmel deinen Opa nett, du langes Elend.«

Rita, die in einer Hand einen Blumenstrauß und in der anderen eine offenbar von einer Konditorei stammende Tüte balancierte, beugte ihre schlanken einhundertfünfundachtzig Zentimeter hinunter und deutete eine Umarmung an. Dann küsste sie Lorenz auf den weißen Strubbelbart. »Opa, kann es sein, dass du kleiner geworden bist?«

Lorenz brummte etwas, was sich anhörte wie der Kommentar eines pensionierten, in Ungnade gefallenen Kommissars. Dann entgegnete er: »Ach wo, erstens bin ich auf Socken, und du trägst Schuhe mit Absätzen. Und zweitens bekomme ich O-Beine, das verkürzt meinen Leib optisch.«

Rita trat in das Zimmer und stellte den mitgebrachten Kuchen ab. »Opa, du bist verrückt. In deinem Alter bekommt man doch keine O-Beine mehr!«

»Aber ja – oh wohl doch«, meinte Lorenz. »Ich bin sicher, das kommt von der Ernährungsumstellung, die mir Bärbel verordnet hat. Ich soll kein Fleisch mehr essen, nur noch vegetaristisch, da kriegt selbst ein alter arbeitsloser Esel noch krumme Knochen.«

»Du sollst Vegetarier werden? Kein Speck mehr zum Frühstücksei? Keine Steaks und Frikadellen? Kaum vorstellbar!«

»Eben«, brummte der Alte. »Aber ich gebe zu, der Vorschlag kam von unserer Frau Doktor Zyankali, und Bärbel unterstützt das. Sie macht ja schon ewig auf spirituell und tierlieb, sie tötet nur Pflanzen, um sich am Leben zu halten. Sie isst noch nicht mal so was anderes vom Tier, Ei oder Quark!«

»Dann ist sie ja sogar Veganerin«, staunte Rita. »Aber schau sie dir an, wie fit und jugendlich sie wirkt. Kann dir doch also eigentlich auch nur guttun, nicht wahr?«

»Ich wusste, dass du das sagst. Was hast du denn für einen Kuchen mitgebracht?«

»Käsesahne und Windbeutel mit Kirschen. Das magst du doch so gerne, altes Leckermaul.«

»Genau«, bestätigte Lorenz. »Veganer müssen sich selbst das verkneifen. Und Bärbel sieht nur deshalb so jugendlich aus, weil sie ja auch noch jung ist. Die ist doch kaum über siebzig! Da hat man gut lachen mit dem frischen Gesicht!«

»Ach Opa«, lachte Rita. »Du willst doch, dass ich dich ernst nehme. Dann gib mir doch bitte auch die Gelegenheit dazu!«

Der Alte schüttelte den Kopf, während er den Kuchen enthüllte. »Der Spruch ist für unsere allseits beliebte Heimleiterin reserviert. Die wirst du doch wohl nicht kopieren wollen?«

»Ich hatte den Anflug, das gebe ich zu. Aber hier riecht es nach frisch aufgebrühtem Kaffee, willst du mir keinen anbieten?«

»Aber natürlich, mein Herz«, sagte Lorenz und machte sich daran, den kleinen Tisch fertig zu decken. »Ich habe ja jetzt eine neue Pantryküche – das Wort habe ich gelernt, bin ganz stolz drauf – und kann jetzt autark und zu jeder Zeit was kochen.«

»Und – was kochst du so außer Kaffee?«, fragte Rita, während sie eine Vase für die Blumen suchte.

»So weit bin ich noch nicht. Außerdem, was macht das Essenkochen denn für einen Sinn, wenn man kein Fleisch verwenden darf? Das ist doch wie braten ohne Pfanne – die ich übrigens auch noch nicht habe.«

»Dann lass es erst einmal beim Kaffee bewenden, Opa«, meinte Rita und verteilte die Blumen in zwei leere Weinflaschen, da sie keine Vase finden konnte. »Hat es hier eine Feier gegeben?«

»Gestern, nein, vorgestern Abend waren Bärbel, Gustav und sein Galan, der Herr Groschen, bei mir. Da haben wir was ausgetrunken.«

»Groschen? Du meinst Alexander Grosjean? Sind Gustav und er wieder zusammengekommen?«

»Die beiden geben sich die größte Mühe, ein Paar zu mimen.«

»Opa!« Rita schüttelte den Kopf. »Hast du dich immer noch nicht damit abgefunden, dass Männer auch Männer lieben können!«

»Das muss ich ja wohl«, brummte Lorenz. »Und es hat ja auch was Gutes: So lässt Gustav wenigstens die Finger von Bärbel.«

»Soso, du hast dich also endlich dazu durchgerungen, ein Auge auf Bärbel zu werfen. Würde mich freuen. Ich finde sie so lieb.«

»Jaja«, meinte Lorenz und goss Kaffee ein. »Nun lass uns essen. Ich liebe vor allem süße Sahneschnitten vom Konditor.« Dann fügte er hinzu: »Ach, willst du vielleicht ein Eierlikörchen dazu?«

»Nein danke«, antwortete Rita. »Das Zeug mochte ich noch nie. Aber davon abgesehen werde ich eine ganze Zeit lang überhaupt keinen Alkohol trinken.«

»Doch nicht wegen deiner neuen Position in der Mordkommission?«

»Aber nein, wo denkst du hin? Da trinken doch alle. Aber denk mal scharf nach, du alte Spürnase. Was wäre denn ein wirklich guter Grund, ein paar Monate völlig auf Alkohol zu verzichten?«

Lorenz sprang auf und raufte sich den Bart, wobei er etwas Sahne darin verteilte. »Nein!«

»Doch!«

Rita hatte ihren Großvater noch nie tanzen sehen, erst recht nicht auf Socken und mit einem Stück Sahnetorte im Mund. Er gab die ungewohnte Einlage dann auch schnell wieder auf, um sie zu umarmen. »Ich freu mich so! Weiß dein Vater, der mein Sohn ist, es schon? Und was sagt der Kindsvater dazu? Es ist doch dieser riesengroße Kommissar?«

»Natürlich ist es Paul, wer denn sonst, Opa? Und nein, Papa weiß es noch nicht. Wollte es dir als Erstem sagen – nach Paul natürlich.«

»Du bist ein Goldherz. Das Kind wird wohl ein Riese werden, bei diesen Eltern. Bevor es in die Schule kommt, wird es dem Uropa wahrscheinlich schon über den Kopf spucken können.«

»Ich hoffe, so etwas wird es nicht wagen«, entgegnete Rita. »Und ich hoffe doch sehr, du wagst es nicht, mit deinem Urenkel auf Verbrecherjagd zu gehen, bevor er in die Schule kommt.«

»Das kann ich nicht versprechen«, grinste Lorenz. »Machst du denn jetzt noch weiter in der Mordkommission?«

»Opa, ich bin doch nicht krank, und ich habe noch nicht mal 'nen Bauch. Natürlich werde ich noch einige Monate arbeiten. Aber ich sage es meinem Dienstherrn noch nicht, sonst muss ich vorzeitig in den Innendienst abtauchen. Also nicht öffentlich rumposaunen.«

»Hmpf«, machte Lorenz. »Wenn man den ungeborenen Kindern Mozart vorspielt, damit sie glücklich und kreativ werden, was geschieht dann mit einem Kind, das sich ständig Verhöre von Mordverdächtigen anhören muss und auf blutige Tatorte mitgeschleppt wird?«

»Du bist doch nur neidisch«, versetzte Rita. Dann griff sie in ihre Tasche, wo ihr Mobiltelefon brummend einen Anruf meldete. »Wenn man vom Teufel spricht«, murmelte sie und nahm das Gespräch an.

Lorenz lauschte angestrengt, was der Anrufer zu sagen hatte, konnte jedoch nur die anwesende Hälfte des Gespräches aufnehmen.

»Bertold hier ... ja ... was du nicht sagst! ... bin unterwegs!« Rita stand auf. »Tut mir leid, Opa. Es ruft tatsächlich die Pflicht. Und ein Tatort.«

»Wo denn? Was ist passiert?« Lorenz' Augen blitzten.

»Oh nein! Ich sage dir gar nichts.«

»Verrate wenigstens, wer angerufen hat.«

»Na schön. Das war die Kollegin Ella Kock.«

»Ella Kock? Dann ist es nicht Köln? Logisch, wenn die Kripo Düren dich anruft, gibt es einen Tatort hier in der Gegend, aber du wirst hinzugezogen, weil ...?«

»Guter Versuch, Opa«, sagte Rita. »Ich sehe schon, ich darf dir nicht noch einen winzigen weiteren Informationsschnipsel geben, sonst bist du schon wieder mittendrin in deinen Ermittlungen. Lass Kommissar Wollbrand mal die Kaffeepause weitermachen.«

Lorenz tat beleidigt. Er murmelte: »Der in Ehren ergraute Ermittler fühlte sich nicht nur zurückgesetzt, er war es auch.

Die schöne Kommissarin würde schon sehen, was sie davon hatte, ihn nicht in den Fall einzubeziehen.«

Rita Bertold gab ihrem Opa einen Kuss und verließ eilig sein Zimmer. In der Tür winkte sie ihm noch einmal lächelnd zu und verschwand dann.

Lorenz rief ihr noch hinterher: »Pass auf dich … ich meine … auf euch auf, und grüß mir diese schräge Walküre von der Krippo!«

Ein lautes Lachen schallte als Antwort durch den Gang, und Lorenz wusste, dass ein neues Abenteuer begonnen hatte. Er schloss die Tür, schlurfte zum anderen Ende des Raums und sah aus dem Fenster. Die milde Frühsommersonne strahlte über dem grünen Wald und den Wiesen, glänzte auf den metallenen Gipfelkreuzen der roten Felsen und ließ die Sandsteintürme lange Schattenfinger auf die Wipfel der dicht stehenden Bäume werfen. Der Alte atmete tief ein, spürte das Leben in sich und fand das alles sehr schön. Und dabei fragte er sich, ob er damit hauptsächlich einen neuen Kriminalfall meinte oder seine geliebte Nordeifel. Vermutlich, so dachte Lorenz, hatte er seine Freude daran, dass beides so gut zusammenpasste.

4. Kapitel

Da ist ja meine Prinzessin!«

»Ich freu mich auch, dich zu sehen, Ella.«

Rita gab der Kriminalhauptkommissarin Ella Kock die Hand, die diese mit dem Druck eines Hufschmieds schüttelte. »Siehst gut aus, Rita«, sagte sie ungewohnt freundlich und leise.

»Danke, du auch«, antwortete Rita Bertold und meinte das sogar ernst. »Siehst irgendwie verändert aus. Hast du was mit deinen Haaren gemacht?«

Ella Kock grinste schief. »Versuche, sie ein bisschen wachsen zu lassen. Nervt ganz schön, aber meinem aktuellen Liebchen gefällt's. Mal sehen, ob ich das durchhalte.«

Rita wusste nur zu gut, wie wenig ihre Kollegin auf ein gepflegtes weibliches Äußeres gab und wie sehr sie es mochte, innerhalb weniger Minuten ausgehfertig zu sein, vertiefte das Thema jedoch nicht weiter. »Ella, was mache ich hier?«

Sie standen in der gar nicht mal so hübschen Fußgängerzone der Dürener Innenstadt vor einem Geschäft, dessen Schaufenster voller Skulpturen war und das etwas Exotisches ausstrahlte.

»Hier hat's 'ne Riesensauerei gegeben. Das solltest du dir zuerst einmal ansehen, bevor wir weiterreden.«

Rita folgte Ella in den Laden. Sie durchquerten den Verkaufsraum und gelangten in ein Zimmer, in dem reger Betrieb herrschte. Rita war der Anblick eines Tatortes, in dem die kriminaltechnischen Untersuchungen in vollem Gange waren, sehr vertraut. Vier Leichen und eine Unmenge von Blutspuren sah sie jedoch auch nicht jeden Tag.

»Herzlichen Glückwunsch«, bemerkte sie so trocken, wie sich ihr Mund gerade anfühlte. »Riesensauerei trifft es ziemlich gut.«

Sie blieben im Eingang stehen, um die Arbeiten in dem engen Raum nicht zu stören.

Ella sagte: »Alle Opfer weisen Schussverletzungen auf, großkalibrige Waffen, es gibt noch ein fünftes Opfer, das gerade schwer verletzt im Krankenhaus behandelt wird. Anwohner haben Schüsse gehört, jemand will eine Gruppe von Männern gesehen haben, die als Wildwest-Revolverhelden verkleidet hier eingetreten sind. Keine vernünftige Beschreibung, nach den Schüssen sind die Männer vermutlich durch den Hintereingang verschwunden. Wir konnten jedoch einen Verdächtigen hier am Tatort kaschen.«

»Wie? Die Täter verschwinden, aber einer bleibt zurück und lässt sich festnehmen?«

»Ja, aber der war nicht als Cowboy verkleidet, sondern als Neger.«

»Wie bitte?«

Ella grinste. »Ich weiß, das darf man ja nicht mehr sagen. Stimmt auch gar nicht, dass er verkleidet ist, denn der Kerl ist wirklich ein Neger. Ist heute Morgen in Köln aus einem Flieger gestiegen, der aus Afrika kam.«

»Und – hat er die Tat gestanden?«

»Nicht die Bohne. Er war gerade dabei, an der einzigen Überlebenden dieses Massakers irgendeine Voodoo-Scheiße abzuziehen. Und gesagt hat er uns noch gar nix. Aber er hatte was in seinem Rucksack, weswegen ich dich dabeihaben wollte.«

»Da bin ich aber gespannt. Was ist es?«

Ella Kock holte ein Plastiktütchen aus ihrer Tasche und reichte es Rita. Durch die Folie hindurch konnte die Kommissarin erkennen, dass es sich um einen Zeitungsausschnitt des *Kölner Stadtanzeiger* handelte. Als sie erkannte, worum es in dem Artikel ging, musste sie tief seufzen.

»Liebchen, das war auch meine erste Reaktion«, grinste Ella Kock. »Irgendwie habe ich ja nur auf so einen Quatsch gewartet, nach dem letzten Zusammentreffen mit deinem verrückten Opa.«

Rita schüttelte müde den Kopf und las die Schlagzeile des Artikels: »Eifeler Krimi-Opa bringt den Paten vom Rursee hinter Gitter.«

»Das war vor meiner Zeit«, kommentierte Ella. »Der Ausschnitt entstammt einer Ausgabe der *Dürener Zeitung*. Warum hat ein Afrikaner, der kurz nach seiner Landung in einen Mord verwickelt wird, einen drei Jahre alten Bericht über deinen Opa dabei?«

»Du wirst sicher nicht sonderlich enttäuscht oder überrascht sein, dass ich nicht die allergeringste Ahnung habe«, antwortete Rita. »Der Pate vom Rursee heißt Wladimir Slotin, er sitzt, soweit ich weiß, seit dieser Geschichte ein. Es stimmt, mein Opa hat dazu beigetragen, diesen Kerl hinter Gitter zu bringen, auf eine Art und Weise, die mich ganz schön Nerven gekostet hat. Aber mir sind keine Verbindungen dieses Slotin zu Afrika bekannt.«

»Prinzessin, du denkst schon wieder drei Schritte zu weit«, grinste Ella. »Fürs Erste wäre ich schon froh zu erfahren, warum sich ein Neger für Opa Bertold interessiert. Immer dran denken: Das ist und bleibt mein Fall. Aber bevor ich die Sache und deinen verrückten Opa angehe, wollte ich dich hinzuziehen. Denke, das ist okay?«

»Kann ich den Mann sprechen?«

»Natürlich, ich bitte sogar darum. Wollte dir nur den Tatort zeigen, bevor wir uns den Schwatten gemeinsam vorknöpfen. Der Laden hier sagt dir nichts? Vielleicht ein Bekannter deines Opas? Er gehört einem Holländer namens Wim van der Kriek, der auch unter den Toten ist. Kunst aus aller Welt, auch

Afrika, aber nicht nur, ich hab keine Ahnung davon. Alles viel zu teuer für 'ne unvermögende Kripomaus wie mich. Alter Schmuck, Holzmasken, auch so'n okkultes Zeugs, wie es der Verdächtige dabeihatte. Ich zeig's dir.«

Rita musste bei der Bezeichnung »Kripomaus«, die die Kock sich selbst zugedacht hatte, kurz auflachen, sagte aber nichts dazu. Sie traten an einen Tisch, auf dem der beschriebene Gegenstand lag. Es handelte sich um eine Holzpuppe, etwa dreißig Zentimeter groß, bei der der Kopf die Hälfte des Volumens ausmachte. Das Auffälligste an der Figur waren die vielen Nägel, die rostig und krumm in dem Holz staken, und das augenscheinlich frische Blut, das überall an der Puppe klebte.

»Wir gehen davon aus, dass das Blut von der verletzten Person stammt, mit der dieser Neger zugange war, als die Kollegen eintrafen. Es sah so aus, als hätte er die Puppe damit beschmiert.«

»Ein Ritual«, murmelte Rita. »Wir wären sicherlich schon ein Stück weiter, wenn wir den Sinn dieser Figur und des Rituals kennen würden.«

»Der Schwatte, der merkwürdigerweise gar nicht schwarz ist, hat uns aber noch nix dazu gesagt. Und hier ist keiner übrig geblieben, der was davon verstünde«, entgegnete Ella. »Wir suchen derzeit nach Familienangehörigen oder Angestellten des Ladenbesitzers.«

»Und wir sollten wirklich sofort mit dem Verdächtigen sprechen«, meinte Rita. »Woher stammt er denn genau? Wir werden wohl einen Dolmetscher brauchen.«

»Der Mann heißt Deogratius Mbumba und kommt aus dem Kongo. Hab schon recherchiert, dort spricht man Französisch und Swahili und Hunderte Stammesdialekte.«

»Ein Mann aus dem Kongo, der nach Deutschland reist, wird also vermutlich Französisch sprechen. Das macht es einfacher.«

»Wenn er denn überhaupt den Mund aufmacht«, meinte Ella.

Rita betrachtete nachdenklich die blutige Figur und den Raum, dessen Fußboden, Decke und alle Wände mit Blut besudelt waren. »Wir werden sehen. Lass uns gehen.«

Wenig später parkte Ella Kock ihren Dienstwagen auf dem Parkplatz der Polizeiwache Düren. Während sie in das Gebäude gingen, schoss Rita ein Gedanke durch den Kopf, der sie zu der Frage veranlasste: »Ach übrigens, was meintest du eben eigentlich damit, dass dieser Mbumba gar kein richtiger Schwarzer ist?«

»Schätzchen, den Spaß will ich mir und auch dir nicht verderben«, antwortete Ella. »Schau ihn dir einfach an. Mehr als das, was du dann siehst, weiß ich auch nicht.«

Die beiden gingen in das Büro von Ella Kock, wo diese anordnete, ihr den in Untersuchungshaft einsitzenden Deogratius Mbumba zu bringen. Sie mussten nicht lange warten. Begleitet von zwei Beamten trat Mbumba ein. Gelassen und freundlich lächelnd setzte er sich auf den ihm dargebotenen Stuhl. Rita wies auf seine Handschellen, die daraufhin von einem seiner Begleiter entfernt wurden. Auch dies begleitete Mbumba mit einem Lächeln. Rita betrachtete den Mann staunend und strengte sich sehr an, sich ihre Überraschung nicht anmerken zu lassen. Doch nun, da sie darüber nachdachte, war sie sich sicher, dass der Mann es gewohnt sein musste, seine Mitmenschen in Erstaunen zu versetzen. Rita sah ihn genau an. Alles an ihm wirkte typisch für einen Afrikaner, wie man sich eben einen solchen vorstellte. Er war von stämmiger Figur, aber nicht dick, hatte eine breite Nase, volle Lippen und kurzes, krauses Haar. Deogratius Mbumba wäre ein typischer Schwarzer gewesen – wenn ihn denn auch eine dunkle Hautfarbe ausgezeichnet hätte. Doch seine Haut war so hell wie die der beiden Kommissarinnen, und sein Haar war strahlend weiß, einerseits sicherlich aufgrund seines Alters, denn Mbumba war kein junger Mann mehr, andererseits aber sah es aus, als sei er in jüngeren Jahren hellblond gewesen.

Ella hielt ihm den Zeitungsausschnitt, den sie in seinen Sachen gefunden hatte, vors Gesicht. »Warum hatten Sie dies hier bei sich, Herr Mbumba?«, fragte sie, ohne eine Antwort zu erwarten, die dann auch nicht kam.

Rita versuchte es anders: »Parlez-vous français, Monsieur?«

Mbumba lächelte sie an, antwortete aber weiterhin nicht.

»Do you speak english?« Wieder erntete Rita nur ein freundliches Lächeln.

Einer der Beamten, die hinter dem Afrikaner standen, meinte: »Frau Bertold, wir sollten einen Dolmetscher hinzuziehen. Irgendetwas muss der Mann doch verstehen!«

Als Deogratius Mbumba ihren Namen vernahm, veränderte sich seine Mimik. Er sah Rita mit großen Augen an, dann sagte er mit einer dunklen, samtenen Stimme sehr konzentriert und langsam: »Sie sind die Tochter von Babu Bertold?«

»Ach, Sie sprechen Deutsch?«

»Ja«, lächelte Mbumba und sah Rita weiter unverwandt an, ohne jedoch der kurzen Antwort weitere Erläuterungen folgen zu lassen.

Rita sprach weiter: »Sie meinen sicher Opa Bertold. Das ist nicht mein Vater, sondern mein Großvater. Kennen Sie ihn?«

»Nicht so gut wie Sie, bibi.«

Ella Kock schnaubte: »Bibi, babu, was ist denn das? Sprechen Sie doch vernünftig mit uns, Sie können doch offenbar verdammt gut unsere Sprache!«

Mbumba antwortete, ohne Ella anzusehen: »Kiboko ist wütend. Ndoki kann nichts dafür. Ndoki spricht Sprache aus einer anderen Welt, selbst auf Deutsch. Übersetzung für Kiboko ist unmöglich.«

»Was bedeutet das?«, fragte Rita. »Ndoki?«

»Das ist mein – wie sagt man – Profession. In Ihrer Sprache ist das so etwas wie Zauberer, Medizinmann, ich weiß nicht genau. Gibt kein Wort dafür außer Ndoki.«

»Quacksalber, Scharlatan, Voodoo-Priester«, bellte Ella.

Der Mann wandelte sein Lächeln in ein Grinsen. »Kiboko schnaubt und zeigt Gebiss, bevor es angreift. Gefährlich.«

»Was immer ein Kiboko ist, lassen wir das mal, und sprechen Sie bitte weiter. Woher können Sie so gut Deutsch?«, fragte Rita.

Mbumba antwortete bereitwillig: »Habe Medizin studiert in Deutschland und USA. Ist schon lange her, verzeihen Sie. Arbeite in meiner Heimat schon lange wieder.«

»Und nun sind Sie nach Deutschland geflogen, um meinen Großvater zu treffen?«

»Auch.«

»Und um ein paar Leute umzubringen?«, fügte Ella hinzu.

Der Afrikaner schüttelte den Kopf. »Ich bin Heiler, töte nicht.«

»Das behaupten Sie!«

»Ich sage, was ist. Sie behaupten.«

Ella Kock winkte resignierend ab.

Rita sprach weiter: »Was wollen Sie denn von meinem Großvater? Haben Sie ihn schon einmal getroffen?«

»Ich traf ihn noch nicht. Hoffe aber Babu Bertold zu sehen bald.«

»Aber Sie gingen zuerst, nachdem Sie in Köln gelandet sind, zu einem Kunsthändler in Düren. Und der wurde nebst weiteren Menschen ermordet, und dort traf man Sie an. Was wollten Sie bei van der Kriek?«

»Helfen. Retten. Kam zu spät. Für Frau vielleicht nicht.«

»Sie behaupten also, den Überfall nicht begangen zu haben. Aber Sie wussten, dass dort etwas Schlimmes passieren würde?«

»Babu Bertold weiß um das Böse. Er kennt den Paten.« Mbumba wies auf den Zeitungsausschnitt.

Rita hakte nach: »Sie meinen Wladimir Slotin. Ist der etwa für den Überfall verantwortlich?«

Mbumba zuckte mit den Achseln. »Ndoki sieht manches, nicht alles. Babu Bertold weiß vielleicht mehr.«

»Lassen wir den guten Babu mal aus dem Spiel«, meinte Rita. »Wir sind hier für das Böse zuständig, nicht mein Babu. Und es wäre sehr gut, wenn Sie uns sagen würden, warum Sie von dem Überfall auf das Kunstgeschäft wussten.«

»Ich bin kein Polizist«, antwortete Deogratius Mbumba. »Und ich denke nicht wie Polizei, handle nicht wie Polizei. Bin Ndoki. Ahne Dinge, spüre Böses, helfe.«

»Und Sie sitzen da irgendwo im Kongo, spüren etwas Böses, haben einen Artikel über meinen Großvater gelesen, setzen sich in den Flieger und kommen gerade dann in van der Krieks Laden, als er dort erschossen wird.«

»Stimmt. Sie sagen das richtig, aus Ihrer Sicht.«

Jetzt war es Rita, die eine resignierende Geste machte. »Wenn mir hier jemand so etwas erzählt, dann sage ich ihm, er verarscht mich. Verstehen Sie das?«

Jetzt lachte Mbumba laut auf. »Ich erinnere mich gut an dieses Wort. Ist lustig, nicht wahr?«

»Kommt drauf an. Nicht für den, der verarscht wird«, versetzte Rita. »Sagen wir es anders: Sie lügen uns an. Ich meine, Sie sagen uns nicht alles, was Sie wissen, obwohl wir Sie danach fragen. Das ist ebenfalls eine Lüge, steht bestimmt auch im kongolesischen Handbuch der Zauberlehrlinge.«

Mbumba wurde wieder ernst. »Ich sage, was ich kann.«

Ella stand auf. »Boah ey, ich kann nicht mehr. Rita, du kannst gut mit dem Kerl, versuch's weiter. Ich geh erst mal pinkeln!« Sie verließ den Raum, wobei sie sich heftig mit einem Finger an die Schläfe tippte.

Der Verhörte sah ihr lächelnd nach.

Rita fragte ihn: »Sagen Sie mal, was bedeutet eigentlich Kiboko?«

Mbumba grinste hinterhältig. »Ist großes Tier, sehr gefährlich, wenn wütend. Hippopotamus.«

»Gar nicht nett«, meinte Rita, musste aber auch lachen. »Meine Kollegin ist also ein Flusspferd. Und was bin ich?«

»Simba«, sagte Deogratius Mbumba leise. »Hunting lion. Sehr schön, sehr gefährlich. Besonders wenn sie kleine Babys hat.«

»Wie meinen Sie das?« Rita wurde plötzlich heiß.

»Sie wissen«, antwortete Mbumba ruhig. »Sie wissen genau.«

5. Kapitel

Benny Bethge parkte den Lieferwagen der Seniorenresidenz Burgblick vor dem alten, alleinstehenden Fachwerkhaus. Der junge Pfleger schrieb es seiner Müdigkeit an diesem Morgen zu, dass das baufällige Häuschen, an welches seit Jahrzehnten keine renovierende Hand angelegt worden war, heute einen düsteren Eindruck auf ihn machte. Es war halb acht, und er war erst gegen drei ins Bett gekommen. Nicht nur die Pflicht hatte ihn dennoch früh hinaus und Richtung Schmidt getrieben. Er mochte die sonderbare Frau Döring, die hier am Waldrand ein Eremitendasein führte, und schaute gerne einmal in der Woche bei ihr vorbei, um nach dem Rechten zu sehen, der Alten im Haushalt zu helfen und darauf zu achten, dass sie etwas zu essen im Schrank hatte, was nach kürzlich eingekauft aussah.

Magdalena Döring war wie viele Menschen ihres Alters eine ausgesprochene Frühaufsteherin. Um diese Zeit hatte sie normalerweise schon lange ihren Tag begonnen, meist standen Fensterläden und auch die niedrige Eingangstüre offen. Heute jedoch war alles anders. Die Morgensonne, die Bennys müde Augen eher nervte als erfreute, fand keine Öffnung, in die sie hätte eindringen und das Haus erhellen können.

Benny klopfte kräftig an das morsche Holz der Türe und rief: »Morgen, Frau Döring! Ich bin's, Benny!«

Niemand antwortete ihm, und als er angestrengt lauschte, hörte er auch kein sonstiges Geräusch im Gebäude. Er hob nochmals die Hand um anzuklopfen, dann jedoch entschied er sich, einer plötzlichen Eingebung folgend, anders und drückte die Tür auf. Er wusste, dass diese über kein Schloss verfügte, deshalb war er nicht überrascht, als sie knarrend nachgab und ihm einen Blick in den dunklen, engen Flur ermöglichte. Der Pfleger trat ein und wollte die Türe hinter sich schließen. Das staubig wirkende Dunkel ließ ihn aber davon Abstand nehmen. Es war ihm angenehmer, etwas Licht in den Flur einfallen zu lassen. Benny trat in die Küche. Der Raum war leer. Keine Anzeichen eines Frühstücks.

»Hallo? Frau Döring?«

Auch dieser Ruf verhallte ohne Antwort. Der junge Mann öffnete die Fensterläden und sog die Morgenluft ein. Dann gab er sich einen Ruck und verließ die Küche, um wieder in den Flur und von dort aus in das kleine Schlafzimmer der Alten zu gehen. Die Tür war geschlossen. Anstandshalber klopfte er an und trat ein.

»Frau Döring?«

Dieser Raum schien ebenfalls leer zu sein. Benny öffnete auch hier die Fenster. Das eindringende Licht ermöglichte ihm einen besseren Blick auf das Bett. Dieses sah ungewöhnlich aus, warum, konnte er zunächst nicht ausmachen. Das weiße Laken wirkte zerwühlt. Natürlich, schoss es Benny durch den Kopf. Plumeau und Kopfkissen fehlten. Das Bett war leer. Er trat näher und legte eine Hand auf das Laken. Es fühlte sich warm und feucht an, hier musste vor sehr kurzer Zeit noch jemand gelegen und vermutlich stark geschwitzt haben. Dem jungen Pfleger wurde es unheimlich zumute.

Er wollte noch einmal nach Magdalena Döring rufen, ließ es dann aber. Benny versuchte, seine Beklemmung mit einem erzwungenen Lachen loszuwerden, doch dazu kam er nicht. Etwas packte ihn am Fußgelenk und krallte sich dort fest. Benny blieb das Herz stehen. Nach einer Schrecksekunde versuchte er, den Fuß wegzuziehen. Etwas unter dem Bett hielt ihn fest. Er ließ sich auf die Knie fallen und griff beherzt zu. Er bekam einen Arm zu fassen, der so dünn war, dass seine Finger ihn mühelos umschlossen. Ein Schmerzensschrei war die Folge. Die Hand löste sich von Bennys Fußgelenk. Er sah unter das Bett, ohne seinerseits den eisernen Griff zu lösen, mit dem er den Unbekannten hielt. Der junge Mann sah in das entsetzte, hochrote Gesicht der Magdalena Döring, der das weiße Haar in feuchten Strähnen in die Augen fiel. Benny hatte den Eindruck, dass sie nicht bei Sinnen war. Sie hatte sich offensichtlich mit ihrem Bettzeug auf den Boden unter die Schlafstatt gekauert, Staubflusen klebten an ihrem Nachthemd und in ihrem Haar.

»Um Gottes willen, Frau Döring!«, rief Benny und ließ den Arm der alten Frau los.

Sie wimmerte leise, mit flackerndem, fiebrigem Blick, schien ihren Pfleger gar nicht zu erkennen.

»Kommen Sie«, sagte Benny nun leiser und gab ihr eine Hand. Mit der anderen fasste er ihr vorsichtig um die Hüfte und zog den zerbrechlich dünnen Körper unter dem Bett hervor, ohne dass Magdalena Döring ihm viel helfen musste. Aber sie ließ es geschehen. Bald saß sie, ihr Kopfkissen fest umklammernd, auf der Matratze.

»Frau Döring, wissen Sie, wer ich bin?«, fragte Benny mit beruhigender Stimme.

»Wer ich bin?«, antwortete sie. Ganz offensichtlich war sie immer noch nicht bei Sinnen. »Der weiße Zauberer hat mir mein Kind gebracht. Er war hier.«

»Der weiße Zauberer? Haben Sie geträumt?«

»Er hat es mir in den Arm gelegt, es war so wunderhübsch und ganz rosig und gesund.« Sie wiegte ihr Kopfkissen im Arm wie einen Säugling. »Es ist etwas Schreckliches geschehen. Ich hatte solche Angst, aber dann kam der weiße Zauberer und hat mir mein Kind zurückgegeben. Dann aber wurde es plötzlich so kalt. So schrecklich kalt. Und der Zauberer war weg, und mein Kind auch.« Die alte Frau begann zu weinen.

Benny setzte sich neben sie, legte einen Arm um ihre schmalen Schultern und drückte sie an sich. »Jetzt bin ich ja da. Die Sonne scheint, kein Zauberer weit und breit, und es wird ein warmer Tag. Wollen wir uns einen schönen heißen Kaffee machen und etwas dazu essen?«

»Ja«, sagte sie leise und sah den jungen Mann an. »Benny, gut, dass du da bist. Ich glaube, ich habe schlecht geträumt.«

»Das kommt vor, Frau Döring«, antwortete er und entschied, ihr nicht zu sagen, dass er sie unter dem Bett hervorgezogen hatte. Er pflückte ihr eine Staubfluse aus dem Haar.

»Ich habe von einem Zauberer geträumt. Er hat mir Angst gemacht.«

»Ich weiß«, sagte Benny. »Der weiße Zauberer. Er hat Ihnen aber doch Ihr Kind gebracht.«

Als Benny in die angstgeweiteten Augen der Alten sah, hätte er sich am liebsten die Zunge abgebissen.

»Dann war er also wirklich da!«, stieß sie hervor. »Du hast ihn auch gesehen, nicht wahr?«

»Nein«, beeilte sich Benny zu entgegnen. »Sie haben eben im Traum gesprochen. Daher weiß ich davon. Hier war kein weißer Zauberer, glauben Sie mir. Und wenn doch, dann müssen wir doch nur den Ring ins Feuer werfen, und die Geschichte ist aus.«

Diese Anspielung verstand Magdalena Döring nicht, und Benny verfluchte einmal mehr sein loses Mundwerk.

»Mein Kind, mein liebes Kind«, murmelte die Alte, und ihr Blick verlor sich irgendwo im Raum. »Ob er es getötet hat?«

»Welches Kind war das denn überhaupt, Frau Döring? Sie haben doch keine Kinder, oder? Und ich dachte, dieser Zauberer im Traum hätte Ihnen ein gesundes Baby gebracht?«

Die Frau sah ihn erstaunt an, dann betrachtete sie das Kissen, welches sie im Arm hielt, legte es kopfschüttelnd aufs Bett und strich es glatt. »Benny, was erzählst du denn da für einen Unsinn?«

Er grinste. »Das weiß ich auch nicht. Wie sieht's denn jetzt mit einem Kaffee aus? Soll ich uns einen machen? Und ich gebe Ihnen Ihre Medizin, die können Sie jetzt gut vertragen. Ich glaube, ich auch.«

6. Kapitel

Ella Kock hasste Krankenhäuser. Der Ausdruck »klinisch« kam nicht von ungefähr. Der Geruch von Blut und Schweiß war ihr angenehmer als der von Desinfektionsmitteln. Aber auch das gehörte zu ihrem Job. Die einzige Überlebende des Überfalls auf van der Kriek war nach der Notoperation in ein Bett auf der Privatstation des St. Augustinus Krankenhauses zu Lendersdorf verlegt worden. Ein gutes Zeichen, dachte die Kommissarin, denn dann konnte es nicht so schlimm um die Frau bestellt sein. Immerhin hatte man ihr gemeldet, die Zeugin sei bereit für eine erste Befragung. Und der Arzt, der sie nun zu dem Zimmer im sechsten Stock der Klinik begleitete, nervte sie auch nicht mit dem üblichen Gejammer, dass die Patientin vor Überanstrengung zu bewahren sei.

»Die Frau hat wirklich Glück gehabt«, meinte der Mediziner. »Ein Bauchschuss läuft selten so glimpflich ab. Sie wurde an Ort und Stelle sehr gut erstversorgt, die OP verlief günstig.«

»Hauptsache, sie kann mir etwas zum Hergang erzählen«, entgegnete Ella Kock und fing sich einen erstaunten Blick ein. »Na ja«, fügte sie dann noch hinzu. »Schön, dass sie es so gut überstanden hat und außer Lebensgefahr ist.«

»Das ist sie«, bestätigte der Arzt. »Ich habe ihr ein Beruhigungsmittel gegeben, damit sie mit der Situation fürs Erste zurechtkommt. Und hier sind wir schon.« Er öffnete die Tür zu einem Zimmer, in dem es ganz anders aussah, als Ella es in Krankenhäusern gewohnt war. Der Boden war mit einem freundlichen Teppich belegt, bunte Bilder hingen an den Wänden, und es befand sich nur ein Bett in dem Raum. Darin lag eine Frau, die gerade mit ihrem Mobiltelefon beschäftigt war und aufsah, als die beiden zu ihr traten.

»Hallo Herr Doktor«, sagte sie mit heller, wenn auch müder Stimme.

»Wie geht es Ihnen, Frau Desamerie?«

»Danke, einigermaßen. Ich habe eben Schmerzmittel erhalten, spüre jetzt fast nichts mehr.«

»Sehr gut. Darf ich Ihnen Frau Kriminalkommissarin Kock vorstellen? Sie möchte gerne mehr erfahren über das, was Ihnen zugestoßen ist.«

Ella hob eine Hand zum Gruß und setzte sich auf einen Stuhl, der neben dem Bett stand. »Schön, dass ich mit Ihnen reden kann. Können Sie sich erinnern, was in dem Laden van der Krieks geschehen ist?«

»Es ging alles sehr schnell«, antwortete die Frau. »Wim zeigte uns ein Artefakt, als mehrere Männer in den Raum stürmten und sofort zu schießen begannen.« Sie stockte ob der schrecklichen Erinnerung.

»Sind Sie sicher, Frau Desamerie, dass es Männer waren?«, nutzte Ella die Pause für eine Zwischenfrage.

»Natürlich«, antwortete Renate Desamerie. »Oder nein, eigentlich nicht. Sie sahen aus wie Cowboys, also nein, genauer gesagt wie Revolverhelden aus einem Western. Trugen lange Mäntel und Hüte. Ich habe kein Gesicht genau im Gedächtnis, aber ich kann mich an Bärte erinnern. Nicht alle trugen Bärte, aber nein, ich glaube nicht, dass eine Frau dabei war. Vielleicht doch, aber unwahrscheinlich.«

»Nun gut. Wenn Sie sich die Szene genau vor Augen führen, was würden Sie sagen, wie viele es waren?«

»Vier, vielleicht fünf. Mehr eher nicht. Mehr als drei. Also, ich würde sagen, es waren vier.«

»Und Sie konnten niemanden erkennen?«

»Ja, glauben Sie denn, das wären Bekannte von mir gewesen oder irgendwelche Prominente?«

»Nein, natürlich nicht. Ich meinte, ob Ihnen irgendwelche Merkmale in Erinnerung geblieben sind. Außer Bärten, Mänteln, Hüten. Irgendetwas.«

»Nicht dass ich wüsste. Oder doch, warten Sie. Einer der Männer wurde von einem anderen – ja, das waren ganz sicher beides Männerstimmen – mit Namen angesprochen. Moment, ich komme gleich drauf, wie der eine hieß, der ganz vorne stand.«

»Lassen Sie sich Zeit.«

»Ich weiß noch, dass ich zuerst getroffen wurde. Ich fiel zu Boden, es tat schrecklich weh, dann fielen weitere Schüsse. Natürlich bekam ich wenig mit, das müssen Sie verstehen, ich lag da, und alles wurde ganz komisch um mich herum. Dann hatte ich für einen Augenblick kaum Schmerzen, mein Körper fühlte sich ganz leicht an, wie hohl ...« Sie hielt inne und schlug sich die Hände vors Gesicht. »Dann sah ich meinen Mann fallen, ich glaube, er ist tot, nicht wahr?«

Der Arzt nickte bekümmert. »Leider ist er das. Wir sprachen bereits darüber, erinnern Sie sich?«

»Ja, ich weiß«, sagte die Frau. »Ich weiß.«

Wieder entstand eine Pause, in der Ella sich gelangweilt die Strubbelhaare kratzte und überlegte, ob sie sie wieder kürzen sollte. Dann redete Renate Desamerie weiter. »Dann schoss erst mal niemand mehr. Die Männer standen da, ich sah alles verschwommen und unklar. Es war auch ziemlich dunkel in dem Raum. Wim hatte das Licht gelöscht, nur Fackeln brannten, wegen des Schädels, den wir betrachten sollten, Sie wissen schon. Dann fragte einer den anderen etwas und nannte dessen Namen.«

Wieder stockte sie in der Erzählung und hielt sich die Hände über der Bettdecke vor den Bauch. »Haben Sie Schmerzen?«, fragte der Arzt.

Sie schüttelte stumm den Kopf, dann nickte sie, dann wieder Kopfschütteln. »Er nannte den Kerl, der da vorne stand, Moment, er nannte ihn … ich komm einfach nicht drauf, es war ein komischer Name. Irgendwie kam er mir bekannt vor. Aber kein normaler Name. Irgendwas, jetzt hab ich's, das war John Wayne.«

Ella hob die Augenbrauen an. »Der Mann wurde von seinem Kumpan John Wayne genannt?«

Renate Desamerie schüttelte den Kopf. »Nein, das tat er nicht. Aber es kommt mir gerade so vor.«

»Wie das?«

»Lassen Sie mich bitte überlegen. Also, er sagte nicht John oder Wayne oder beides zu ihm, der Name erinnerte mich nur an den Schauspieler. Habe sein Gesicht dabei im Kopf, so mit hellem Hut, rotem Hemd und brauner Weste, mit Halstuch, so wie der John Wayne halt in einem Western herumlief als … als ... Chisum!«

»Gesundheit«, brummte Ella.

Die Frau schüttelte den Kopf. »Ach was, ich meine, der Mann hieß Chisum. Sie wissen doch, dieser berühmte Wildwestfilm mit John Wayne – Chisum eben!«

»Den kenne ich auch«, warf der Arzt ein. »Den Film, meine ich.«

»Sicher ein Deckname«, grübelte die Kommissarin. »Die Kerle treten in Westernklamotten verkleidet auf und nennen sich wie Westernhelden.«

»Aber dieser Chisum schien das nicht zu mögen«, sagte Renate Desamerie. »Er sagte dem anderen, er solle nicht seinen Namen nennen.«

»Wie?«, fragte Ella. »Er sagte etwa: Du sollst nicht meinen Namen nennen?«

»Genau das sagte er«, bestätigte die Frau. »Wörtlich.«

»Leck mich am Fuß«, grinste Ella. »Das ist aus einem meiner Lieblingsfilme. *Spiel mir das Lied vom Tod.*«

»Stimmt!«, rief der Arzt aus. »Da ist doch der Henry Fonda, der den kleinen Jungen erschießt, und der wird beim Namen genannt – aber der heißt da Frank und nicht Chisum.«

»Ist ja auch ein anderer Film«, brummte Ella Kock. »Irgendwie habe ich das Gefühl, ich bin im falschen Film. Aber gut, das ist schon mal ein Hinweis. Fällt Ihnen sonst noch was ein? Was geschah dann?«

Renate Desamerie überlegte kurz, bevor sie antwortete: »Dieser Chisum schoss noch einmal, dann verschwanden die Männer. Mir wurde ganz kalt, und es tat wieder böse weh. Und dann war plötzlich dieser seltsame Kerl da, der mir half. Er sprach mit mir, fasste mich an, ich glaube, er hat mich verbunden. Und dann sprach er weiter zu mir, kein Wort habe ich verstanden, aber es wurde mir ganz warm, und es war gut, ich hatte keine Schmerzen mehr. Ich sah ein helles Licht, und ich dachte, der Mann mit der guten Stimme leitet mich dorthin, hinein ins Licht. Dann waren da wieder noch mehr Leute, es tat wieder weh, und ich wurde weggebracht.«

»Haben Sie vielen Dank«, sagte Ella. »Glauben Sie, Sie könnten einem unserer Künstler helfen, das eine oder andere Gesicht zu Papier zu bringen? Oder wenn wir Ihnen Fotos zeigen, jemand erkennen, falls einer der Männer dabei wäre?«

»Ich kann es gerne versuchen«, antwortete die Frau mit einem angedeuteten Kopfschütteln. »Kann mir aber nicht vorstellen, jemanden zu erkennen. Verstehen Sie, es war dunkel, bei flackerndem Licht, man schoss auf mich, und das waren Cowboys wie aus dem Film. Wie sollte ich jemanden erkennen oder beschreiben können?«

»Ich verstehe«, sagte Ella. »Aber versuchen müssen wir es.«

»Gut«, meinte der Arzt. »Wir sollten Frau Desamerie jetzt etwas Ruhe gönnen.«

»Klar«, stimmte Ella zu. Sie nickte der Frau zu und wandte sich zur Tür. Im Hinausgehen drehte sie sich noch einmal halb um und sagte: »Ich schicke Ihnen heute Nachmittag einen Kollegen vorbei für die Phantombilder. Und wegen Ihrem Mann – tut mir leid.«

7. Kapitel

Die Frühstückszeit war längst vorbei. Das sagte dem Alten nicht nur die Uhr, sondern auch sein Magen, der ihn bedenklich anknurrte. Lorenz schlurfte den Gang hinunter, seinen Gehstock bedächtig einsetzend, um das wieder einmal schmerzende Bein zu entlasten. Eben, als er voller Elan im Internet gestöbert und darüber das Frühstück vergessen hatte, hatte das Knie noch stillgehalten. Lorenz murmelte während des Gehens: »Magen und Knie, die ihm nun gleichzeitig auf die Nerven gehen wollten, machten den in Ehren ergrauten Ermittler nicht froh. Zumindest wusste er nun, was seine junge Kollegin ihm am Vortag nicht hatte offenbaren wollen.«

Und tatsächlich hatte er via Internet erfahren, wohin Rita am Vortag gefahren sein musste. Die Lokalnachrichten, aber nicht nur die, berichteten über die Bluttat in einem Dürener Antiquitäten- und Kunstgeschäft. In der gesamten Nachkriegszeit waren hier nicht mehr vier Menschen auf einmal erschossen und ein weiterer schwer verletzt worden. Lorenz vermutete, dass Kölner Gangster hinter dem Überfall steckten und seine Enkelin deshalb hinzugezogen worden war. Die Berichterstattung überschlug sich in Spekulationen. Jemand wollte beobachtet haben, dass eine als Cowboys verkleidete Gruppe den Laden betreten hatte, bevor die Schüsse fielen. Dabei war der Karneval längst vorbei. Es gab keinerlei Informationen über Sinn oder Hintergrund der Tat. Wenn es sich um Diebe gehandelt haben sollte, mussten sie unverrichtete Dinge, vielleicht weil sie gestört wurden, abgezogen sein, denn sie hatten sich offenbar nicht an den teilweise sehr wertvollen Kunstgegenständen des Ladens vergriffen. Jedoch schien die Presse darüber einfach noch nichts zu wissen. Lorenz nahm sich daher vor, in allernächster Zukunft mehr aus seiner widerspenstigen Enkeltochter herauszubekommen. Das musste doch irgendwie möglich sein.

Lorenz strebte der nächsten Gangkreuzung zu, wo es zum Speisesaal ging. Mit ein wenig Glück würde das Buffet noch etwas hergeben. Aus der Richtung des Speisesaals schien die Sonne in den Gang. Dem Licht entgegenzustreben, erschien ihm als Verheißung eines verspäteten Frühstücks mit Rührei und – wenn Bärbel nicht dort war und ihn beobachten konnte – auch etwas gebratenem Schinkenspeck.

Ein langer Schatten durchbrach das Sonnenlicht. Ein sehr langer und dünner Schatten, der nichts Gutes verhieß. Der Alte wollte sich gerade darüber klar werden, ob er kehrtmachen und einen Umweg in Kauf nehmen wollte, doch war es schon zu spät dafür, denn die Heimleiterin Sybille Klinkenberg bog um die Ecke und eilte mit Riesenschritten auf ihn zu. »Herr Bertold! Wie gut, dass ich Sie treffe!«

Lorenz dachte, wie gut es sei, ihr nicht zu sagen, dass er ihre Freude über das Zusammentreffen nicht teilte, und antwortete: »Guten Morgen, Frau Leiterin! Was kann ich tun, damit Sie Ihre Meinung über meinen Anblick ändern?«

Die Klinkenberg stutzte kurz, überlegte, ob sie diesen Satz verstanden hatte, schüttelte dann nur den Kopf und meinte: »Ach, Herr Bertold. Sie möchten doch, dass ich Sie ernst nehme. Dann geben Sie mir doch bitte die Gelegenheit dazu.«

»Wie könnte ich dies bewerkstelligen?«

»Indem Sie mir sagen, wo sich dieser Benny Bethge herumtreibt.«

»Der ist doch Ihr Angestellter?«

»Das mag ja sein, jedoch scheint er sich selbst für Ihren Adlatus zu halten. Daher denke ich, Sie werden wissen, wo er ist.«

»Sie haben eine zu hohe Meinung von mir, gnä' Frau.«

»Aber was! Er ist heute früh losgefahren, um die Frau Döring in Schmidt zu versorgen. Dort hat er sich nicht mehr als zwei Stunden aufzuhalten, und nun ist er schon vier Stunden weg.«

»Dann rufen Sie ihn doch an. Er hat auch so ein Ding.« Mit diesen Worten griff Lorenz in die Innentasche seines Jacketts und zog sein Mobiltelefon hervor, welches er der Heimleiterin stolz entgegenhielt.

»Sie Schlauberger! Meinen Sie etwa, ich hätte das noch nicht versucht? Er geht aber nicht ans Telefon.«

»Nun, dann wird er vielleicht mit der alten Dame zugange sein und das Telefon gar nicht bei sich tragen?«

»Na, Sie sind mir ja eine große Hilfe! Dann sagen Sie mir wenigstens, wohin Sie um diese Zeit gehen. Es findet gerade im Schwimmbad die Wassergymnastik statt, für die Sie von Frau Doktor Ziady angemeldet wurden. Und, sehe ich Sie im Wasser?«

»Glücklicherweise nicht, denn wenn uns in diesem Gang das Wasser bis zum Hals stehen würde, wären wir auf der Titanic und nicht an Bord der Seniorenresidenz Burgblick.«

»Und Sie sind nicht Leonardo DiCaprio.«

»Hieß der Kapitän der Titanic so? Wusste gar nicht, dass das ein Italiener war. Würde aber einiges erklären.«

»Herr Bertold, jetzt werden Sie auch noch fremdenfeindlich!«

»Nicht doch«, beschwichtigte Lorenz. »War ja nur ein Scherz. Die Italiener sind schon seit Langem in der Eifel heimisch und mir sehr allerliebst. Wissen Sie, dass die ersten Kraftwerke, die in der Eifel entstanden und unsere Heimat noch vor den meisten deutschen Großstädten mit Strom versorgten, im Wesentlichen von italienischen Ingenieuren und

Arbeitern errichtet wurden? Daher nannte man die ersten Stromlaternen auch Italienisches Licht.«

»Wieder mal Geschichtsunterricht? Kann ich gerade nicht brauchen.«

»Das ist aber schade, denn Geschichte ist immer zu gebrauchen. Und ich setze noch einen drauf: So wie es in der Eifel Italienisches Licht gab, so nannten die Sherpas den Sauerstoff aus Flaschen Englische Luft. Wegen der Engländer, die in den Himalaya kamen, um den Everest und anderes zu besteigen. Ist das nicht witzig?«

»Mag sein, aber ich erkenne den Zusammenhang nicht.«

»Der ist auch weniger semantisch als vielmehr phonetisch. Oder syntaktisch? Ich kenne mich da nicht so aus.«

Lorenz grinste Sibylle Klinkenberg an, und die beeilte sich, den Alten stehen zu lassen und den Gang weiter hinaufzurennen. Lorenz war mit sich und seiner Taktik, die Heimleiterin zu vergraulen, zufrieden. Schmunzelnd setzte er seinen Weg fort. Sogar sein schmerzendes Knie schien durch das Scharmützel besänftigt worden zu sein. So schwang er seine Beine wie den Gehstock locker voran. Sein Weg führte ihn am Nebeneingang vorbei, wo gerade ein Krankentransporter vorfuhr und einen Patienten auslud. Eine alte Frau wurde im Rollstuhl hereingeschoben. Als Lorenz in das tief zerfurchte Gesicht unter den schneeweißen Haaren blickte, durchzuckte es ihn. »Frau Pottkämper!«, rief er überrascht aus.

Die Alte hob ihre müden Lider und sah Lorenz an. Dann hob sie eine Hand und winkte ihn zu sich heran. »Kommen Sie näher«, sagte sie mit leiser, brüchiger Stimme. Lorenz trat zu ihr und wunderte sich bei näherer Betrachtung der Frau, wie er sie nach so langer Zeit spontan hatte erkennen können. Sie sah seiner Geschichtslehrerin, die ihm vor allem die Liebe zur Heimathistorie eingepflanzt hatte, nur noch sehr bedingt ähnlich. Er rechnete kurz nach und entschied, dass Friederike Pottkämper nun bereits an die hundert Jahre alt sein musste.

»Ich bin Lorenz Bertold. Ehemaliger Schüler von Ihnen.« Er reichte ihr die Hand und lächelte. Es dauerte einige Sekunden, bis eine Andeutung des Verstehens, wohl auch des Erinnerns, über ihr Gesicht huschte. »Lorenz«, murmelte sie dann. »Du bist aber alt geworden. Könntest dich mal rasieren. Der weiße Bart – ich weiß nicht.«

»Das sagen beinahe alle«, entgegnete Lorenz. »Ich freue mich, Sie zu sehen. Ziehen Sie hier ein?«

»So könnte man das sagen. Bin aber nur auf der Durchreise.« Friederike Pottkämper hob einen Finger und wies gen Himmel. »Dort oben werde ich schon erwartet. Hier will man das, was von meinem irdischen Dasein noch übrig ist, möglichst angenehm verwahren. Ich habe noch ein paar Wochen, vielleicht Monate.«

»Sind Sie krank?«, fragte Lorenz und wusste in diesem Moment, wie sinnlos sich dies anhörte.

Die alte Lehrerin lächelte sanft. »Vor allem sehr, sehr alt, mein Lieber. Wenn man will, kann man bei mir auch diverse lebensbedrohliche Krankheiten diagnostizieren. Ich jedoch nenne es einfach nur uralt und verbraucht.«

Lorenz nickte. »Ich freue mich auf jeden Fall, dass ich Sie so unverhofft hier wiedersehe. Wenn Sie mögen und sich eingefunden haben, trinken wir einen Kaffee zusammen, ja?«

»Sehr gerne, mein Junge«, antwortete die Alte und drückte seine Hand. Dann bedeutete sie dem Pfleger, den Weg fortzusetzen. Lorenz blieb stehen und sah ihr hinterher, bis ihr Rollstuhl um die nächste Biegung verschwunden war. Er atmete tief durch und versuchte, die überraschende Begegnung zu verdauen, um in seinem Magen Platz für das nun doch sehr dringend benötigte Frühstück zu schaffen. Doch bevor er sich wieder in Bewegung setzen konnte, sah er Rita und Ella Kock auf sich zukommen.

»Nicht doch«, brummte er. »Was ist denn heute nur für ein Tag?«

»Hallo Opa«, sagte Rita und umarmte ihn. Dann winkte Ella Kock ihm zu. »Moin, Herr Bertold. Alles frisch?«

»Sehen Sie mich an, Frau Kommissarin«, meinte Lorenz. »Mache ich auf Sie den Eindruck jugendlicher Frische?«

»Ich meinte auch nicht Ihren Körper«, versetzte Ella. »Machen Sie sich da mal keine Hoffnungen. Auf dieser Ebene kommen wir nie zusammen, das ist mal sicher!«

»Da können wir aber beide dankbar sein. Sie hätten keinen Spaß dran, und ich würde es vermutlich nicht überleben.«

»Opa!«, rügte ihn Rita. »Wir sind wegen etwas Ernstem da. Können wir dich bitte sprechen? Jetzt sofort?«

»Habe ich eine Wahl? Aber vielleicht eine Option: Ich muss unbedingt etwas essen. Ich bitte, das Gespräch in den Speisesaal zu verlegen.«

»Ich hätte auch nichts gegen Frühstück einzuwenden«, fügte Ella Kock hinzu. »Mehr als Kaffee hatte ich heute noch nicht.«

»Unglaublich«, grinste Lorenz. »Da haben wir beide doch schon wieder etwas gemeinsam.«

»Das ist unheimlich«, grinste auch Ella und fuhr mit beiden Händen durch das sich sträubende Haupthaar. »Themawechsel.«

Bald hatten sie sich im mittlerweile leeren Speisesaal in der Nähe der Theke niedergelassen. Zwar gab es kein frisches Rührei mehr und auch keinen gebratenen Schinken, aber einige Brötchen und Croissants mit Butter (die Diätmargarine lehnte Lorenz entschieden ab) und Marmelade konnten sie zum Kaffee noch ergattern.

»Was wollt ihr denn nun von mir?«, fragte Lorenz kauend. »Geht es um das Blutbad im Kunstladen?«

»Woher weißt du das?«, fragte Rita überrascht.

Lorenz winkte ab. »Ach Kind, wir sind in Nideggen, nicht in … in … Mützenich. Die Presse ist voll davon. Nur frage ich mich nun, was ich damit zu tun habe. Braucht ihr noch einen Senior-Ermittler?«

»Gott bewahre!«, rief Ella aus. »Wir haben ein paar Fragen an Sie, die Sie hoffentlich einfach, klar und ohne Umschweife beantworten werden.«

»Das mit der Umschweiflosigkeit kann ich nicht versprechen. Einfach und klar bin ich immer, zumindest aus meiner Sicht.«

»Nun gut«, versuchte Ella den Anfang zu finden. »Wir haben im Zusammenhang mit dem Mord gestern einen Mann getroffen, der behauptet, Sie zu kennen.«

»Das mag er behaupten«, meinte Lorenz. »Wie heißt er denn?«

Rita antwortete: »Deogratius Mbumba.«

»Wer? Nie gehört. Ist das ein Fußballer? So ein Schwarzer?«

»Beinahe schwarz«, bemerkte Ella. »Aber kein Fußballer, sondern ein Medizinmann aus dem Kongo.«

»Kongo? Medizinmann? Beinahe schwarz? Ja, Mädels, habt ihr sie noch alle?«

»Opa«, lachte Rita. »Es ist uns schon ernst. Hast du schon einmal mit einem Afrikaner zu tun gehabt? Vielleicht kannst du dich ja nur nicht an den Namen erinnern oder er nannte sich anders.«

»Ich hatte noch nie mit einem Afrikaner zu tun, der beinahe schwarz war und sich so oder anders nannte«, meinte

Lorenz. Dann schob er sich ein halbes Croissant zwischen den Bart, kaute, schluckte, überlegte, nahm einen Schluck Kaffee und ergänzte dann: »Oder doch, vielleicht schon.«

»Wie jetzt?«, rief Ella Kock aus.

»Na ja, ich habe mal vor einiger Zeit einen Brief bekommen, mit dem ich so gar nichts anfangen konnte. Ich glaube, der kam aus Afrika.«

»Davon hast du mir nichts erzählt«, beschwerte sich Rita. »Ich frage dich bei jedem Besuch, ob es was Neues gibt, und du meinst immer, es passiere gar nichts. Und dann bekommst du Briefe aus Afrika von Leuten, die du nicht kennst?«

»Muss ich wohl vergessen haben«, maulte Lorenz. »Komm du erst in mein Alter. Dann vergisst du auch schon mal 'nen Brief.«

»Wie auch immer«, sagte Ella. »Können wir diesen Brief sehen?«

»Nun ja, vielleicht ist er ja privat?«

»Opa!«

Lorenz grinste. »Ist ja gut. Wenn ich aufgegessen habe – huch, das hab ich ja schon, da kannste mal sehen – gehen wir in meine Gemächer. Frau Kock, bilden Sie sich nichts darauf ein, meine Enkelin bleibt als Anstandsdame immer in unserer Nähe.«

»Heute ist mein Glückstag«, stöhnte Ella Kock und erhob sich.

Wenig später saßen die beiden Kriminalbeamtinnen in Lorenz' Zimmer und sahen ihm dabei zu, wie er einen Stapel Papiere durchsuchte. Geruhsam nahm er ein Blatt nach dem anderen vom Stapel, schaute darauf und legte es dann beiseite, meist mit einem Kommentar versehen, der sich auf den Inhalt dieses Dokuments bezog. »Ei, da haben wir es ja«, meinte er nach ein paar Minuten, die den jungen Frauen wie Stunden erschienen.

»Zeigen Sie her!«, rief Ella Kock und sprang auf.

»Nicht doch«, meinte Lorenz und sah sie missbilligend über den Rand seiner Brille hinweg an. »Das geht Sie gar nichts an. Das ist ein Brief, den Bärbel mit vor ein paar Tagen schrieb und den ich gestern Abend eigentlich nochmals hatte lesen wollen.«

»Ja, wie?« Ella setzte sich wieder hin. »Sie sagten doch, Sie hätten es gefunden?«

»Das habe ich ja auch. Nur nicht das, worauf Sie warten«, grinste Lorenz. »Das hättet ihr jetzt nicht gedacht, dass ich nach zwei Briefen gleichzeitig suchen kann, nicht wahr?« Er faltete den Bogen mit Bärbels feingliedriger Handschrift zusammen und steckte ihn in seine Tasche. Dann fuhr er fort, die übrigen Papiere umzustapeln. Ella begann schon wieder, ihre Haare mit allen zehn Fingern hektisch zu durchkämmen, als der Alte fündig wurde. Er hielt einen Umschlag in die Höhe, der anhand der fremdartigen Briefmarken und der Stempel als Auslandspost zu erkennen war. Dem aufgerissenen Umschlag entnahm er einen Briefbogen, den er durchsah. Als Ella wieder aufgesprungen und ganz nah an ihn herangetreten war, presste er den Brief an seine Brust. »Nicht ohne Weiteres«, brummte er.

»Was soll das heißen?«, bellte Ella. »Her damit!«

»Nein! Rita, hilf mir!«, rief Lorenz. »Das ist Privateigentum. Wir sind doch nicht in der DDR!«

»Die gibt's schon lange nicht mehr!«, entgegnete Ella. »Und wir sind in Mordermittlungen, und das da ist eine wichtige Spur. Also her damit, ich haue auch alte Leute!«

Rita erhob sich ebenfalls und lachte laut. »Komm, lieber Opa, nun sei nicht so bockig. Gib uns den Brief, ja?«

Lorenz sah von einer Kommissarin zur anderen, dann entgegnete er: »Na gut. Aber nur gegen Informationen. Das hab ich verdient.«

Ella Kock verdrehte die Augen, genauso wie Rita. »Was denn für Informationen?«

»Ich will wissen, womit sich dieser van der Kriek beschäftigt hat, wieso die Mörder verkleidet waren und wer am Tatort festgenommen wurde. Die Presse weiß gar nix. Ihr aber schon.«

»Das wär ja noch schöner«, knurrte Ella Kock. »Ermittlungsergebnisse im Altenheim ausgeplaudert als Gegenleistung für die Herausgabe von Beweisstücken.«

»Ich kann den Brief auch essen, so wie der verrückte Mönch im *Namen der Rose*«, drohte Lorenz und öffnete den Mund, als wolle er den Brief tatsächlich in einem Stück verschlingen.

»Rita, bring deinen Opa zur Vernunft, sonst lege ich ihm Handschellen an«, rief Ella.

»Rita, bring deine Kollegin zur Vernunft, sonst frühstücke ich ohne euch weiter, und zwar diesen Brief!«

»Opa, was willst du wissen?«, seufzte Rita.

»Na also, geht doch«, sagte Lorenz mit triumphierendem Seitenblick auf Ella Kock, die sich an die Stirn fasste und wieder Platz nahm. »Also erstens: Wer wurde am Tatort festgenommen?«

»Ein Mann namens Mbumba aus dem Kongo. Genau der, der behauptet, dich zu kennen und dessen Brief du gerade auf die Speisekarte gesetzt hast.«

»Fein. Dann weiter: Was wisst ihr über die Mörder?«

»Gar nichts«, antwortete Rita. »Es waren mehrere Personen, als Cowboys verkleidet. Sie benutzten großkalibrige Revolver, der Verkleidung entsprechend.«

»Keine Ahnung, wer das war? Keinerlei Hinweise?«

Rita schüttelte den Kopf und druckste etwas herum, sodass Lorenz merkte, dass sie etwas verschwieg.

»Nun kommt schon, so schlimm ist das doch nicht. Ich habe euch schon oft geholfen, ich bitte das nicht zu vergessen.«

»Das stimmt sogar«, gab Ella zu. »Also gut, die Überlebende des Massakers sagte, einer der Männer habe einen anderen, vermutlich den Anführer, Chisum genannt. Das ist eine Figur aus einem Western, gespielt von John Wayne.«

»Und, kennt ihr einen Killer, der sich Chisum nennt?«

»Nicht die Bohne«, antwortete Rita. »Wir kennen niemanden, der sich so nennt oder von anderen so genannt wird.«

»Aber das ist dennoch eine heiße Spur, will ich meinen«, sagte Lorenz. »Und nun meine letzte Frage, bevor ich euch den Brief aushändige: Womit verdiente der getötete Ladenbesitzer sein Geld?«

»Er verkaufte Antiquitäten und Kunst aus aller Welt, vor allem aus Afrika.«

»Das erklärt, warum der Mann aus dem Kongo dort war.«

»Zumindest teilweise«, sagte Rita. »Wenn du uns jetzt den Brief geben würdest, wüssten wir vielleicht noch mehr.«

»Aber gleich«, erwiderte Lorenz. »Was der Ladenbesitzer offiziell tat, weiß ich schon aus dem ersten Internet-Artikel, den ich las. Was aber wisst ihr über Geschäfte, um derentwillen man erschossen wird und ein paar Kunden gleich noch mit dazu?«

»Du meinst illegale Sachen?«

»Klar, liegt doch auf der Hand. Das stinkt doch nach Schmuggel, Hehlerei, was weiß denn ich.«

»Darüber haben wir keinerlei Informationen«, sagte Ella. »Natürlich ermitteln wir in dieser Richtung, aber Wim van der Kriek ist noch nie mit dem Gesetz in Konflikt gekommen oder wurde eines der von Ihnen genannten Verbrechen verdächtigt.«

»Hm«, brummte Lorenz. »Nun gut, dann bekommt ihr jetzt den Brief.« Er hielt Rita den Bogen hin, den diese sofort zu lesen begann und dabei erdulden musste, dass Ella Kock ihre Wange an Ritas presste, um gleich mitlesen zu können.

»Wladimir Slotin«, zischte Ella. »Er will etwas wissen über Slotin. Verdammt, wenn der mit drinhängt, zieht das Kreise.«

»Aber der sitzt doch noch im Knast, oder?«

»Das tut er«, antwortete Rita. »Aber seine Organisation arbeitet natürlich weiter. Slotins rechte Hand, Kastriot Visar Kreshnik, ist schon wieder auf freiem Fuß. Mbumba scheint zu glauben, dass du ihm helfen kannst. Und hier schreibt er noch, du wüsstest alles über die Geschichte des Schmuggels in der Eifel. Damit könntest du ihm oder vielmehr einem Freund helfen. Was hat das zu bedeuten?«

»Vielleicht glaubt er auch, dass van der Kriek mit Schmuggelware gehandelt hat, und hat ihn deswegen aufgesucht?«

»Das mag sein. Aber ausgerechnet an dem Tag, an dem er in Deutschland eintrifft und zuallererst van der Kriek aufsucht, wird dieser ermordet. Das ist zu viel Zufall.«

»Wer sagt denn was von Zufall?«, fragte Lorenz. »Dieser Afrikaner ist bestimmt kein Dummkopf, und außerdem habt ihr ihn doch wegen der Morde festgenommen?«

»Wir werden ihn wohl wieder laufen lassen müssen«, gab Ella zu. »Wie es aussieht, können wir ihm keine Beteiligung an dem Mordanschlag nachweisen, und außerdem war er damit beschäftigt, die Überlebende des Massakers zu versorgen, als wir eintrafen. Und als Revolverheld war er nicht verkleidet, und geschossen hat er mit einem Revolver vor seiner Festnahme sicher auch nicht.«

»Also habt ihr einen unschuldigen Neger und einen flüchtigen John Wayne«, grinste Lorenz. »Wir sind Deutschlands Wilder Westen, das wusste ich doch immer.«

8. Kapitel

Die Sonne musste schon ziemlich hoch am Himmel stehen. Lorenz konnte es nicht genau erkennen, denn es hatte sich eine dunkelgraue Wolkendecke über Nideggen zusammengezogen. Er schaute aus dem Fenster und grübelte.

Rita würde ein Kind bekommen und er Urgroßvater werden. Das war schon etwas. Nur schade, dass seine Maria dies nicht mehr erleben durfte. Sie hätte sich bestimmt noch viel mehr darüber gefreut als er. Nun war es ja nicht so, dass ihn die Nachricht vom Nachwuchs nicht glücklich gemacht hätte. Aber dennoch wurde er das Gefühl nicht los, dass er glückliche Momente nicht so ungefiltert erlebte, wie es eigentlich gut und sinnvoll gewesen wäre. Nach seinem Freudentänzchen war bald die nüchterne Erkenntnis eingesickert, dass eine erwachsene Frau eben schwanger geworden war. Nichts Besonderes also. Viel aufregender erschien es dem Alten, dass sich zu dem Brief aus Afrika, den er natürlich in Wahrheit keineswegs vergessen hatte, eine dramatische Zuspitzung der Ereignisse ergeben hatte. Zwar hatte er sich auf den Absender des Briefes so überhaupt keinen Reim machen können, doch war es sicherlich von unerhörter Merkwürdigkeit, dass ein Medizinmann aus dem Kongo ihn und sein Abenteuer mit dem Paten vom Rursee kannte. Es konnte unmöglich ein Zufall sein, dass Wladimir Slotin, der damals auf der Jagd nach einem sagenumwobenen Artefakt an Kommissar Wollbrands hartnäckiger Gegenwehr gescheitert war, nun mit der Ermordung eines Antiquitäten- und Kunsthändlers in Verbindung gebracht wurde.

Und dann war da noch Friederike Pottkämper. Seine alte Geschichtslehrerin, die er seit vielen Jahren nicht gesehen hatte, war offenbar dem Tode nah. So sehr ihn das auch traf – der Gedanke, dass er so lange nicht an sie gedacht hatte und sie schon längst hätte tot sein können, ohne dass ihn dies gekümmert oder er auch nur davon erfahren hätte, war das eigentlich Traurige. Aber vermutlich war auch das der völlig normale Lauf der Zeit. Wie dem auch sein mochte, er nahm sich fest vor, die Gelegenheit zu nutzen, noch etwas Zeit mit seiner alten Lehrerin zu verbringen. Zeit war vielleicht das Wertvollste, was ein alter Mensch einem anderen schenken konnte, denn diese stand beiden nicht mehr so scheinbar unbegrenzt zur Verfügung, wie man es sich in jüngeren Jahren gerne einbildete.

Die Zeit ... Lorenz sah auf die Uhr. Das Mittagessen stand auf dem Plan. Eigentlich hatte er nach dem verspäteten Frühstück und den aufregenden Neuigkeiten überhaupt keinen Hunger. Andererseits würde er im Speisesaal vermutlich seine Freunde treffen. Durch diesen hoffnungsvollen Gedanken motiviert, machte er sich ein weiteres Mal auf den Weg durch die vertrauten Gänge der Seniorenresidenz Burgblick. Er ging schneller als sonst und schob dies auf den Umstand, dass sein Bein nicht schmerzte. Dann merkte er, dass er seinen Gehstock vergessen hatte. Offenbar verwirrten ihn die aktuellen Entwicklungen doch noch wesentlich mehr, als er sich selbst hatte eingestehen wollen. Dieser Gedanke erschien ihm aber nicht wert vertieft zu werden. Er murmelte: »Der alte Ermittler sollte sich einfach freuen, seine Gehhilfe nicht benutzen zu müssen. Vielleicht hatte er ja den Alterungsprozess überstanden und würde von nun an wieder jünger werden. Er hoffte nur, dass dies vor dem Wiedereintritt in die Schulzeit stoppen würde.«

Und so kam es, dass er an einen Internats-Speisesaal dachte, als er den geräumigen Glaspavillon betrat, in dem die

Insassen der Seniorenresidenz ihre Mahlzeiten einzunehmen pflegten, und amüsierte sich über die seltsam verrunzelten, gebeugten Gestalten der Schüler. Lorenz sog prüfend die Luft durch die Nase. Eigentlich war dies keine geeignete Methode zu erkennen, welche Speisen an diesem Mittag geboten wurden, denn es roch immer gleich. Irgendetwas Dampfgegartes, irgendetwas Gebratenes, außer freitags vielleicht, wenn es Fisch gab, das roch man tatsächlich. Heute war Dienstag, also kein Fisch. Dafür Gustav, der seinen Freund an seinen Tisch winkte. Lorenz tat so, als bewege er sich rein zufällig in die Richtung, setzte sich Gustav gegenüber hin, sah ihn an, tat überrascht und meinte: »Nein, ist das möglich? Du auch wieder hier?«

»Auch ich muss ab und an Nahrung aufnehmen«, schmunzelte Gustav. Und da er Lorenz mittlerweile gut kannte, setzte er hinzu: »In welchem Film ist Kommissar Wollbrand gerade?«

»Internats-Kantine«, murmelte Lorenz. »Der Kommissar ist noch gar keiner, sondern geht noch zur Schule und wundert sich über die vorzeitige Vergreisung seiner Mitschüler.«

»Und seiner selbst«, meinte Gustav. Dann wies er in Richtung des Eingangs, in dem das kupferrote Haar Bärbel Müllenmeisters sichtbar wurde. »Wenn du wieder Schüler bist, kannst du ja nun auch das Flirten neu lernen. Da kommt die Gelegenheit dafür.«

Bärbel setzte sich neben Gustav und sagte: »Aloha Jungs. Ist das nicht ein schöner Tag?«

»Ach was«, brummte Lorenz und überlegte, ob dies die Art von Flirten war, die Gustav gemeint hatte. »Es ist düster wie im Winter. Gleich wird's wahrscheinlich Hunde und Katzen regnen, und wir sitzen in einem Altenheim. Was ist daran schön?«

»Alter Brummbär«, antwortete Bärbel, ohne ihr Lächeln zu verlieren. »Wir sind da, sitzen zusammen, essen was und bilden uns ein, immer noch dieselben glücklichen Menschen zu sein, die gestern ins Bett gingen. Das ist doch was, nicht wahr?«

»Das ist mir zu philosophisch«, entgegnete Lorenz. »Was hast du wieder Gewichtiges gelesen? Schmöker doch lieber mal Krimis, dann muss man nicht immer so heftig denken, wenn du von deiner Lektüre erzählst.«

Bärbels helles Mädchenlachen schallte durch den Raum, sodass der eine oder andere Insasse einen Moment in der Nahrungsaufnahme innehielt und erstaunt lauschte. »Ich habe nichts Philosophisches gelesen«, meinte sie dann. »Dachte nur einfach so, dass es gut ist, wie es eben ist.«

»Ich glaube, das nennt man Zufriedenheit«, warf Gustav ein.

»Was ist denn mit deiner Zufriedenheit?«, fragte Lorenz zurück. »Wo treibt sich denn dein Liebchen herum?«

Gustav grinste. »Du meinst Alexander, nehme ich an. Dazu muss ich zunächst vorwegschicken, dass niemand für meine Zufriedenheit verantwortlich ist außer mir selbst. Aber du wolltest ja nichts Philosophisches, also konkret: Er ist gerade auf Wohnungsbesichtigung in Nideggen unterwegs.«

»Sucht er für sich oder für euch?«

Gustavs Grinsen wurde breiter. »Hast du Angst, er entzieht mich eurer werten Gesellschaft? Nein, er sucht für sich. Ich fühle mich hier wohl, und auch wenn wir uns wieder angenähert haben und ich hoffe, dass das was Bleibendes wird, müssen wir nicht zusammen wohnen.«

»Das ist schlau«, meinte Bärbel. »Aber es freut mich, dass ihr miteinander plant. Ihr passt doch wirklich gut zusammen.«

Lorenz schoss der Gedanke durch den Kopf, dass das wirklich passte zwischen Gustav Brenner und Alexander Grosjean, einmal abgesehen davon, dass die beiden das gleiche Geschlecht aufwiesen. Aber das sagte er nicht laut, vor allem, weil er wusste, wie dämlich das war.

»Das finde ich allerdings auch!«

Die drei sahen auf, als sie die Stimme von Benny Bethge vernahmen. Der junge Pfleger setzte sich neben Lorenz. »Kinder, ich habe heute Morgen was Gruseliges erlebt!«

»Ich auch«, antwortete Lorenz. »Ich traf auf die Klinkenberg, die dich suchte. Was kannst du Schlimmeres erlebt haben?«

»Das will ich euch gerne sagen«, meinte Benny und erzählte von seinem Besuch bei Magdalena Döring. Als er seinen hastig vorgetragenen Bericht beendet hatte, meinte Bärbel: »Das ist ja wirklich gruselig. Die Arme hat wohl einen bösen Albtraum gehabt. Ob irgendetwas davon realen Ursprungs ist?«

»Schwer zu sagen«, meinte Lorenz. »Ich habe zum Beispiel geträumt, ich hätte vor Wochen einen Brief von einem afrikanischen Medizinmann erhalten, der dieser Tage plötzlich in Düren auftaucht, justament als da mehrere Menschen erschossen werden. Und plötzlich stellt meine Enkeltochter mir Fragen, was ich über diesen Schwarzen weiß, und die ist auch noch schwanger, und ich werde also Urgroßvater.«

»Was für ein wirrer Traum!«, rief Gustav aus. »Beneidenswert, was du alles im Schlaf erlebst!«

Lorenz grinste heimtückisch. Bärbel sah ihn prüfend an und fragte dann: »Lorenz? Ist das wirklich nur ein Traum? Oder veräppelst du uns gerade wieder?«

»Wenn ich das alles geträumt hätte, euch jedoch weismachen wollte, es sei wirklich passiert, dann würde ich euch veräppeln.«

»Dann ist es also wahr?«, rief Bärbel aus. »Rita erwartet ein Kind, und du wirst Uropa? Das ist ja wunderbar!« Sie sprang auf, lief um den Tisch herum und drückte Lorenz an sich. Als sie ihn wieder freigab, meinte er kopfschüttelnd: »Das sind sie, die Frauen. Ich erzähle von einem aufsehenerregenden Mordfall, in den ich involviert bin, und sie freut sich über eine Schwangerschaft.«

»Einen Moment bitte«, warf Gustav ein. »Jetzt mal langsam für die Älteren am Tisch: Dieses Gemetzel, von dem alle reden – darin ist ein Afrikaner verwickelt, den du kennst, und darüber auch du selbst?«

»Ich kenne ihn nicht wirklich«, gab Lorenz zu. »Vor einiger Zeit erhielt ich wie gesagt einen Brief von einem Medizinmann oder Zauberer aus dem Kongo, er hatte Kenntnis von unserem Erlebnis mit dem Paten vom Rursee und interessierte sich irgendwie für mich und meine Rolle in dem Fall. Er kennt mich also, wenn man so will. Und nun scheint er ein Verdächtiger in dem Mordfall zu sein, und er trug am Tatort einen Zeitungsartikel bei sich, der von mir und Wladimir Slotin handelt.«

»Und die Döring hat von einem Zauberer geträumt!«, rief Benny. »Ist das schräg!«

»Aber du erzähltest doch eben von einem weißen Zauberer«, meinte Gustav. »Das kann doch unmöglich mit dem afrikanischen Medizinmann zu tun haben. Und außerdem – woher soll die Alte denn von etwas träumen, was sie gar nicht kennen kann?«

»Genau«, stimmte Lorenz zu. »Immer an die Fakten halten. Das nächtliche Gedräu einer alten Frau soll uns nicht weiter kümmern. Der vierfache Mord jedoch schon, immerhin ermittelt meine Rita – neben der unfassbaren Frau Kock –, und ich wurde dazu befragt. Ich rieche ein Abenteuer, meine Lieben!«

»Um Gottes willen!«, rief Bärbel aus. »Schon wieder ein Kriminalfall für Opa Bertold! Wie schaffst du das nur immer?«

Lorenz grinste. »Der große Strippenzieher im Hintergrund, der unser aller Lebenslauf steuert, meint es gut mit mir.«

»Das bleibt abzuwarten«, meinte Gustav. »Wenn es einen solchen Strippenzieher gibt, wollen wir hoffen, dass er Humor und vor allem ein weiches Herz für alte Leute hat.«

9. Kapitel

Der Mann, der neben Deogratius Mbumba saß und Ella Kock gelassen ansah, hatte äußerlich nicht viel mit einem Anwalt gemein. Er trug sein langes Haar offen, Hemd und Jackett kamen ohne Krawatte aus. Dazu trug Dr. Gert Doolfen Jeans und Sneakers. Er dreht bedächtig an einer Zigarette und sagte wie nebenbei: »Frau Kock, es sieht so aus, als hätten Sie nicht den allergeringsten Grund, meinen Mandanten noch länger festzuhalten. Er ist ein Tatortzeuge, keinesfalls jedoch verdächtig. Er hat nicht geschossen, sondern kam zufällig in den Laden, versorgte sogar eine Verletzte. Wenn Sie noch Fragen an meinen Mandanten haben, können Sie diese jetzt gerne stellen, und dann händigen Sie ihm bitte seinen Besitz aus und lassen ihn gehen.«

Ella Kock fuhr sich durch ihr strubbeliges Haar und fragte sich, wie lange sie es noch mit dieser Frisur würde aushalten können. »Sagen Sie, wer hat Sie eigentlich engagiert?«

Dr. Doolfen lächelte undurchsichtig. »Das ist keine der Fragen, die Sie weiterbringen. Ich bin nicht verpflichtet, darauf zu antworten.«

»Nein, das sind Sie nicht«, schaltete sich Rita ein, die neben Ella saß. »Aber es wäre für uns durchaus von Interesse zu erfahren, welche Kontakte Herr Mbumba hat, die ihm so schnell einen Anwalt organisiert haben.«

»Nächste Frage bitte«, antwortete Doolfen knapp und leckte an der fertig gerollten Zigarette. Dieses Thema war für ihn offensichtlich keines.

Ella zuckte mit den Schultern. »Von mir aus. Dann würde ich von Ihrem Mandanten gerne erfahren, was das für eine Voodoo-Puppe ist, mit der er an der verletzten Frau herumgemacht hat.«

»Meines Wissens hat er nicht herumgemacht, sondern nachweislich der Frau geholfen, eine kritische Situation zu überstehen. Und das, was Sie eine Voodoo-Puppe nennen, ist ein religiöser Gegenstand. Ich will nicht hoffen, dass Sie – nachdem mein Mandant die Frau in einer gemäß seines Medizinstudiums fachmännischen Weise versorgt hat – Anstoß an seiner Religion nehmen. Oder hätten Sie einem katholischen Priester sein Kreuz weggenommen?«

Ella Kock winkte ab. »Nee, lassen Sie mal stecken. Sie müssen mir kein intolerantes Verhalten im Dienst vorwerfen, um den Mann mitzunehmen. Aber ein paar Fragen hätte ich tatsächlich noch: Herr Mbumba, was sagt Ihnen der Name Chisum?«

Deogratius Mbumba lächelte Ella freundlich an. »Gar nichts.«

»Nie gehört?«

»Mein Mandant hat die Frage eindeutig beantwortet«, warf der Anwalt ein.

Ella winkte erneut ab. »Gott, sind Sie bissig«, meinte sie und wandte sich wieder dem Medizinmann zu. »Kennen Sie einen Mann namens Wladimir Slotin? Den sogenannten Paten vom Rursee?«

Der Medizinmann schüttelte den Kopf. »Nein.«

»Aber Sie trugen einen Zeitungsartikel bei sich, in dem es um diesen Mann ging.«

»Die Frage wurde beantwortet«, warf Doolfen ein.

Ella Kock machte ein Gesicht, als wolle sie dem Anwalt entweder die Zunge herausstrecken oder ihm gleich eine Ohrfeige verpassen. »Warum waren Sie denn nun überhaupt in dem Laden des Wim van der Kriek? Kannten Sie ihn?«

Mbumba schüttelte wieder den Kopf. »Ich habe gehört, dass es dort Dinge aus meiner Kultur geben sollte. Wollte mir ansehen.«

»Dinge wie das, was Sie bei sich trugen? Wozu dient denn dieser – äh – religiöse Gegenstand?«

Wieder schaltete sich Dr. Doolfen ein. »Ich wüsste nicht, was diese Frage im Rahmen Ihrer Ermittlungen für einen Sinn macht.«

Mbumba hob eine Hand und sagte: »Lassen Sie nur, ich erkläre es gerne. Ich trage immer diesen – wie heißt es – fétiche bei mir. Er vertreibt böse Geister, schützt uns vor ihnen. Es reicht nicht, eine Wunde zu schließen. Man muss das Böse, das die Wunde schlug, bekämpfen. Männer schossen und verschwanden, aber böser Geist war noch da. Konnte ihn spüren.«

»›Fétiche‹, sagen Sie«, hakte Rita nach. »Das ist französisch. Kann es sein, dass man so einen Gegenstand auf Deutsch einen Nagelfetisch nennt?«

Deogratius lächelte erneut und nickte. »Sie haben recht, genau das ist es. Sie lernen schnell – haben Sie nachgelesen?«

»Gehört zum Job«, antwortete Rita. »Eine Frage noch: Sie haben Medizin studiert, auch in Deutschland. Warum sind Sie dann als Medizinmann in den Kongo zurückgegangen, und warum sind Sie jetzt hier?«

»Urlaub«, sagte Gert Doolfen. »Mein Mandant macht Urlaub.«

Deogratius sagte nichts weiter dazu und lächelte nur still vor sich hin. Ella stand auf und atmete hörbar ein. »Ihr Visum gilt für neunzig Tage. Wo können wir Sie in dieser Zeit erreichen, wenn wir Sie noch als Zeugen brauchen sollten?«

»Sie erreichen Herrn Mbumba über mich«, antwortete der Anwalt und legte eine Visitenkarte auf den Tisch. Dann steckte er sich die Zigarette in den Mund. »So, ich möchte jetzt rauchen, und mein Mandant möchte gehen. War's das?«

»Denke ja«, sagte Ella Kock. »Herr Mbumba, ich entschuldige mich für den ungeplanten Aufenthalt, den Sie bei uns erdulden mussten, und wünsche Ihnen einen schönen Urlaub. Wo wollen Sie jetzt hingehen?«

Deogratius stand auf und deutete eine Verbeugung an. »Zu Menschen, die mich brauchen.«

10. Kapitel

Rita sog dankbar den Duft frisch gekochten Essens ein, als sie die Tür ihrer kleinen Wohnung in Köln-Ehrenfeld hinter sich zuzog. »Indisch?«, rief sie in Richtung Küche und hängte ihr Jackett mit dem Schulterholster ihrer Walther P99 an die Garderobe.

»Yep«, kam die Antwort, gefolgt von einem Scheppern und dem Klirren splitternden Glases. »Aber nicht aus den neuen Schüsseln«, kam die prompte Ergänzung.

Rita ging durch die Diele und betrachtete Paul Gedeck, der seine riesenhafte Gestalt auf dem Küchenboden zusammengefaltet hatte und dabei war, die Scherben zusammenzukehren. »Tut mir leid«, sagte er und blickte kurz zu ihr auf. »Hätte gepasst.«

Rita beugte sich zu Paul herunter und küsste ihn. »Das ist vielleicht ein Zeichen. Essen wir halt gemeinsam aus einer Schüssel. Oder hast du die auch schon zerschmissen?«

»Nee. Eine lebt noch. Aber es wäre vielleicht besser, wenn du sie aus dem Schrank nimmst.«

»Was gibt's denn?«

Paul hob den Wokdeckel an. »Verschiedene Gemüse und Pilze, Kräuerseitlinge und Champignons, dazu Reis. Und das neue indische Gewürz, das du gekauft hast. Ich hoffe, dein Geschmackssinn hat sich nicht schon wieder um hundertachtzig Grad gedreht.«

»Ich esse alles, was du kochst. Kein Fleisch drin?«

»Nope. Habe mir gedacht, das könnte ein Risiko sein. Zuletzt hast du's ausgespuckt.«

Rita grinste und kraulte Pauls 4-Millimeter-Selfmade-Frisur. »Danach kannst du nicht gehen. Aber stimmt schon, vegetarisch geht immer, Fleisch nicht unbedingt. Cleverer Kerl.«

»I'll do my very best, Missis Rita«, grinste Paul zurück. »Wie war dein Tag? Wieder in Düren gewesen?«

»Ja. Wir haben nicht wirklich herausbekommen, was dieser Afrikaner mit meinem Opa zu tun hat. Wir mussten ihn laufen lassen. Irgendjemand hat dem Zauberer einen Anwalt besorgt. Ich würde ihn gerne überwachen lassen, habe aber keinen Anlass dafür. Irgendwie hängt unser alter Freund Slotin da mit drin, keine Ahnung wie. Er sitzt ja noch ein.«

»Das hat einen Mafioso doch noch nie gehindert.«

»Klar. Aber ich weiß nicht einmal, ob der getötete Ladenbesitzer das Ziel war oder einer seiner Kunden. Die Kripo Düren ermittelt weiter. Habe ich eigentlich nichts mit zu tun. Ich will nur den Opa da raushalten.«

»Das schaffst du nicht«, lachte Paul. »Selbst wenn er bis jetzt nichts mit der Sache zu tun hatte, hat sich das schlagartig geändert, seit ihr ihn befragt habt, das ist mal sicher.«

Rita seufzte. »Sehe ich leider genauso. Ella Kock sucht jetzt nach einem Typen, den man Chisum nennt. Verdammt, vier Menschen erschossen und die Mörder in Verkleidung, keiner weiß was, die Spurensicherung hat Hunderte von Proben auszuwerten. In so einem Ladenlokal gibt es mehr als genug, das meiste völlig irrelevant natürlich.«

»Dieser van der Kriek – habe den Namen schon mal gehört, aber nichts wirklich Belastendes gegen ihn. Hat er eine weiße Weste?«

»Wird sich noch herausstellen. Er ist bis dato jedenfalls nicht auffällig gewesen.«

»Vielleicht galt der Anschlag ja auch einem Kunden?«

»Alles ist möglich. Ich überlasse das gerne Ella und ihrem Team. Hauptsache, Opa Bertold … na ja, illusorisch, ich weiß.«

Paul richtete seine Einsfünfundneunzig auf, kehrte die Scherben in den Mülleimer und nahm Rita in den Arm. »Jetzt werden wir erst mal was essen, oder? Danach Sex oder TV?«

»Geht beides?«

»Du bist wie ein Kerl.«

»Du auch.«

Paul lachte, nahm die verbliebene Schüssel aus dem Schrank und füllte sie. Mit zwei Gabeln setzte er sich aufs Sofa und schaltete den Fernseher ein. »Kommen Sie neben mich bei, Frau Kriminalhauptkommissarin. Lassen wir das Kriminelle mal einen Moment beiseite.«

Rita setzte sich neben ihn und nahm eine Gabel. »Wie war denn dein Tag, mein Schatz?«

Paul zappte durch die Programme, fand auf Anhieb nichts Interessantes und schaltete das Gerät wieder aus. »Na ja, geht so. Köln ist ein bisschen anders. Heute zwei nicht identifizierte männliche Leichen, vermutlich Osteuropäer, Rechtsmedizin und das Übliche. Je nachdem, was die finden, geht das an dein Team. Ich habe mich noch nicht so richtig eingefunden.«

»Schon mal drüber nachgedacht, doch das Angebot anzunehmen und in die Abteilung fürs organisierte Verbrechen zu wechseln?«, fragte Rita kauend und fügte noch hinzu: »Lecker. Ist das wirklich diese indische Gewürzmischung?«

»Ja und ja«, antwortete Paul. »Gewürz ist gut, organisiertes Verbrechen eher nicht. Drogenkartell, Zwangsprostitution, Schutzgelderpressung, ist doch alles ziemlich dreckig, oder?«

»Ist es das nicht immer? Meine Soko Gewaltverbrechen wird auch nie ein Kindergeburtstag sein.«

»Apropos Kindergeburtstag – alles in Ordnung bei dir?«

»Aber ja. Was soll da nicht stimmen? Ich bin nicht krank. Nur schwanger. Du hältst doch dicht in der Abteilung, nicht wahr? Opa hat sich sehr gefreut übrigens.«

»Vielleicht bringt ihn ein Urenkel auf andere, weniger kriminelle Gedanken?«

Rita lachte. »Diese Hoffnung hatte ich auch, aber das können wir uns abschminken. Er ist schon wieder mittendrin. Keine Chance.«

»Warten wir mal ab, bis der Junge da ist. Das ändert einiges.«

»Stimmt. Aber bei uns sicherlich mehr als beim Opa Bertold. Übrigens – wie kommst du eigentlich darauf, dass es ein Junge wird? Aber gut, lassen wir das fürs Erste als Wunschvorstellung stehen. Hast du schon einen Favoriten für den Namen?«

»Ich dachte an Kevin Paul Lorenz.«

»Spinner! Jetzt mal im Ernst.«

»Nur Kevin?«

»Quatschkopf.«

»Sag du.«

»Ich hätte gern was Klassisches. Kurz und prägnant, männlich – für den Fall, dass es ein Junge wird, heißt das natürlich. So wie der Vater.«

»Also?«

»Vielleicht Kai. Oder Urs?«

»Nicht schlecht.«

»Aber begeistert bist du nicht?«

»Ich freu mich auf den Kleinen, das begeistert mich. Namen sind – na ja, wir haben noch genug Zeit dafür.«

»Stimmt auch wieder. Gott, ist das lecker.«

»Freut mich. Nach dem Essen also Sex? Oder stört das den Nachwuchs?«

»Biste verrückt? Der freut sich bestimmt, den Papa von Anfang an auch bei sich zu haben. Wie gesagt, ich bin nicht krank.«

»Gut«, meinte Paul. »Du siehst auch sehr gesund aus. Aber auf die Gefahr hin, dieses schöne Thema zu verlassen, noch eine Info: Ich sagte ja, ich habe den Namen van der Kriek schon mal aufgeschnappt. Er hat Verbindungen, die ihn als Hehler von Schmuggelware prädestinieren. Dieser Ansicht sind weniger die Kollegen von der Zollfahndung als vielmehr unsere Informanten von der Straße. Wenn die Kripo Düren in dieser Richtung ermittelt, sollte das mit einbezogen werden.«

»Soweit ich weiß, hat Ella Kock die Bundeszollverwaltung schon kontaktiert, um diesen Hintergrund auszuleuchten. Aber wenn es Informanten gibt, solltest du Ella das sagen.«

»Werde ich machen. Gleich morgen. Ich kann dich doch nicht alleine lassen, wenn Opa Bertold wieder kriminalisiert.«

»Gut. Und jetzt weiter essen und dann – ich glaube, wir hatten eben schon einen Plan für den weiteren Verlauf des Abends gefasst, nicht wahr?«

»Yep«, grinste Paul. »Einen verdammt guten sogar.«

11. Kapitel

Das Lagerfeuer war fast heruntergebrannt. Die letzten Holzscheite glühten dunkelrot und verliehen dem Whiskey, den der Mann in der Hand hielt, eine kupferne Farbe. Das Glas war noch fast voll, er hatte sich mehr eingegossen, als er nun trinken wollte. Die anderen waren schon lange gegangen. Er hörte Old Babble, wie sie Old Wabble in den Schlaf plapperte, und aus dem Zelt von Sacajawea drangen Geräusche, die ihm sagten, dass Wild Bill bei ihr war. Hin und wieder schnoberte leise eines der Pferde, die hinter den Planwagen eingezäunt standen. Der Mann lehnte sich zurück und schob seinen Hut in den Nacken. Seine Augen suchten den dunklen, wolkenverhangenen Nachthimmel von den bewaldeten Bergrücken zu unterscheiden, die das Tal säumten. Irgendwo hinter den Wiesen plätscherte der Fluss dahin. Der Ruf eines Käuzchens zitterte zaghaft durch die kühle Luft.

Jean Ledoux liebte diese Nächte unter freiem Himmel. Er bildete sich nicht ein, irgendwo in Montana oder Wyoming zu sein. Die Eifel hatte ihren eigenen Charme. Auch wenn ab und an das Geräusch eines Fahrzeugs von der nächsten Landstraße zu hören war, gab es doch genügend Freiraum für einen Menschen wie ihn. Er nahm ein Stück Holz und wog es in der Hand. Überlegte, ob er das Feuer noch einmal entfachen sollte, bevor er sich in den Schlafsack rollen würde. Noch ein bisschen zusätzliche Wärme zum Einschlafen. Nachdenklich legte er das Scheit wieder ab. Das Knacken eines Astes ließ ihn aufhorchen. Er drehte sich um und sah die Gestalt, die gemessenen Schrittes auf ihn zukam. Ohne darüber nachzudenken, tastete seine Rechte nach dem Revolver, der neben ihm lag.

»Den brauchst du nicht«, sagte der Mann, der nun das Lagerfeuer erreicht hatte und seinen Rucksack abstellte. Jean Ledoux sprang auf. »Kann es wahr sein?«

»Wenn wir beide glauben, uns hier zu treffen, wird es wahr sein.«

»Onkel Deo!«, rief Ledoux nun aus und umarmte Deogratius Mbumba, der seine Arme ausgebreitet hatte, um die Umarmung zu erwidern. »Wie hast du mich gefunden?«

»Ich finde immer.«

»Du bist tatsächlich da. Warum hast du dich nicht angemeldet?«

»Ich wäre nicht früher bei dir gewesen«, lächelte Deogratius.

»Komm, setz dich ans Feuer. Die Nacht ist kalt«, sagte Ledoux und legte gleich ein paar Holzscheite in die Glut.

»Kälter als in meiner Heimat auf jeden Fall.«

»Das will ich meinen.«

Die Flammen leckten begierig an der neuen Nahrung und wuchsen rasch an. Im Schein des neu entfachten Feuers betrachtete Ledoux das Gesicht des Gastes. »Gut siehst du aus. Kein bisschen gealtert.«

»Das ist ein Zauber«, sagte der Afrikaner. »Du weißt, ich bin alt.«

»Ach!« Jean Ledoux winkte ab. »Du wirst niemals alt.«

Der Medizinmann lachte leise und setzte sich nah an die lodernde Wärmequelle. Auch Jean setzte sich wieder hin und betrachtete still seinen Gast. Die beiden hatten sich seit Jahren nicht gesehen. Dennoch sprachen sie nun einige Minuten kein Wort. Jean wusste, dass es dem Älteren zukam, nach der Begrüßung ein Gespräch zu beginnen. Allzu lange musste er nicht warten.

»Bist du im Reinen mit dem, was du tust?«

»Denke schon.«

»Laufen die Geschäfte gut?«

»Ziemlich gut.«

»Wie kannst du dann im Reinen sein mit dem, was du tust?«

Jean dachte nach. Es entstand eine Pause, die er nutzte, um seine Antwort zu formulieren. »Ich verstehe. Man muss lügen, um gut im Geschäft zu sein.«

»Auch betrügen?«

Wieder musste Jean länger nachdenken. Worauf genau wollte Deogratius hinaus? Langsam sagte er dann: »Betrug ist eine Lüge, bei der ein anderer Schaden nimmt.«

»Hat jemand Schaden genommen?«

»Nicht durch mich.«

»Hast du etwas getan, wodurch ein anderer einem anderen Schaden zugefügt hat?«

Wieder entstand eine längere Pause. »Alles hängt mit allem zusammen.«

»Bist du im Reinen mit dem, was du tust?«

»Weiß nicht«, antwortete Jean nun. Er nahm ein Glas und die Flasche Buffalo Trace, goss dem Gast einen Schluck ein und reichte ihm das Glas. Dann stieß er mit Deogratius an und sagte, ohne zu trinken: »Im Geschäftsleben macht man sich immer die Hände schmutzig. Willst du moralisch konsequent sein, machst du keine Geschäfte. Du belügst, du betrügst auch, aber du denkst, du bist der gute Junge unter all den Betrügern. Es nimmt immer jemand Schaden, aber du minimierst den Schaden und maximierst den Nutzen. Für alle Beteiligten, und natürlich vor allem für dich. Und wenn du die Wahl hast, wer den größten Schaden nimmt, dann sollte es einer von den bösen Jungs sein. Und du bestimmst, wer das ist. Und wenn du an den Punkt kommst, dass du glaubst, du selbst seist dieser Jemand, dann musst du aufhören.«

»Solltest du aufhören?«, fragte Deogratius.

»Denke nicht.«

Der Medizinmann nickte schweigend und nippte an dem Whiskey. Jean tat es ihm nach. Nun schmeckte es ihm wieder. Man sollte einen Buffalo Trace niemals allein trinken, dachte er. »Wir haben uns zu lange nicht gesehen. Es ist gut, dass du hier bist, Onkel Deo.«

»Du warst das ganze letzte Jahr nicht im Kongo.«

»Stimmt. Es hatte sich nicht ergeben. Irgendwie habe ich immer weniger das Gefühl, dass dort meine Heimat ist. Wenn ich dorthin reise, dann nur noch wegen dir. Und wenn es das Geschäft verlangt.«

Deogratius antwortete nicht sofort, sondern sah in die hoch auflodernden Flammen. Er wandte den Blick nicht vom Feuer ab, als er schließlich sagte: »Freude und Sorge trieben mich gleichermaßen hierhin. Ich habe von dir geträumt. Und von jemandem, der dich sucht. Das Gesicht dieses Menschen sehe ich nur aus großer Ferne, wie aus einer anderen Zeit, weit weg vom Hier und Jetzt. Schwer zu erkennen, ob Vergangenheit oder Zukunft. Die Ahnen schweigen dazu.«

»Du und deine Träume. Deshalb hast du den weiten Weg gemacht? Weil du etwas ahnst?«

Der alte Medizinmann zeigte sein unergründliches Lächeln. »Meine Träume wurden konkreter, als ich einen Brief von Buck erhielt. Er macht sich Sorgen. Warnte mich vor Wild Bill. Sprach von gefährlichen Russen.«

»Buck Schichterich macht sich immer Sorgen.«

»Und er ist ein wahrhaftiger Freund.«

»Das ist er.« Mehr wusste Jean Ledoux zu dem Thema nicht zu sagen. Also wartete er schweigend ab, was der Zauberer weiter sagen würde. Der ließ ihn diesmal nicht lange warten. »Ich habe geahnt, dass Wim sterben würde.«

»Tatsächlich? Ich nicht.«

»Dann weißt du nichts darüber?«

»Was sollte ich wissen? Nicht mehr, als die Zeitungen schreiben.«

»Ich war dort. Wurde verhaftet.«

»Das tut mir leid. Wie kam es dazu?«

»Aber du hast mir doch den Anwalt geschickt.«

Jean sah überrascht auf. »Nein, das tat ich nicht. Ein Anwalt hat dich aus dem Knast geholt und behauptet, ich hätte ihn dazu veranlasst? Ich wusste doch gar nicht, dass du hier bist. Erzähl mir bitte, warum wurdest du verhaftet?«

»Ich kam zu Wim, kurz nachdem sein Geschäft überfallen wurde. Man verdächtigte mich.«

»Aber es hat sich dann doch sicher schnell herausgestellt, dass du unschuldig bist?«

»Ja. Aber man verdächtigt nun jemand anders. Die Polizei fragte mich nach einem Chisum.«

»Verdammt«, entfuhr es Jean. »Was soll das?«

»Ich hatte gehofft, du könntest es mir erklären«, meinte Deogratius. »Denn ich kenne nur einen, den man Chisum nennt. Und dieser Mann bist du.«

12. Kapitel

»Hätte nicht gedacht, dass ich noch einmal mit einem Mann losziehen würde, um Babysachen zu kaufen.« Bärbel lachte und sah Lorenz zu, wie er zwei Strampler in den Händen hielt und unschlüssig verglich. »In Anbetracht der immensen Körpergröße der Eltern kann ich wohl davon ausgehen, dass wir ein Riesenbaby zu erwarten haben«, murmelte er. »Die ganz kleinen Sachen kann ich eher vergessen, oder?«

»Wenn das jeder denkt, hat der arme Wurm in den ersten Wochen nichts anzuziehen«, meinte Bärbel. »Aber um ehrlich zu sein, habe ich damit nicht mehr Erfahrung als du. Oder eher noch viel weniger, denn du bist Vater, ich hatte nie Kinder.«

»Obwohl du ein halbes Dutzend Mal verheiratet warst?«

»Nun übertreibe nicht. Es waren nur vier Ehemänner, und leider taugte keiner davon zum Vater. Oder ich nicht als Mutter. Vermutlich beides.«

»Na wunderbar«, brummte Lorenz. »Du bist mir ja eine große Hilfe. Da hätte ich besser die Klinkenberg mitgenommen. Die hält uns alle für Kinder und würde uns am liebsten in Windeln stecken.«

»Da muss ich dir leider recht geben. Das nützt uns aber jetzt herzlich wenig. An was hast du denn genau gedacht? Weißt du denn schon, ob es ein Junge oder ein Mädchen wird?«

»Hm, das ist eine gute Frage. Kann mich nicht erinnern, ob Rita mir das gesagt hat. Vielleicht sollte ich dies erst einmal in Erfahrung bringen, bevor ich etwas kaufe?«

»Du hast ja auch noch Zeit. Kein Grund, jetzt schon irgendetwas möglicherweise Unpassendes zu besorgen.«

»Stimmt auch wieder«, sagte Lorenz und legte die beiden Strampler wieder weg. Er trat wieder auf die Straße und ging weiter, Bärbel folgte ihm. Scheinbar ziellos schlenderten sie durch die Dürener Wirtelstraße, bis Lorenz vor einem Schaufenster stehen blieb.

»Hier gibt es aber keine Kindersachen«, sagte Bärbel, als sie die Auslagen betrachtete.

Lorenz wies auf das Klebeband, welches den Eingang versperrte. »Aber etwas anderes. Schau mal, was mag hier passiert sein?«

»Oh, du hinterlistiger alter Schlingel«, sagte Bärbel. »Das ist das Geschäft, in dem die vier Menschen erschossen wurden. Hier wolltest du doch in Wahrheit hin, gib's zu!«

»Erwischt«, grinste Lorenz und versuchte, einen Blick in die Räumlichkeiten zu werfen. »Schade, man kann gar nichts erkennen«, meinte er dann enttäuscht.

»Was hast du erwartet? Dass die Leichen hier immer noch herumliegen?«

»Natürlich nicht. Weiß auch nicht, ich dachte, der Tatort würde mir vielleicht etwas sagen. So wie die Ermittler im Fernsehkrimi, die einen Ort des Geschehens betrachten, und dann spielt sich der Mord vor ihrem inneren Auge ab. Etwas in der Art.«

»Tja, das funktioniert wohl nur im Film«, kommentierte Bärbel. »Sei froh, dass das in Wirklichkeit nicht funktioniert. Was wäre das für ein Leben? Schau dir die vielen Häuser der Stadt an. Was sich hinter diesen Fassaden schon alles abgespielt haben mag. Würdest du das alles sehen können, würdest du vermutlich wahnsinnig werden. Die ganze Gewalt und der Hass und das Leid und die Schmerzen, es ist gut, dass wir all das nicht ständig vor Augen haben. Wie sollte man dann noch sein kleines bisschen Leben glücklich und zufrieden gestalten können?«

Lorenz nickte zustimmend. »Das war es, was ich meine Enkeltochter auch schon immer mal fragen wollte. Besonders jetzt, wo sie ein Kind erwartet. Sie sieht das irgendwie leichter, glaube ich.«

»Sie ist auch ein Profi und hat sicher gelernt, mit den negativen Seiten ihres Berufes und dem, was sie da alles sieht, vernünftig umzugehen. Anders als du im Übrigen«, mahnte Bärbel. »Ich habe schon ein wenig Angst um dich, wenn du schon wieder zu kriminalisieren beginnst. Nicht um dein Leben, aber ich meine, du verbringst zu viel Zeit in Gedanken an das Verbrechen.«

»Aber es ist doch da!«, verteidigte sich Lorenz. »Du sagst doch immer, man sollte die Realität bewusst erleben, ganz im Hier und Jetzt sein. Warum das Spannende, sei es auch das Böse und Gewalttätige, ausblenden?«

»Ich befürchte, da ist Hopfen und Malz verloren«, seufzte Bärbel. »Aber gut, du bist, wie du bist. Und wenn wir nun einmal vor diesem Unglücksort stehen: Was genau hast du denn nun damit zu tun? Ich habe das nicht verstanden.«

»Ich verstehe es auch noch nicht«, grübelte Lorenz. »Vor ein paar Wochen bekam ich einen Brief von einem afrikanischen Zauberer, in dem er mich nach dem Paten vom Rursee fragte. Er hatte einen Artikel über Slotin und unser Abenteuer mit ihm um die heilige Lanze gelesen. Frag mich nicht, woher er das hatte – ich glaube nicht, dass der *Kölner Stadtanzeiger* im Kongo erscheint. Jedenfalls kennt dieser Medizinmann mich, und kaum landet er in Deutschland, geht er hier in diesen Laden, genau in dem Moment, wo hier ein Blutbad angerichtet wird. Ich frage mich also, ob Wladimir Slotins Organisation dahintersteckt und dieser Afrikaner das gewusst hat. Er dachte wohl, ich könnte ihm zusätzliche Informationen über die Russenmafia liefern. Würde den Kerl ja zu gerne mal kennenlernen.«

»Leider muss ich dir darin noch einmal recht geben«, stimmte Bärbel zu. »Er weiß mehr über dich als umgekehrt du über ihn, und da du nun einmal in dieser bösen Geschichte drinsteckst, sogar von der Polizei dazu vernommen wurdest, wäre es sicher nicht verkehrt, mit diesem geheimnisvollen Mann einmal zu sprechen.«

»Aber er ist vielleicht gefährlich«, grinste Lorenz und zog grinsend eine Augenbraue hoch.

Bärbel schüttelte den Kopf. »Ja, mach du dich nur lustig. Ich bin vielleicht vorsichtiger als du, aber nicht dumm. Wenn er gefährlich sein sollte, wäre es umso wichtiger, mehr über ihn zu erfahren. Immerhin kennt er dich, das sollte uns genug Anlass sein, aktiv zu werden. Den Kopf in den Sand stecken, ist oft ziemlich gefährlich, besonders wenn die Flut kommt.«

»Ho ho ho, was sind denn das für Töne? Du überraschst mich.«

»Ist es so einfach, dich zu überraschen, Opa Bertold?«, lächelte Bärbel und gab ihm einen Kuss auf die Wange, die daraufhin leicht errötete.

»Ich befürchte, ja, das ist es wohl«, meinte Lorenz und sah scheinbar angestrengt durch das Schaufenster, auch wenn es dort nichts kriminell Aufschlussreiches zu entdecken gab. Etwas war ins Rollen gekommen, und er kannte seine Rolle in dieser Geschichte nicht – noch nicht. Das beunruhigte ihn, wenn er ehrlich war, aber es war auch spannend. Er erinnerte sich an einen Zettel, den er geschrieben und in die Tasche gesteckt hatte. Diesen kramte er nun hervor und las, was darauf stand: »Chisum?«

13. Kapitel

»Ich hab einen Riesenhunger. Heute noch nicht mal gefrühstückt.«

Paul sah seinen Kollegen zweifelnd an, der am Steuer des Dienstwagens saß und seinen mächtigen Bauch nur mit Mühe und gutem Willen hinter das Lenkrad zwängte. »Du wirst mir nicht böse sein, wenn ich das kaum glauben kann, oder? Es ist gleich elf Uhr. Undenkbar, dass du noch nix da rein bekommen hast.« Mit diesen Worten tippte er leicht gegen die Wölbung des Hemdes.

»Immer auf die Dicken«, grinste Kriminalkommissar Manfred Schreckhügel, der seinen Bauch gerne mit diesem Nachnamen ansprach und genügend kölschen Humor aufwies, um nicht beleidigt zu sein. »Keiner glaubt mir, wie wenig ich esse. Ich spüre, dass da was rein muss. Kann seit 'ner halben Stunde schon nicht mehr mit dem Unterbauch lenken. Das ist ein unbedingtes Alarmzeichen. Ich halt hier mal an. Die Gerichtsmedizin erwartet uns doch erst um halb zwölf.«

Schreckhügel lenkte den Wagen – durchaus unter Zuhilfenahme des Wanstes, aber hauptsächlich doch mit den Händen – in eine Parklücke. Während er sich umständlich aus dem Sicherheitsgurt wand und die Tür öffnete, fragte er: »Soll ich dir was mitbringen?«

Paul dachte an das Pfund Magerquark mit frischem Obst, das sich in seiner Tasche befand, und lehnte dankend ab. Sein Blick folgte dem watschelnden Gang des Kollegen, wie dieser die Straße überquerte, einen gegenüberliegenden Kiosk betrat und sich dort in die zweite Reihe wartender Kunden stellte. Paul hatte also Zeit, seinen Blick den Gehsteig entlangwandern zu lassen. Als sein Blick auf ein Schaufenster fiel, in dem Ikonenmalerei und andere russische Kunst feilgeboten wurden, durchzuckte es ihn. In der Tat hatte sich sein Hirn unterschwellig ständig mit Wladimir Slotin und dessen etwaiger Verbindung zum Kunsthandel beschäftigt. Ob der Pate vom Rursee hier in Köln bekannt war? In einschlägigen Kreisen der Halb- und Unterwelt sicherlich, aber in einem solchen Laden?

Kurz entschlossen zog er den Wagenschlüssel ab und stieg aus. Ein Blick auf die gegenüberliegende Straßenseite sagte ihm, dass Schreckhügel noch ein paar Minuten benötigen würde. Paul betrat das Geschäft. Es klingelte kitschig aus mehreren Glockenketten, die an der Tür befestigt waren. Eine junge Frau, die gerade mit der Dekoration eines Tisches beschäftigt war, sah auf und begrüßte ihn mit freundlichem Lächeln. »Dobryj djen«, sagte sie, und Paul mutmaßte richtig, dass sie ihm einen guten Tag gewünscht hatte.

»Hallo«, antwortete er und überlegte, wie er beginnen sollte. In Anbetracht der knappen Zeit und weil er ohnehin damit rechnen musste, an der falschen Adresse zu sein, beschloss er, es kurz und schmerzlos zu machen. Er zückte seinen Ausweis, hielt ihn der Frau vors Gesicht und sagte: »Ich möchte Ihnen gerne ein paar Fragen stellen. Versucht jemand, bei Ihnen Schutzgelder zu erpressen, oder haben Sie sonstige Kontakte zur russischen Mafia?«

Die Frau wischte sich eine Strähne ihres weißblond gefärbten Haares aus den Augen, die sich Paul dann als schreckgeweitet präsentierten. Daraus schloss er, dass sie ihn zumindest verstanden hatte. Sie gab keine Antwort, sondern murmelte etwas, das sich wie eine Entschuldigung anhörte, eilte davon und verschwand in einem Zimmer hinter dem Kassentresen. Nur Sekunden später kam Paul ein grauhaariger, sehr ernst dreinblickender Mann entgegen, der ihn ansprach: »Guten Tag. Sie sind von der Polizei?«

»Stimmt, guten Tag«, antwortete Paul und zeigte erneut seinen Ausweis vor. Der Mann betrachtete diesen so konzentriert, dass der Eindruck entstand, er wisse genau, worauf er dabei zu achten habe. »Was kann ich für Sie tun?«

»Ich interessiere mich für die Sicherheit der Kunstgeschäfte in der Gegend«, begann Paul. »Haben Sie Probleme mit Organisationen, die von Ihnen Schutzgelder fordern, oder wurde Ihnen gestohlene oder geschmuggelte Ware angeboten?«

»Ich danke Ihnen für Ihre Sorge«, antwortete der Mann. »Wenn mir so etwas passiert wäre, hätte ich mich schon von mir aus an die Polizei gewendet. Keine Probleme dieser Art. Meine Ware stammt sämtlich original aus Russland, aber alles ordentlich erworben und verzollt. Sie sind aber doch kein Zollbeamter?«

»Nein, Kriminalpolizei. Ich verdächtige Sie auch keineswegs in irgendeiner Weise.« Paul hatte den Eindruck, dass sein spontaner Einfall eine Schnapsidee war, und wollte sich schon wieder verabschieden. Dann dachte er, dass es keinen Grund gab, nicht auf den Busch zu klopfen, und fragte: »Aber Sie kennen doch sicherlich Wladimir Slotin, nicht wahr?«

»Mit dem habe ich rein gar nichts zu tun.«

»Das habe ich auch nicht behauptet. Aber Sie kennen ihn.«

»Nicht persönlich. Aber jeder Russe in dieser Gegend kennt Wladimir Slotin.«

»Er verdient, soweit ich weiß, sein Geld unter anderem auch mit Schutzgelderpressungen, besonders gerne bei russisch geführten Geschäften. Vielleicht wissen Sie, wer Bekanntschaft mit seiner Organisation gemacht hat. Unangenehme, meine ich. Man spricht doch miteinander, darf ich vermuten.«

»Dürfen Sie. Aber ich kann Ihnen glücklicherweise wirklich nichts dazu sagen. Ich arbeite ausschließlich ehrlich und legal, deshalb bin ich auch kein reicher Mann. Wenn Sie

Leute sprechen wollen, die mehr über Slotin wissen, müssen Sie woanders hingehen.«

»Woanders? Geben Sie mir einen konkreten Tipp?«

Der Mann nickte. »Sie arbeiten nicht in diesem Bereich, habe ich recht? Sonst würden Sie heute Abend ins – Moment, ich muss nachdenken, das ist eine Disko, ich gehe nicht in solche … Moment.« Er rief etwas auf Russisch ins Hinterzimmer, woraufhin die junge Frau wieder erschien. Nach einer kurzen Unterhaltung sah sie Paul an und sagte: »*Electrum*.«

»Was ist das?«, fragte Paul.

Der Ladenbesitzer antwortete: »Eine russische Diskothek in Deutz. Da treffen Sie Menschen, die Slotin persönlich kennen und von derartigen illegalen Geschäften, für die Sie sich interessieren, sehr viel mehr wissen als ich.«

»Haben Sie vielen Dank«, sagte Paul artig und nickte den beiden zu. »Spaßiba. Do swidanja«, radebrechte er im Hinausgehen.

Vor dem Auto wartete bereits der Kollege Schreckhügel, ein halbes Brötchen im Mund und eine prall gefüllte Tüte in der Hand. »Fährst du?«, fragte er kauend.

»Klar«, antwortete Paul und ging zur Fahrerseite des Wagens. »Ich will doch unverletzt in der Rechtsmedizin ankommen. Wenn sehr hungrige Menschen essen, sollten sie nicht gleichzeitig auch noch ein Fahrzeug führen.«

»Ich fühle mich als übergewichtiger Mensch eindeutig durch diese Aussage diskriminiert, auch wenn sie inhaltlich stimmt«, meinte Schreckhügel und kramte in seiner Tüte herum. »Wenn du dir keine Beschwerde einhandeln willst, nimmst du ein Käsebrötchen von mir an.«

Paul dachte wieder an seinen Quark und antwortete: »Na gut, gib her. Alles, was du aus dieser Tüte nicht isst, ist gut für dich.«

»Gedeck, Sie leben gefährlich«, grinste Manfred Schreckhügel und reichte ihm das Brötchen herüber.

»Könnte stimmen«, sagte Paul. »Hast du Lust, mich heute Abend ins *Electrum* zu begleiten?«

»Das ist doch auf der falschen Rheinseite?«

»Ist das ein Problem?«

»Nöö«, meinte Manfred und strich durch sein dünnes, rotblondes Haar. »Ich stehe auf die Russenmädels. Die zwar nicht auf mich, aber wer weiß, in deiner Begleitung ...«

Das *Electrum* war laut, neonbunt und gar nicht mal so leer, wie Paul dies an einem Mittwochabend um neun Uhr erwartet hatte. Kollege Schreckhügel hatte sich in einen glänzenden auberginefarbenen Anzug und ein weißes Hemd gesteckt, dazu trug er rote Stiefeletten, deren hohe Absätze auf dem glatten Boden ein klackerndes Geräusch verursachten, das man allerdings aufgrund des Höllenlärms, der aus den Lautsprechern dröhnte, nicht wahrnehmen konnte. Als sie sich vor dem Laden getroffen hatten, hatte Paul sich arg zusammennehmen müssen, um keinen allzu bösen Kommentar über dieses Outfit loszulassen. Nun jedoch merkte er, dass Schreckhügel sich durchaus passend gekleidet hatte. Er selbst trug Jeans, Sneakers und ein T-Shirt, darüber ein abgewetztes Jackett. Dies hatte ihm einen schrägen Blick seitens des Türstehers eingebracht, allerdings war auch er ohne Probleme eingelassen worden. Schreckhügel brachte seinen Mund an Pauls Ohr und rief hinein: »Kanisterköppe und Hobbyhuren. Ich liebe diesen Laden!«

Paul verstand durchaus, was der Kollege meinte. Den meisten Männern sah man ihre Herkunft in der Tat an, und auch wenn Schreckhügels Bemerkung über die charakteristische Kopfform mancher Anwesender nicht politisch korrekt war, traf sie dennoch zu. Das galt auch für die Erscheinung der jungen Frauen, die von allem, was sie zur Betonung ihrer weiblichen Schönheit tun konnten, für Pauls Geschmack etwas zu viel des Guten verwendet hatten. Allerdings musste er zugeben, dass er dennoch gerne hinsah, wie sich die zu knapp gekleideten und zu auffällig geschminkten Mädchen auf der Tanzfläche bewegten. Das lenkte ihn etwas von den Hirnkrämpfen ab, die sich nach wenigen Sekunden Musikgenusses bei ihm einstellten. Wenn er bis vorhin keine Vorstellung davon gehabt hatte, wie sich russischer Techno anhörte, hatte er jetzt seine Kenntnisse der modernen Musik um ein furchterregendes Element erweitert. Schreckhügel jedoch schien es außerordentlich zu gefallen, denn er begann, sich auf der Stelle in absonderlichen Tanzschritten zu bewegen, von denen Paul nicht wusste, ob es sich um eine hart und mit innerem Leiden erkämpfte Form des Undercover-Einsatzes handelte oder aber um die bevorzugte Freizeitbeschäftigung des dicken Kölners. Jedenfalls sah es so aus, als vollführe er diese Bewegungen nicht zum ersten Mal, und Paul musste sich beinahe zwingen, diesem eindrucksvollen Schauspiel nicht länger zu folgen, sondern sich stattdessen die Männer anzusehen, die an den bunt beleuchteten Tischen und Theken saßen oder standen.

Die meisten waren sehr jung, kaum jemand älter als Mitte zwanzig. Paul konzentrierte sich zunächst auf die wenigen Personen, die dieses Alter offensichtlich überschritten hatten. Ein graubärtiger vierschrötiger Kerl, eingerahmt von zwei pittoresken, blutjungen Blondinen, zog zunächst die Aufmerksamkeit des Kommissars auf sich. Die drei Kanisterköpfe, die allesamt Pauls Statur aufwiesen und offensichtlich ebenso sehr um die Sicherheit des Graubarts besorgt waren wie die beiden Mädchen um dessen gute Laune, wiesen den

Kerl als interessante Kontaktperson aus. Paul ließ die Gruppe einstweilen sitzen wo sie war und seinen Blick weiterwandern. Ein paar Tische weiter bemerkte er eine Frau, die ein extrem enges Kleid trug, sodass sich der Eindruck aufdrängte, sie sei eher nicht zum Tanzen gekommen. Der geschulte Blick des Kriminalers fand gemachte Brüste, zu groß für die Statur der vielleicht Fünfzigjährigen, tiefschwarz gefärbtes Haar, das in der Diskobeleuchtung wie Klavierlack glänzte, und ein Übermaß an Schmuck, teuer, aber geschmacklos. Der Typ, der neben ihr saß, schien auch eher Bodyguard als Lebensgefährte zu sein. Die weitere Umschau förderte keine Personen zutage, die auch nur annähernd in Pauls Alter oder darüber gewesen wären. So kehrte er zunächst wieder zu dem Graubart zurück. Und dies tat er nicht, weil der Anblick dieses Mannes oder seiner Begleitung angenehmer gewesen wäre als der der aufgedonnerten Diva, sondern weil sich an jenem Tisch etwas tat. Ein kleiner, drahtiger Mann mit kahl geschorenem Kopf, dessen hinterer Teil Paul zugewandt war, hatte sich zu der Gruppe gesellt. Er gestikulierte wild in der Art der zu klein Geratenen herum, offenbar um den Mann dazu zu bewegen, ihm in einen Bereich des Etablissements zu folgen, wo ein Gespräch möglich sein würde. Er wies in Richtung des Ausgangs und drehte sich dazu um. Dabei traf sich sein Blick mit dem des Kommissars. Beide zuckten unwillkürlich zusammen, denn sie realisierten gleichzeitig, dass sie gerade in ein ungewolltes und vermutlich im weiteren Verlauf auch ungemütliches Wiedersehen geraten waren. Kastriot Visar Kreshnik setzte sich augenblicklich in Bewegung und eilte mit schnellen Schritten auf Paul zu. Viel näher, als es dem Kommissar lieb war, blieb der Albaner vor ihm stehen.

»Der Skipetar vergisst keine Fresse niemals!«, schrie Kreshnik ihm so heftig ins Gesicht, dass Paul eine Ahnung von dessen letzter Mahlzeit bekam. Er unterdrückte den spontan aufkeimenden Ekel und antwortete: »Kastriot, alter hässlicher Bursche! Ich wäre auch sehr beleidigt, wenn ein Kerl, dem ich schon einmal die Nase gebrochen habe, mich so einfach vergessen würde!«

»Du weißt, dass du dafür sterben wirst!«

»Ach komm«, lachte Paul. »So bekloppt bist nicht mal du.«

»Der Adler entscheidet selbst, was er tut und mit wem!«, rief Kastriot aus und wollte damit offenbar seinen berechtigten und seiner Herkunft geschuldeten Stolz zum Ausdruck bringen.

»Wie geht es deinem Chef?«, rief Paul gegen die laute Musik an. »Er sitzt doch noch ein, oder?«

Der Albaner gab darauf keine Antwort, sondern griff in seinen Hosenbund, aus dem der Knauf eines Messers hervorlugte. »Ich schneide dir dein angsterfülltes Herz aus dem Bauch!«, fauchte er, womit er bewies, dass sich seit der letzten Begegnung der beiden zwar sein Deutsch, nicht jedoch seine Anatomiekenntnisse verbessert hatten. Schreckhügel kam derweil mit skurrilen Tanzschritten auf die beiden zu, näherte sich dem Albaner und langte, als dieser ihn anpflaumen wollte, doch woanders zu zucken, in sein Jackett, kurz seine Dienstwaffe zur Ansicht bringend. »Locker, Schmaler!«, rief er ihm zu, ohne seine absurden Tanzversuche zu unterbrechen.

Kreshnik sah den dicken Kommissar mit einem Blick an, der abgrundtiefe Verachtung ausdrücken sollte, und krächzte dann in Pauls Richtung: »Gehen wir hinaus. Ohne deinen fetten Freund!«

Paul nickte und wandte sich zum Ausgang. Mit einer Handbewegung bedeutete er Manfred Schreckhügel, auf der Tanzfläche zu bleiben. Draußen baute sich Paul breitbeinig auf und erwartete die hitzige Weiterführung von Kastriots Anfeindungen, die denn auch nicht lange auf sich warten ließen.

»Du wirst zuckend verbluten unter den Krallen des Adlers!«, zischte der Albaner.

Paul grinste und erwiderte: »Kastriot, nun lass doch mal dieses theatralische Geschwafel. Du bist nicht so blöd, einen Bullen unter Zeugen umzubringen. Sei froh, dass du wieder aus dem Knast raus bist. Wenn alles, was du auf dem Kerbholz hast, zweifelsfrei bewiesen worden wäre, würdest du einsitzen, bis du schwarz wirst. Also reiß dich gefälligst zusammen!«

Kastriot spannte seinen sehnigen Körper an, als wolle er dem zwei Köpfe größeren Kommissar gleich ins Gesicht springen, doch tat er nichts dergleichen. Stattdessen fragte er: »Warum schnüffelst du mir hinterher? Ich bin ein freier Skipetar.«

»Du kannst rumlaufen, wo immer du willst, von mir aus auch als Skipetar. Aber hier bist du in meinem Revier. Ich schnüffele nicht, sondern halte die Gegend sauber. Also pass auf, was du tust«, log Paul, der Kastriot gerne in dem Glauben ließ, er sei seinetwegen hier. Er wusste, dass Kastriot Visar Kreshnik ein zwar gewalttätiger, jedoch selten dämlicher Hund war. So konnte er davon ausgehen, dass der Albaner fieberhaft nachdenken würde, woher der Kommissar gewusst hatte, dass er heute im *Electrum* auftauchen würde.

Kastriots nächste Frage war denn auch bezeichnend: »Woher hast du gewusst, dass ich heute hier sein würde?«

Paul lachte laut auf. Die plumpe Art dieses Messerstechers war einfach zum Lachen. Er antwortete: »Du glaubst doch wohl nicht ernsthaft, ich würde dir meine Informationsquellen verraten?«

»So, du hattest also einen Informanten?«, brummte Kastriot finster.

»Ich habe Hunderte von Informanten in Köln«, log Paul weiter. Langsam keimte die Hoffnung in ihm auf, dass dieses absurde Gespräch vielleicht sogar Früchte tragen könnte im Hinblick auf seine vagen Ermittlungsansätze. Er hatte nach Slotin gefragt und diese Adresse genannt bekommen. War es daher als Zufall einzustufen, dass er hier prompt auf die rechte Hand des einsitzenden Mafioso traf? Wohl kaum. Wenn eine spontane zufällige Stichprobe bei dem erstbesten russischen Kunstladen einen solchen Treffer produzierte, musste man ja wohl davon ausgehen können, dass Slotin tatsächlich sehr aktiv in dieser Branche war. Nun konnte Paul sich beim besten Willen den kleinen Albaner nicht als Stellvertreter des Paten vom Rursee vorstellen, wenn es um das Abstecken von Claims im Kunstgeschäft ging. Kreshnik war nur ein tumber Mann fürs Grobe. Ob Slotin sogar etwas mit dem Mord in Düren zu tun hatte, war natürlich mehr als vage. Paul fand, dass es Zeit war, Kastriot geradeheraus zu fragen: »Was wolltest du denn hier? Wer ist der alte Sack, mit dem du eben sprachst?«

Kastriot antwortete: »Der alte Sack war gar nicht – hey, du glaubst doch nicht, dass ich dir sage, was ich hier heute mache? Der Skipetar ist nicht so dumm, wie du meinst!«

Paul dachte, dass Kastriot Visar Kreshnik gar nicht dumm genug eingeschätzt werden konnte. Aber selbst der unterbelichtete Albaner würde ihm nicht verraten, was er in der Russendisko an diesem Abend zu suchen hatte. Vielleicht würde er ihn observieren müssen. Während Kastriot wild vor ihm gestikulierte, kalkulierte Paul im Stillen durch, wie viel Zeit ihn das neben seinen eigentlichen Fällen kosten und was das für seine Abende mit Rita bedeuten würde. Er war noch zu keinem rechten Ergebnis gekommen, als Kastriot wieder seine Stimme erhob und zu schreien begann. Offensichtlich brauchte der Heißsporn keinen zusätzlichen Anlass, um seinen Kamm schwellen zu lassen.

»Du hast den Adler schon wieder belogen mit dem, was du sagst und mit dem keinen Respekt, den du hast! Büßen musst du!«

»Aber nicht heute, mein Kurzer«, sagte Manfred Schreckhügel, der hinter den Albaner getreten war und ihm nun die Waffe in den Rücken drückte. Kastriot ließ die Hand, mit der er in seinen Hosenbund gegriffen und das Heft seines Stiletts gefasst hatte, schlaff herunterhängen und fauchte: »Viele Krähen sind des Adlers seine Last. Wir sprechen uns noch!« Damit drehte er sich zu Manfred Schreckhügel um, ungeachtet dessen Pistole, und ging dann an dem Dicken vorbei zurück in die Diskothek.

»Der Kerl ist ganz schön durch«, meinte Manfred mit rollenden Augen und einer kreisenden Handbewegung an der Stirn, die ein verschwurbeltes Gehirn darstellen sollte. »Kennst du den?«

Paul nickte. »Kastriot Visar Kreshnik, ein übler Messerstecher, arbeitet für den russischen Mafioso Wladimir Slotin. Ist gerade erst wieder aus dem Knast, sein Chef sitzt noch ein. Wir sind vor Jahren mal aneinandergeraten. Er mag mich nicht, seit ich ihm die Nase brach und ihn ins Gefängnis brachte.«

»Das war ja auch nicht nett von dir«, grinste Manfred und steckte seine Pistole weg. »Was machen wir jetzt?«

Paul zuckte mit den Achseln. »Weiß nicht. Ich hatte nicht damit gerechnet, einen alten Bekannten hier zu treffen. Das hat heute Abend keinen Sinn mehr. Lass uns noch irgendwo ein Kölsch trinken gehen und dann nach Hause.« Und mit einem stirnrunzelnden Blick auf die Kleidung des Kollegen fügte er noch hinzu: »Aber das Bier nehmen wir bitte in einer Kneipe auf dieser Rheinseite, wo uns keiner kennt, ja?«

14. Kapitel

Benny Bethge lenkte den großen Wagen sportlich durch die Kurven der Serpentine, die von Nideggen nach Brück hinunterführte. Auf der letzten Geraden, wo sie die Rur überquerten, gab er noch einmal richtig Gas, um dann mit Schwung in den engen Kreisverkehr einzufahren. Er lachte, als er im Rückspiegel die rollenden Augen von Lorenz sah, der sich jedoch bislang jeden Kommentar zum Fahrstil des Pflegers verkniffen hatte. Kaum hatte der Alte sich von der Kurvenhatz erholt, ging es schon wieder mit Fliehkraft in die Steigung nach Schmidt hinauf. Benny ließ den Motor des Volkswagens röhren, suchte nach dem richtigen Gang, um möglichst schnell die engen Kehren zu meistern.

Nun konnte sich Lorenz doch nicht länger zurückhalten. »Ich hätte nicht gedacht, einmal so sinnlos aus dem Leben zu scheiden. Hatte mich auf einen tränenreichen Abschied von Familie und Freunden gefreut, die um mich herumstehen und meine Taten besingen, während ich langsam im warmen weichen Bett wegdämmere. Nun ende ich auf dem harten Asphalt, im Niemandsland zwischen Brück und Schmidt, neben platten Igeln und Kuhmist!«

Bärbel lachte auf. »Nun komm, unser Benny fährt doch sehr sicher. Sonst bist du doch nicht so ein Angsthase?«

Gustav kommentierte: »Er hat doch gar keine Angst und will nur, dass wir schon einmal mit der Ode an seinen Genius beginnen.«

Lorenz knurrte: »Da kann ich aber lange warten, bis ihr meinen Genius erkennt. Also gut, gib Gas, Benny, damit ich mir diese Häme nicht länger als unbedingt nötig anhören muss!«

Das ließ der Pfleger sich nicht zweimal sagen. Und so dauerte es nicht lange, bis er den Van vor dem alten Haus der Magdalena Döring ausrollen ließ.

»Nun bin ich mal sehr auf deinen albträumenden Pflegefall gespannt. Nun ja, falls ich hier herauskomme, heißt das.« Lorenz fummelte etwas planlos an der Schiebetür des Wagens herum.

Benny stieg behände aus und öffnete von außen. »Jetzt tu doch nicht so unbeholfen, Opa Bertold. Du bist doch bestimmt nur zu faul, die Tür selbst aufzumachen!«

Lorenz maulte leise: »Der in Ehren ergraute Ermittler musste feststellen, dass er nicht einmal mehr einem so unreifen Bengel etwas vorzumachen imstande war. Es schien nicht sein Tag zu sein.« Dann krabbelte er unter Ächzen und Stöhnen aus dem Sitz, und dies war noch nicht einmal gespielt. Sein Bein und diesmal zusätzlich auch der Rücken machten ihm wieder einmal zu schaffen, vermutlich weil er in den Serpentinen zu verkrampft gesessen hatte. Bärbel bemerkte dies und war ihm beim Aussteigen behilflich, indem sie seinen Arm stützte und ihm den Stock hielt, der ihn für diese Aktion mehr behinderte, als dass er sich damit hätte helfen können. Als er endlich wieder geradestand, begann es zu tröpfeln. Er sah zum Himmel hoch, der sich während des Frühstücks noch freundlich gezeigt hatte, und rief: »Na, auch das noch! Lasst uns schnell reingehen, ich hoffe, die Alte lässt uns nicht im Regen stehen!«

Vom Haus hörte man ein verhaltenes Kichern. Magdalena Döring stand in einem Nachthemd, welches bis auf die abgewetzten Pantoffeln reichte, und mit aufgelöstem Haar in der Tür. »Die Alte hat das gehört. Sie müssen Opa Bertold sein!«

Lorenz murmelte: »Kommissar Wollbrand kam sich einigermaßen ertappt vor. Aus dieser Nummer kam er nicht mehr elegant heraus, so viel war klar.« Und laut rief er: »Erwischt – und einen wunderschönen guten Morgen!«

»Benny hat mir gesagt, dass er einmal seine Freunde mitbringen will. Es tut mir leid, ich habe wohl etwas länger geschlafen als sonst. Aber kommen Sie doch bitte herein!«

Das ließen die Freunde sich nicht zweimal sagen, denn der Regen wurde abrupt sehr viel intensiver, sodass sie das Haus schon leidlich angetröpfelt betraten. Gustav schnüffelte in den Kücheneingang. »Das riecht ja herrlich nach frischem Kaffee.«

Die Alte lächelte dankbar. »Habe ich gerade aufgesetzt. Ich mache natürlich noch mehr für alle.«

»Und ich habe frische Brötchen mitgebracht!« Benny schwenkte die Riesentüte, deren Inhalt für die Fütterung der doppelten Anzahl von Pensionären gereicht hätte, wenn er nicht sich selbst mit dem gesunden Appetit eines Zweiundzwanzigjährigen mitgerechnet hätte. Bärbel gab Magdalena Döring die Hand und sah sich neugierig um. Neben dem Kaffeeduft fiel ihr sofort ein Geruch auf, den sie in einem solchen alten Eifler Fachwerkhaus nicht erwartet hätte. Und noch etwas sprang ihr trotz des wenigen Lichts in dem kleinen, engen Fachwerkhaus sofort ins Auge, was ihre Aufmerksamkeit vollständig in Anspruch nahm. Das Gebäude selbst und die Möbel machten einen sehr abgenutzten, wenig gepflegten Eindruck. Ganz anders jedoch die vielen kleinen, liebevoll und fein gearbeiteten Skulpturen, die auf Fensterbänken, in Nischen und Ecken standen, seltsam anmutende Figuren, allesamt Nachbildungen menschlicher Körper, aber in einem Stil, auf den sich die emeritierte Kunstprofessorin keinen rechten Reim zu machen wusste. Rundliche, mütterlich wirkende Frauengestalten, jedoch mit unpassenden, viel zu kleinen Köpfen, daneben ausgemergelte Körper, die weder Frau noch Mann zu sein schienen, und kindliche Darstellungen. Sie nahm vorsichtig eine der Figuren in die Hand und betrachtete sie näher.

»Nicht!«, rief die Hausherrin unvermittelt und kam mit schreckgeweiteten Augen auf Bärbel zu. Sie fasste die Skulptur mit beiden Händen, als habe Bärbel ihr diese entwenden wollen oder als habe sie gar Anstalten gemacht, sie auf dem Boden zerschellen zu lassen. Bärbel übergab ihr vorsichtig die Figur. »Entschuldigen Sie bitte«, sagte sie schnell. »Ich war sehr achtlos. Sie haben sehr schöne Kunstwerke. Sie bedeuten Ihnen sicher sehr viel.«

Die Döring nickte hektisch und stumm, drückte die Figur für einige Herzschläge an ihre Brust und stellte sie dann wieder genau dorthin, wo Bärbel sie hochgenommen hatte. Ihr Blick verweilte noch einen Moment dort, dann gab sie sich einen Ruck, lächelte etwas verkrampft und sagte: »Kaffee! Ich wollte mehr Kaffee machen! Wo hab ich nur meinen Kopf?«

»Und ich decke den Tisch, wenn ich darf, ja?«, fügte Bärbel hinzu.

Lorenz raunte Gustav leise ins Ohr: »Hast du das gesehen? Die Alte hat einen kleinen Palim-Palim, befürchte ich.«

Gustav raunte zurück: »Vielleicht bekommen wir zum Kaffee ja auch Pommes frites in Flaschen.«

»Was?«

»Wie, du kennst den nicht?«

»Nee.«

Gustav winkte ab. »Ist klar. Didi Hallervorden ist ja auch kein Krimiautor. Dachte nur, weil du Palim-Palim sagtest.«

Lorenz zuckte mit den Achseln und murmelte: »Der alte Eifler sprach von seltsamen Dingen, auf die Kommissar Wollbrand sich keinen Reim zu machen wusste. So wie einiges in diesem Haus nicht ganz normal zu sein schien. Vielleicht war er, als er die Schwelle übertreten hatte, unversehens in eine andere Welt eingetaucht, in der manche Gesetze der Logik außer Kraft gesetzt waren.«

Lorenz sagte dies nicht ganz ohne Bedacht, spürte er doch, dass in diesem Haus eine besondere Atmosphäre herrschte. Mochte es an den engen verwinkelten Zimmern liegen, an dem spärlichen Licht, an dem leichten Mief der Jahrhunderte, der in den rissigen Balken und den bröseligen Lehmwänden klebte, oder vielleicht auch an den seltsamen Kunstwerken, die auch Bärbel sofort in ihren Bann gezogen hatten. Während sich nun alle in der Küche versammelten, welche wohl das geräumigste Zimmer im Haus darstellte, blieb Lorenz noch eine Weile im Flur stehen. Das Fachwerk schien zu atmen, in einem Rhythmus, der viel langsamer war, als menschliche Lungen zu arbeiten pflegten. Lorenz hielt unwillkürlich den Atem an. Dieser Ort hatte eine ganz eigene Magie, das war ihm völlig klar. Und es war für ihn ebenso klar, dass dies nichts mit Zauberei zu tun hatte, sondern dass der Grund dafür in kleinen, versteckten Fakten liegen musste, die sich ihm nur noch nicht erschlossen hatten. Dass er an Magie dachte, lag wohl auch an Bennys Erzählung von dem Traum der Döring mit einem geheimnisvollen weißen Zauberer. Aber da war auch noch etwas anderes. Etwas, das er nicht einordnen konnte. Da war einerseits der leicht modrige, eher staubige Geruch des alten Fachwerks. Aber darin war auch etwas Fremdartiges, vielleicht Süßliches. Ja, jetzt war Lorenz sich sicher, das ganze Haus war von einem süßen Geruch durchzogen, von irgendetwas Exotischem, das er nicht kannte. Er nahm sich vor, dem auf den Grund zu gehen. Er schlich sich die schmale Treppe ins Obergeschoss hinauf und achtete darauf, wie sich der Geruch vielleicht verändern würde. Es schien ihm, als würde die Intensität abnehmen. Vielleicht wollte er dies aber auch nur annehmen, um einen Grund zu haben, nicht weiter im Haus herumzuschnüffeln. Das kam ihm ziemlich ungehörig vor. Also ging er unverrichteter Dinge wieder nach unten. Als er in die Küche trat, schenkte Magdalena Döring gerade Kaffee ein. Bärbel sah ihm entgegen. »Lorenz, da bist du ja.«

Lorenz setzte sich auf einen Stuhl, den die Freunde für ihn freigehalten hatten. Benny hatte inzwischen die Brötchen geschnitten und belegt, und sie ließen sich das Frühstück schmecken. Die Gastgeberin störte sich nicht daran, weiterhin im Nachthemd dazusitzen, obwohl Bärbel, Gustav und Lorenz völlig Fremde für sie waren. Lorenz wunderte sich darüber, welchen Appetit die zart und gebrechlich wirkende Frau an den Tag legte. Als sie sich umdrehte, um noch Gurken und Tomaten aus dem Schrank zu holen, gab Lorenz Benny ein Zeichen, mit dem er ihm bedeutete, das Gespräch auf die nächtlichen Gespenster der Alten zu bringen. Der Pfleger wusste, dass Lorenz neugierig war, mehr darüber zu erfahren, und winkte beschwichtigend ab. Bärbel, die diese Gestikuliererei beobachtete und Peinlichkeiten ahnte, ergriff daher das Wort. »Liebe Frau Döring, Sie haben hier eine ganz wundervolle Sammlung von Skulpturen. Benny hat uns gar nichts davon erzählt. Das sieht irgendwie alles nach ein und derselben Handschrift aus. Ich vermute, Sie kennen den Künstler?«

Die Alte lächelte. »Nicht so gut, wie ich es gern hätte. Diese Sachen stammen alle von mir selbst. Freut mich, wenn es Ihnen gefällt.«

»Sehr sogar!« Bärbel war überrascht. Die Frau machte so gar nicht den Eindruck einer Bildhauerin, und die ausdrucksstarken und höchst eigenwilligen Werke hätten eigentlich auf einen gewissen Bekanntheitsgrad schließen lassen können.

Bärbel hatte von dem Schaffen der Magdalena Döring noch nie etwas gehört. Und als hätte die ihre Gedanken gelesen, sagte sie: »Ich mache das nur für mich. Es hat sich noch niemals jemand dafür interessiert. Und in letzter Zeit fehlt mir auch schon etwas die Kraft.«

»Das kostet sehr viel Kraft«, bestätigte Bärbel. »Aber sagen Sie, diese eine Figur, die ich eben so unachtsam angefasst habe, was bedeutet die? Sie ist Ihnen sicher viel wert.«

»Das stimmt. Ich habe sie schon vor vielen Jahren gefertigt, als ich noch jung war und dieses Haus bezogen habe.«

Gustav fragte dazwischen: »Ach, das ist nicht Ihr Elternhaus?«

Magdalena Döring schüttelte den Kopf. »Meine Eltern hatten einen sehr großen Bauernhof in Schmidt. Dort wollte ich nicht bleiben, und so zog ich in das Haus meiner Großeltern. Hier wurde meine Mutter geboren.«

»Und Ihr Elternhaus?«

»Ich verstand mich nicht sehr gut mit meinen Eltern. Als sie starben, habe ich den Hof verkauft.«

Benny setzte sich neben die Alte und legte ihr einen Arm um die schmalen Schultern. »Sie wollten uns doch von dem Traum berichten, der Ihnen solche Angst gemacht hat. Wissen Sie noch, der Traum von dem Zauberer und dem Kind. Wir sprachen darüber, dass es Ihnen guttun würde, meinen Freunden davon zu erzählen. Die verstehen mehr davon als ich, was ein alter Mensch so träumt. Und vielleicht sind Sie nicht die Einzige, die mit dem Zauberer zu tun hat.«

Lorenz lachte leise. »Der junge Mensch erträumt sich vermutlich jede Nacht die wildesten Geschichten. Man kennt das ja. Früher, als junger Kerl, habe ich auch viel geträumt. Irgendwann lässt das nach. Vielleicht versickert uns Alten so langsam aber sicher die Fantasie. Sie träumten von einem Kind, das Sie nie hatten?«

»Das ist keine Fantasie!«, fuhr Magdalena Döring so abrupt auf, dass Lorenz über die Heftigkeit ihrer Reaktion erschrak. Dann, nach einer längeren Pause, in der betretenes Schweigen herrschte, fuhr sie wesentlich sanfter fort: »Nein, entschuldigen Sie, eigentlich wollte ich darüber nicht sprechen. Benny meinte, es wäre gut, wenn ich's täte. Ich habe aber wirklich noch nie darüber gesprochen, und es ist mir peinlich.«

Bärbel ergriff ihre Hand. »Frau Döring, wir sind Fremde und zum ersten Male in Ihrem Haus. Sie müssen uns natürlich gar nichts Persönliches erzählen.«

Magdalena Döring lächelte Bärbel dankbar an und nickte. »Wissen Sie, Benny hilft mir sehr, der gute Junge. Er meint es sicherlich auch damit gut. Er hat mir ja auch zu der Medizin geraten, nachdem die Ärzte mir alle nicht helfen konnten.« Sie stand auf, griff nach einer Dose und entnahm dieser ein grünes Kraut, welches mit einem hellen Staub belegt war.

»Wie, jetzt ist der Junge auch noch unter die Apotheker gegangen?«, fragte Lorenz.

»Nee nee«, beeilte sich Benny zu sagen. »Ach Frau Döring, das war doch unser kleines Geheimnis.«

Bärbel lachte. »Benny, ich ahne etwas, du Schlingel. Hab ich's mir doch gleich gedacht. Meine Nase hat mich nicht getrogen.«

Magdalena Döring nickte, ohne genau zu wissen, was Bärbel so belustigte. »Ich hatte doch seit vielen Jahren diese Krämpfe, die mich oft sehr gequält haben. Benny brachte mir diese Pflanzen, die nun in meinem Garten schon seit Jahren wunderbar gedeihen. Es hat mich am Anfang ein wenig gestört, dass man es rauchen muss, aber es hilft mir sehr, und es stinkt nicht annähernd so wie Zigaretten. Vor dem Schlafengehen nehme ich etwas, und wenn Benny zu mir kommt, macht er mir immer etwas fertig. Wir rauchen das dann auch schon mal zusammen. Ihm hilft es ja auch, nicht wahr, mein Junge?«

Lorenz kratzte sich seinen hellgrauen Bürstenschnitt. »Ich habe eben auch etwas gerochen und konnte mir keinen Reim darauf machen. Wollt ihr mich denn jetzt nicht endlich schlaumachen?«

Gustav grinste ihn an und schüttelte ungläubig den Kopf. »Unfassbar, dass Kommissar Wollbrand noch so überhaupt keine Erfahrung mit dem Rauchen von Cannabis gemacht hat. Dir scheint ja nun doch einiges Menschliche fremd zu sein.«

Lorenz brummte: »Der in Ehren ergraute Ermittler schaute fassungslos in den Abgrund, vor den man ihn unversehens geführt hatte. Doch er war weder gewillt, sich das als Bildungslücke auslegen zu lassen, noch wollte er diese fragwürdige Medikation harmloser Eiflerinnen weiter diskutieren.« Mit dem letzten Halbsatz sah er Benny strafend an, dann wandte er sich an die Gastgeberin. »Frau Döring, tun Sie Ihre Arznei nur schnell wieder in die Dose zurück, damit sie nicht verdirbt.«

Alle lachten herzlich, und Lorenz begleitete die Heiterkeit seiner Freunde mit einem Grinsen, welches ansatzweise erkennen ließ, wie wenig er es mochte, wieder einmal der Ahnungsloseste in der Runde zu sein. Dann betrachtete er Magdalena Döring. Der Gedanke, dass sie keinen Schimmer hatte, was Benny ihr zu rauchen gab, belustigte ihn. Und tröstete ihn auch ein wenig.

15. Kapitel

Zur selben Zeit, als Lorenz feststellen musste, wie verwirrend es sein kann, Dinge zu finden, nach denen man nicht gesucht hat, saß Paul Gedeck in seinem Büro vor dem Bildschirm und sah Dossiers durch. Eigentlich hätte er einen Bericht zu einem tödlich verlaufenen Kneipenstreit schreiben müssen, jedoch fehlte ihm für diese lästige Arbeit sowohl die rechte Lust als auch die Konzentration. Der Bärtige, den er im *Electrum* mit dem Albaner Kreshnik hatte sprechen sehen, ging ihm nicht aus dem Kopf. Er hoffte, ihn im POLAS-System zu finden. Paul hatte Manfred Schreckhügel angestiftet, bei den Kollegen der Organisierten Kriminalität informell Erkundigungen einzuziehen. Er selbst war noch nicht lange genug in Köln tätig, Schreckhügel jedoch hatte gute Kontakte. Paul war insbesondere nicht erpicht darauf, dass Rita sein Interesse verfolgte. Zwar hoffte er, dass Opa Bertold weniger mit der Sache zu tun haben würde, als dem Alten selbst lieb war, aber es war sicher nicht schlecht, vorbereitet zu sein. Paul wollte Rita nicht mit diesem Problem allein lassen, wenn es drängend werden würde. Vielleicht war es das ja schon.

Es war schon ärgerlich, dass Kastriot Visar Kreshnik seinem Ausflug ins *Electrum* ein so jähes Ende bereitet hatte. Wären sie nur eine halbe Stunde früher dort gewesen, hätte Paul vielleicht die eine oder andere Sondierung vornehmen können, vielleicht einen Namen aufschnappen. Nun war er darauf angewiesen, Akten durchzuzappen und darauf zu hoffen, eine passende Beschreibung zu finden. Vielleicht hatte der Kollege ja mehr Glück mit einer konkreten Anfrage gehabt. Schreckhügel schob sich gerade durch die Tür, mit etwas in der Hand, das nach einer gewaltigen Menge Fett und Salz aussah.

»Mein Gott, Manfred, hättest du dir das nicht draußen noch schnell reinschieben können?«, grinste Paul zur Begrüßung.

»Hab ich doch – den ersten Teil«, grinste Manfred zurück. »Es ist beinahe Mittagszeit, da brauch ich was Yummi-yummi-mäßiges.«

»Und, was ist für dich yummi yummi?«, fragte Paul, obwohl er dies eigentlich gar nicht wirklich wissen wollte.

»Lammfleisch Dürüm Döner Schreckhügel spezial rot-weiß«, antwortete Manfred und biss ein Stück seiner Leibspeise ab. »Stinkt nicht nach Knoblauch, ist scharf, fettig und macht satt und glücklich. Die Kölner Türken sind halt doch die besten.«

»Mayo auf'n Döner?«

»Wieso nicht?« Manfred beugte sich über Pauls Schreibtisch und betrachtete den Bildschirm. »Du suchst deinen Russen?«

»Habe bisher aber kein Glück gehabt. Hast du was erfahren?«

»Fehlanzeige«, meinte Manfred kauend. »Die Beschreibung hat bei keinem meiner Kumpels einen Alarm ausgelöst. Hoppla, sorry!«

»Ach nee, Manni!«

Ein dicker Klecks Mayonnaise, durchsetzt mit Currysauce und Bratenfett, war auf Pauls Tastatur getropft und sickerte langsam zwischen den Buchstaben G, H und B ein. Manfred kramte ein Taschentuch hervor und tupfte auf der Tastatur herum. Paul sah entgeistert zu, wie der Kollege den Klecks auf die Buchstaben V, N, J, U, Z, T und F ausweitete.

»Komm, lass mal!«, rief Paul und versuchte, den Kollegen an der weiteren Verbreitung der Sauerei zu hindern. Manfred Schreckhügel wies auf den Bildschirm. »Sag mal, die kenn ich doch!«

Paul wandte seinen Blick von der besudelten Tatstatur weg und hin zu der Anzeige, die durch die planlose Tipperei des Kollegen auf ein anderes Dossier gesprungen war. Er sah das Foto einer gewissen Ludmilla Alejnikova, offensichtlich ein Schnappschuss, der bei einer freien Observation entstanden sein musste, keine der typischen erkennungsdienstlichen Aufnahmen. Diese Frau war fünfundfünfzig Jahre alt, gebürtig aus Moskau, Domizile in Sankt Petersburg, Amsterdam und Köln. Tiefschwarzes Haar, ein opulenter Busen, der bestimmt nicht rein natürlichen Wuchses war, und ein reichhaltiges Arsenal an protzig zur Schau getragenem Schmuck ließen Paul in dieser Ludmilla Alejnikova jene Frau erkennen, die er am Vorabend im *Electrum* gesehen hatte.

»Schau mal«, sagte Manfred und tippte auf den Bildschirm, wodurch auch dort eine Mayonnaisespur begonnen wurde, deren Ausbreitung Paul durch das schnelle Zupacken an des Kollegen fleischigem Handgelenk unterband.

»Ich versuch's ja«, knurrte Paul. Nichts mehr anfassen bitte!«

Manfred hatte seinen Mund so weit geleert, dass er seinen Lippen einen Pfiff entlocken konnte. »Die ist ja interessant. Keine Vorstrafen, niemals auch nur in U-Haft, aber Interpol ist sich sicher, dass sie in großem Stil mit schmutzigen Diamanten handelt. Ihr Noch-Ehemann arbeitet in Sibirien, kleiner Angestellter bei Gazprom, und hat Konten im Bereich dreistelliger Millionen-Dollarbeträge. Wusste gar nicht, wie gut man da verdient. Jetzt versteh ich den Altkanzler Schröder so langsam.«

»Der hat aber keine Diamanten verschoben.«

»Nee, eher nicht. Es sieht aber so aus, als habe dieser kleine Messerstecher – wie heißt er noch?«

»Kastriot Visar Kreshnik«, antwortete Paul.

»Also, dieser Kastrat hat vielleicht gestern im *Electrum* mit der falschen Person gesprochen, oder? Hältst du es für möglich, dass er sich einfach vertan hat? Immerhin war er doch gerade erst reingekommen und suchte vielleicht auch den richtigen Ansprechpartner. Und wie wir hat er diesen Typen da eher im Blick gehabt als die Tussi.«

»Du bist gar nicht so doof, wie meine Tastatur jetzt aussieht, Schreckhügel«, meinte Paul. »Dieser Albaner dagegen ist unfassbar blöd. Brutal, unberechenbar und durchaus gefährlich, aber ein Dämel, wie er im Buche steht. Was immer er mit diesem einen Typen zu besprechen hatte – ich würde mich gerne einmal mit dieser Ludmilla Alejnikova unterhalten.«

»Oh ja, und wenn du das tust, dann nimm mich mit, großer Freund«, grinste Manfred und schob sich den Rest seines Dürüm Döner Schreckhügel spezial rot-weiß in den Mund.

»Das musst du dir verdienen«, entgegnete Paul. »Hör dich beim Dezernat OK um, krieg raus, mit wem die Alejnikova verkehrt, ob die nur in Diamanten macht oder auch heißer Schmuck, Kunst, Drogen und was weiß ich. Sie ist unsere einzige Spur, mach was draus. Ich muss mich noch um diesen blöden Bericht wegen der Kneipensache in Ehrenfeld kümmern.«

Manfred nickte zustimmend und schickte sich an, die Reinigung von Pauls Tastatur fortzusetzen. Der schob seine Hand jedoch schnell beiseite. »Oh nein, um die Sauberkeit meines Arbeitsplatzes kümmere ich mich selbst!«

16. Kapitel

John Chisum schlug die Augen auf. Er spürte den kühlen Morgentau in den Wimpern und fuhr sich durch das Gesicht. Wie immer, wenn es nachts nicht regnete, hatte er draußen unter freiem Himmel geschlafen. Der Tag war noch jung. Er hörte das Rauschen des Flusses, einen Steinwurf vom Lager entfernt, und die Stimme von Old Babble, die Old Wabble noch im Bett des Planwagens liegend erzählte, was sie ihm gleich zum Frühstück machen würde, obwohl es seit Jahr und Tag dasselbe war.

Chisum grinste und zippte den Reißverschluss seines Schlafsacks auf. Die Kühle des Morgens kroch in seine Unterwäsche und erinnerte ihn daran, dass es guttun würde, sich schnell mit kaltem Wasser zu waschen, bevor es ihn zu sehr frösteln und er dann lieber in warme Kleidung schlüpfen würde. Schon seit vielen Jahren hatte er beim Aufstehen die vage Vorstellung, dass er alt sein würde ab dem Tag, an dem er diesem Drang nachgeben und das kalte Wasser nach dem Aufstehen meiden würde. Doch dieser Tag war noch fern.

Chisum stieg in seine Stiefel, nahm sein Waschzeug und stapfte in Richtung des Flusses. Auf dem Weg kam er an seinem Pferd vorbei, das ihn mit einem leisen Schnauben begrüßte. Er streichelte dem Tier über die Blesse und raunte ihm zu: »Bo, alter Junge. Hat dich das Geplappere von Old Babble auch wieder geweckt?«

Der Quarter-Horse-Hengst sah Chisum fast belustigt an und schüttelte dann den Kopf, als wolle er andeuten, dass er schon länger wach sei als alle anderen im Camp. John Chisum setzte seinen Weg fort und war bald am Ufer der Rur angekommen, die hier in der Nähe von Monschau noch recht jung und daher eiskalt war. Chisum zog sein Hemd aus, schöpfte mit den Händen Wasser und benetzte Gesicht und Oberkörper damit. »Scheiße«, murmelte er und war doch froh, als er spürte, wie die Lebensgeister in ihm vollends erwachten und er die Kühle der Luft gar nicht mehr wahrnahm.

»Bei mir zu Hause ist es morgens auch kalt.«

Chisum dreht sich um. Deogratius Mbumba lächelte ihn an. »Aber wir warten einfach, bis es warm wird.«

Der Medizinmann stand mit fertig gepacktem Rucksack und Reisekleidung am Ufer. Chisum nahm sein Handtuch und rieb sich trocken. »Onkel Deo, du willst schon wieder gehen?«

»Ich muss«, antwortete der Afrikaner. »Ich habe im Traum eine Frau gesehen. Die Ahnen haben mir nicht erzählt warum, aber sie kann dir helfen. Ich werde sie finden.«

»Und wo willst du diese Frau suchen?«

Deo schüttelte den Kopf. »Ich habe nicht gesagt, dass ich sie suchen werde. Ich finde sie.«

Chisum schüttelte den Kopf. »In unserer Welt muss man Menschen suchen, wenn man sie finden will. Was soll das denn für eine Frau sein, die mir helfen kann? Und wobei?«

»Das muss ich nicht wissen. Sie wird es mir sagen, wenn es so weit ist. Und ich werde jemanden treffen, der mir hilft.«

John Chisum trat auf den alten Zauberer zu und umarmte ihn. »Onkel Deo, ich werde niemals aus dir schlau werden. Aber ich hoffe, wir sehen uns bald wieder.«

»Das werden wir«, antwortete Deogratius und nahm seinen Rucksack auf. »Dinge geschehen, und ich gehe schnell.«

Chisum sah seinem Freund nach, bis dieser unter den Bäumen, die das Flussufer säumten, verschwunden war. Dann packte er sein Zeug zusammen und ging zum Lager zurück.

Dort hatte mittlerweile schon jemand ein Feuer entfacht und begonnen, Kaffee zu kochen.

»Moin Chisum«, sagte der Mann und strich sich die langen, wirren Haarsträhnen aus dem Gesicht.

»Moin Bill.«

Willi Behnke, den alle nur Wild Bill Hickok nannten, war wesentlich jünger als John Chisum, gerade einmal zweiunddreißig Jahre alt. Chisum sah das offene Zelt von Calamity Jane, die in diesem Moment ihren Rotschopf herausstreckte und die beiden Männer verschlafen musterte. Wild Bill folgte grinsend seinem Blick. Als Chisum mit dem Kinn in Richtung des Zeltes von Sacajawea wies, fragte Wild Bill: »Was?«

»Willst du dich nicht mal entscheiden?«

»Warum sollte ich?«

»Da hast du auch wieder recht. War nur so ein Gedanke. Will nicht, dass es hier böses Blut gibt.«

»Zwischen den beiden? Wegen mir? Never.«

»Mag sein.«

»Wer ist eigentlich dieser weiße Nigger? Ist Onkel Tom in ein Mehlfass gefallen?«

Chisum schüttelte missbilligend den Kopf. Er wusste, dass sein Gefolgsmann kein Feingeist war. Und er nutzte diesen Charakter durchaus für seine Zwecke. Dennoch gefiel ihm Bills Ton nicht. »Deo ist ein alter Freund meiner Familie. Er ist wie ein zweiter Vater für mich. Besonders seit meine Eltern …«

»Was wollte er hier?«, fiel Wild Bill ihm ins Wort. »Wo kommt er her? Warum hast du ihn uns nicht einmal vorgestellt? Ich denke, ich sollte wissen, wer sich in unserem Lager aufhält.«

»Er wird bald wiederkommen. Dann stelle ich ihn euch vor.«

»Die Wild Bunch ist auch meine Company.«

»Das ist sie. Aber ich bin es, der diesen Haufen leitet. Hast du plötzlich ein Problem damit? Glaubst du etwa, ich heiße bei uns jemanden willkommen, der sich hier nicht aufhalten sollte?«

»Nein. So meinte ich das nicht.«

»Gut.«

Chisum reichte Bill einen Kaffee und goss sich dann selbst ein. Die beiden Männer starrten in ihre dampfenden Tassen und tranken. Wild Bill Hickok hielt seinen Kaffee in der Linken, mit der Rechten drehte er sich eine Zigarette. Dann blies er genüsslich Rauchschwaden in die Luft. »Die erste Kippe am Morgen ist definitiv die beste.«

»Wieder mal Nuttenfrühstück, Wild Bill?«

Sacajawea war ans Feuer getreten und setzte sich zu den beiden Männern. Sie trug ihr langes, schwarzes Haar offen, im Sitzen reichte es bis auf den Boden. »Du bist sehr früh aufgestanden. Warst du noch bei ihr?« Auch sie wies in Richtung des Zeltes, in das sich Calamity Jane wieder zurückgezogen hatte, wohl um noch eine Runde zu schlafen.

»Ja. Warum?«

»Nur so.«

Chisum sah die beiden an. Er versuchte sich einzufühlen, ob es da eine greifbare Eifersucht gab, konnte jedoch nichts dergleichen wahrnehmen, auch wenn der kurze Dialog dies vielleicht hätte vermuten lassen. Sacajawea war ein paar Jahre älter als Bill, Calamity dagegen war mit Mitte zwanzig die Jüngste im Lager.

Chisum wandte sich an die Frau, die er nun schon seit mehr als zehn Jahren kannte. »Ist die Taube zurück?«

»Nein«, antwortete sie. »Noch keine Antwort aus Robertville.«

»Nicht schlimm. Vermutlich steckt das Paket noch in Antwerpen.«

»Heute ist die letzte Vorstellung in Monschau«, meinte Wild Bill. »Sollen wir dann gleich die Zelte abbrechen oder noch einen Tag hierbleiben? In Simmerath müssen wir erst übermorgen sein.«

»Wir müssen warten, bis meine Taube zurück ist«, sagte Sacajawea. »Hoffe aber, dass das spätestens morgen sein wird.«

Chisum nickte. »Wir brechen morgen früh auf. Wenn dein Tier dann noch nicht zurück sein sollte, bleibst du so lange hier.«

»Kein Problem.«

»Gut.«

»'Nen Schluck?« Wild Bill hielt Sacajawea seine Tasse hin.

»Gern.«

Die drei saßen eine Zeit lang still beisammen. Mit dieser Stille war es abrupt vorbei, als die beiden Rentner der Wild Bunch, Old Wabble und seine Frau Old Babble, aus ihrem Planwagen krabbelten. Während Old Wabble seine lange, hagere Gestalt ohne Worte, dafür aber mit einigem Ächzen auf die Wiese beförderte, begleitete Old Babble dies mit dem gewohnten Wortschwall. »Meine Güte nun stell dich doch nicht gar so steif an so alt bist du doch gar nicht was soll das denn werden wenn wir mal über die achtzig kommen? Ich hab dir eh schon tausendmal gesagt du sollst nicht immer mehrere Hosen übereinander anziehen das macht deine Gestalt auch nicht athletischer und du bewegst dich nur noch ungeschickter und ich wüsste mal gerne was an dir dran ist was frieren könnte und wenn ich wasche weiß ich nicht was und dann muss ich sie alle waschen und du läufst dann den ganzen Tag in Unterhosen rum und jetzt fällste auch noch hin!«

Mit ihrem letzten Halbsatz kommentierte sie das Ungeschick ihres Mannes, der auf dem letzten Schritt vom Wagenbock gestrauchelt und sich auf dem feuchten Boden langgelegt hatte. Er raufte sich sein langes, weißes Haar und murmelte: »Steh auf, Old Wabble, wenn du Schalker bist.« Damit hatte er in einem Satz sowohl seine Herkunft als auch seine Grundhaltung zum Leben, dem Universum und allem ausgedrückt.

Seine Gattin war schneller, als man es der alten Frau zugetraut hätte, bei ihm und half ihm, was man bei dem letzten zänkisch anmutenden Wortschwall vielleicht auch nicht von ihr hätte erwarten können, vorsichtig und liebevoll auf die Beine.

Eine weitere Gestalt schälte sich aus ihrem Zelt. Minnewakan Schmitz stakste ungelenk auf das Lagerfeuer zu. »Sorry, Chisum, ich glaub, ich hab deinen Buffalo Trace gekillt.«

John Chisum grinste schief. »Wer sonst als du, Minnewakan? War mir klar, dass du ihn genommen hast. Du könntest ruhig bei deinem billigen Fusel bleiben. Die Flasche ersetzt du mir.«

»Klar Chef«, gab Schmitz das Grinsen zurück. »Wenn ich endlich wieder frische Kohle von dir bekomme.«

»Gibt es bald.«

»Obwohl der van der Kriek hin ist? Wer nimmt uns denn die Lieferung jetzt ab?«

»Darum kümmere ich mich schon. Werde du erst mal nüchtern. Was bist du denn überhaupt schon so früh auf den Beinen?«

»Bei dem Geschnatter kann doch keiner schlafen«, meinte Minnewakan trocken und wies auf Old Babble, die schon wieder Luft holte, um einen weiteren Wortschwall loszulassen.

»Genau das wollte ich auch gerade sagen wir haben ja keine fette Rente auch wenn ihr das glaubt und wenn der Buck Schichterich nicht bald zurück ist und sagt was es aus Übersee Neues gibt weiß ich auch nicht wie es weitergehen soll aber Chisum sagt jetzt bestimmt sowieso dass ich das auch gar nicht wissen muss und es ist ja noch immer weitergegangen egal ob ich mir darüber Gedanken mache aber jetzt wird es doch echt eng wenn ich das richtig sehe. Ich glaub ich mache erst mal eine ordentliche Portion Ei mit Speck und dann sehen wir weiter.«

»Genau«, meinte John Chisum und hoffte vergeblich, dass Old Babble ihr Vorhaben ohne weitere Vorträge in die Tat umsetzen würde.

17. Kapitel

Als Paul seinen Kollegen Manfred Schreckhügel in Begleitung von Rita eintreten sah, ahnte er nichts Gutes. Manfred machte ein Gesicht, als führte die hochgewachsene Kommissarin ihn an den Ohren neben sich her.

»Hallo Schatz«, sagte Paul und stand auf.

»Hallo Schnuckel«, antwortete Manfred und versuchte ein Grinsen, das jedoch ziemlich misslang, ebenso wie sein Witz.

Rita schloss die Türe hinter sich und sah abwechselnd von einem Mann zum anderen. »Und?«, fragte sie schließlich, da keiner der beiden Anstalten machte, das Gespräch zu beginnen. Sie machte ihrerseits auch keine Anstalten, Pauls Gruß zu erwidern. Kein gutes Zeichen, wie dieser messerscharf schloss.

»Ich glaub, ich hab 'nen Tinnitus in den Augen!«, fauchte Rita. »Ich sehe hier nur Pfeifen!«

»Schrecki, du Pfeife, was hast du gemacht?«, maulte Paul.

Schreckhügel zuckte ergeben mit den Schultern. »Ich habe wohl den falschen Kollegen gefragt. Dummerweise hatte der zufällig mit Frau KHK Bertold zu tun und ihr was gesteckt. Bin unschuldig.«

»Hier geht es nicht um Schuld!« Rita war offensichtlich ernsthaft geladen. »Paul, hast du nichts Besseres zu tun, als in diesem van-der-Kriek-Fall zu schnüffeln?«

Paul dachte an seine aktuellen Fälle und meinte: »Nee, eigentlich nicht. Dachte, es wäre gut, sich etwas umzuschauen.«

»Und wann hattest du vor, mich davon zu unterrichten, dass du in der russischen Szene ermittelst und den Kastriot getroffen hast?«

Paul holte tief Atem und überlegte dabei, was er in welchem Ton antworten sollte, zog auch die Gemütsverfassung einer gestressten Schwangeren in Betracht und ließ sich dabei offenbar zu viel Zeit, denn Rita legte sofort nach: »Und pass auf, was du jetzt sagst! Wehe, das liegt auch nur haarscharf neben der reinen Wahrheit!«

Paul tat so, als müsse er seine Haarstoppeln ordnen, sah die Sinnlosigkeit seiner Überlegungen ein und antwortete schließlich: »Nun, eigentlich wollte ich es dir gar nicht ... also, du weißt schon, ich hätte natürlich, sobald da etwas Konkretes, es war ja nur ...«

Rita winkte ab. »Geschenkt. Jetzt weiß ich es ja. Dein wesentlich ehrlicherer Kollege hier wird nun brav euren Job für ein paar Stunden allein erledigen, und du begleitest mich nach Nideggen. Mal sehen, was Opa Bertold dazu sagt.«

»Wie jetzt?« Paul war überrascht und wusste nicht, was davon nun zu halten war.

Rita ließ ihn jedoch nicht lange grübeln und legte ihm einen Computerausdruck auf den Tisch. »Das sind Telefonprotokolle einer Überwachungsaktion bezüglich einer gewissen Ludmilla Alejnikowa, schon über ein Jahr alt, hat nichts ergeben. Die Dame wird schon länger überwacht, sie steht im Verdacht, über ihren in Russland lebenden Ex Diamanten aus russischen Bergwerken nach Deutschland zu schmuggeln. Und vielleicht auch andere Sachen. Immerhin hat sie im Überwachungszeitraum einige Male mit dem ermordeten Wim van der Kriek telefoniert. Das wolltest du doch wissen, oder?«

»Scheiße«, murmelte Paul, während er das Protokoll durchsah. »Weiß man, worüber die gesprochen haben? Hier steht nix.«

»Natürlich nicht. Aber da du mich ja nun fragst – ich habe mit dem Kollegen gesprochen, der ein paar Gespräche abgehört hat. Das meiste war unauffällig und in Gänze nicht verwertbar. Sowohl die Alejnikova als auch der van der Kriek sind offiziell sauber. Jedenfalls gab es vor ein paar Monaten die Anweisung, diesen Kontakt nicht weiterzuverfolgen. War vielleicht ein Fehler, denn jetzt sind vier Leute tot. Mit den heutigen Erkenntnissen ist ein Gespräch interessant, in dem van der Kriek eine Zusammenarbeit ablehnte und wörtlich meinte, er gehe lieber die alten Wege. Was kann er damit gemeint haben?«

Paul schüttelte den Kopf. »Keine Ahnung. Worum mag es gehen? Hehlerware? Schmuggel? Wenn von alten Wegen die Rede ist, wer könnte da wissen, was gemeint ist?«

»Genau!«, erwiderte Rita. »Deshalb fahren wir jetzt nach Nideggen und statten meinem lieben Opa einen Überraschungsbesuch ab.«

Kommissar Wollbrand fühlte sich alt. Natürlich, er war es auch. Jedoch hatte er sich noch niemals zuvor so gefühlt. Nun war es also so weit, dachte der in Ehren ergraute Ermittler nicht ohne Selbstmitleid. Nun, er würde bald Uropa werden, eigentlich ein Grund zur Freude. Und verdammt, ein Urgroßvater durfte auch müde sein, schmerzende Glieder haben, manchmal morgens selbst bei Sonnenschein nicht aufstehen wollen.

Lorenz sah wieder einmal zweifelnd auf den Bildschirm. Hatte er das wirklich so geschrieben? Nun ja, wer sonst. Aber die Sprache erschien ihm fremd. Musste das so sein? Immerhin war es ja Kommissar Wollbrand, der da so dachte und nicht er selbst. Aber andererseits, warum schrieb er dann dem Ermittler ein kommendes Urenkelkind zu und seine eigenen täglichen Beschwerden? Wie viel von sich selbst, von Lorenz Bertold, war gut für den Kommissar?

Jedenfalls würde er diesen Satz wenigstens abspeichern. Der Anfang wäre gemacht. Der Anfang wovon? Auf die achtzig zugehen, mit einem Fuß mehr oder weniger schon im Grab, wenn man die eigene Lebensspanne so überschaute, und dann von einem Anfang sprechen? Lorenz war in dem Moment, als ihm dies durch den Kopf ging, schon klar, wie unsinnig das war. Wenn er so dachte, könnte er auch gleich den Rechner ausmachen, sich ins Bett legen und auf das Ende warten.

Nein, das war schon gut und richtig und auch normal, immer wieder etwas neu anzufangen. Auch dieser Roman, der natürlich ein Krimi werden musste. Er wollte Kommissar Wollbrand etwas erleben lassen, etwas Großes, Unerhörtes, Spannendes. Er war Gott in dieser Welt, in die er den Ermittler zu werfen gedachte. Vielleicht war es das? Ein Schöpfergott, der die Fischlein im Wasserglas seiner eigenen Ideen zappeln lässt. Reichte es ihm nicht, selbst ein kleiner, mittlerweile etwas mühsam zappelnder Fisch im Ideenglas eines anderen, größeren Gottes zu sein? Oder gehörte es, wenn man dabei war, eine Welt zu erschaffen und sich in Figuren zu versetzen, einfach dazu, die eigene Rolle außerhalb des Geschreibsels, also das tatsächliche Leben, mit derselben ungläubigen Distanz zu sehen wie die erfundenen Menschen da auf dem Bildschirm, in dem Datenschlamassel, den ein »Buch« zu nennen lächerlicher Vorgriff auf etwas ewig Irreales schien. War er sich selber klar genug, um zusätzlich noch das Denken für erfundene Charaktere in einer erfundenen Geschichte zu übernehmen? War sein eigenes Leben etwa zu langweilig, als dass es sein Denken und Fühlen ausfüllen und befriedigen konnte? Zu viele Fragen für jemanden, der lieber Antworten gab. Da kam es Lorenz gerade recht, dass es an der Tür klopfte und eine vertraute Stimme ihm zurief: »Ich weiß, noch mal klopfen würde bedeuten, dass du das erste Mal nicht gehört hast!«

Lorenz erhob sich vom Schreibtisch und ging zur Tür. Rita und Paul traten ein. Er spürte den Kuss seiner Enkelin und den festen Händedruck des riesigen Polizisten, den er mittlerweile schätzen gelernt hatte, und freute sich, nicht mehr allein zu sein. Die seltsamen Grübeleien schienen verflogen, kaum dass er den Schreibversuch hatte unterbrechen müssen. Kurz noch dachte er darüber nach, ob er das Schreiben nicht doch lieber ganz lassen sollte, dann widmete er sich mit voller Konzentration seinem unerwarteten Besuch.

»Also, es ist Freitag, keine Kaffeezeit, ihr seid nicht angemeldet. Also wird das eher eine Befragung als ein Familienbesuch, oder?«

»Nicht ganz, Opa«, sagte Rita. »Diesmal nicht.«

»Aha?« Lorenz horchte auf. Der seltsame Ton in Ritas Stimme hatte sofort seine Neugier geweckt.

Paul fuhr fort: »Rita und ich haben uns gedacht, es wäre vielleicht hilfreich, dein Wissen anzuzapfen.«

»Nein!«

»Doch. Es geht um Schmuggel.«

»Schmuggel?«

»Schmuggel, Opa«, übernahm Rita die Leitung des Gesprächs wieder. »Du hast mir doch damals immer diese Geschichten erzählt aus der Zeit, in der die Eifel als Grenzgebiet quasi Schmugglerland war. Die Leute haben davon gelebt, aus Belgien und Holland Waren über die grüne Grenze nach Deutschland zu schaffen.«

»Hm«, brummte Lorenz. »Da habe ich dir sicher vom Kaffeeschmuggel erzählt, der nach dem Zweiten Weltkrieg hier florierte. Und jetzt? Das hat doch sicher was mit dem ermordeten Kunsthändler zu tun, oder?«

»Treffer«, bestätigte Paul. »Wir wissen nicht, ob dieser van der Kriek sich als Hehler betätigte, aber es gibt Hinweise.«

»Aber doch wohl kaum Kaffee? Obwohl, bei den Holländern weiß man ja nie.«

»Opa!«, lachte Rita. »Nein, es geht nicht um Kaffee. Und auch nicht um andere Drogen. Eher Kunst aus Afrika, vielleicht auch Diamanten.«

Lorenz schüttelte den Kopf. »Liebchen, davon habe ich doch überhaupt keine Ahnung.«

»Das hoffe ich auch inständig«, meinte Rita. »Es gibt da jedoch etwas, was du uns erklären könntest. Wir wurden darauf aufmerksam, dass der ermordete Händler in einem Gespräch die Formulierung verwendete, er vertraue auf die alten Wege. Wir glauben, dass damit Wege gemeint sind, auf denen illegale Ware zu ihm gelangt ist. Du sollst jetzt keineswegs unter Verbrechern ermitteln. Aber du kannst uns bestimmt sagen, in welcher Richtung wir genauer hinsehen müssen, falls unsere Vermutung stimmt, nicht wahr?«

»Nun ja. Es gibt diese alten Schmugglerwege natürlich. Kann mir aber kaum vorstellen, dass die heute noch benutzt werden. Die modernen Leute arbeiten doch in größerem Stil, oder? Früher ging man fünfzig Kilometer zu Fuß, heute kann das doch gar keiner mehr. Jedenfalls mache ich mich da gerne schlau. Wenn ihr mir nur ein paar Details mehr nennen würdet?«

»Opa!« Rita verdrehte die Augen. »Da bitte ich dich einmal um Mitarbeit, und dann wird weitergequengelt.«

»Pah«, meinte Lorenz. »Meint ihr, ich wüsste nicht, worauf das hinausläuft? Der Opa schmökert in der Geschichte und erzählt euch einen von Sankt Mokka, während ihr den heißen Spuren nachgeht und mich so aus dem spannenden Geschehen heraushaltet. Das könnte euch so passen!«

»Sankt Mokka?«, fragte Paul belustigt.

Lorenz winkte ab. »Ja, so nennt man die Kirche in Schmidt, weil sie nach dem Krieg aus Spendengeldern der Gemeinde wiederaufgebaut wurde, die sämtlich aus dem Erlös des Kaffeeschmuggels stammten. Damals hat der Pfarrer von der Kanzel gepredigt, man solle kein Unrecht tun und wenn doch, solle die Kirche wenigstens einen Teil davon erhalten. Und das haben die Schmuggler aus Schmidt gerne getan. So nannte man die neue Kirche halt Sankt Mokka.«

»Witzige Geschichte.«

»Wahre Geschichte. Kennt hier jeder. Ich frage mich dennoch, was das mit dem toten Kunsthändler zu tun haben soll.«

»Ernsthaft, Opa«, versuchte Rita es aufs Neue. »Wir haben in diesem Fall fast nichts in der Hand, Paul und ich sind noch nicht einmal offiziell mit den Ermittlungen betraut. Und was deine Rolle dabei betrifft, ist ja auch das letzte Wort noch nicht gesprochen. Wir brauchen jeden Hinweis, den wir kriegen können. Die Ella Kock springt uns sonst im Dreieck, und das willst auch du nicht.«

Lorenz grinste. »Oh nein, das wollen wir alle nicht. Weißt du, wie Benny sie genannt hat? Kampflesbe. Böse, nicht wahr? Und dann hat er noch was Englisches gesagt, das hab ich vergessen.«

»Butch vermutlich«, warf Paul ins Gespräch und fing sich dafür einen bösen Blick von Rita ein.

»Genau!«, bestätigte Lorenz. »Nun, wie dem auch sei, ich tu euch den Gefallen und helfe dieser … Butch, den Fall zu lösen. Alles undercover und inoffiziell, keine Sorge.«

»Wie immer, Opa«, seufzte Rita und ahnte nichts Gutes. Aber sie wusste, es war besser, die kriminalistischen Aktivitäten des Großvaters zu kanalisieren, als ihn unkontrolliert seinen eigenen Gedankengängen folgen zu lassen. Die Kommissarin ahnte dabei jedoch, dass das eine das andere nicht unbedingt ausschloss.

18. Kapitel

Ein kühlender Luftzug drang durch das offene Fenster herein. Er brachte den Geruch von feuchten Blättern, Moos und Erde vom nahen Wald mit. Lorenz atmete mehrmals tief ein und aus. Er lag ohne Decke auf dem Bett, erhitzt und müde. Lange hatte er nach dem Abendessen, bei dem er den Freunden noch nichts von seinem Auftrag erzählt hatte, in der Geschichte des Schmuggels in der Eifel recherchiert. Hatte durch Bücher geblättert, im Internet unzählige Seiten durchgesehen. War auf nichts gestoßen, was seine Alarmglocken hätte klingeln lassen. Irgendwann hatte die Müdigkeit gesiegt. Er hatte, erschöpft wie er war, sofort einschlafen können, war aber dann eine knappe Stunde später wieder aufgewacht. Die vier Toten in Düren geisterten durch sein Hirn, alte Wege in der Eifel und merkwürdigerweise immer wieder dieser Zauberer, von dem die alte Döring auch geträumt hatte.

Aber nein, sein Zauberer war nicht derselbe. Seiner war echt, er hatte einen Brief von ihm erhalten, dieser Zauberer kannte ihn. Was wollte der Mann von ihm? Wieso war er für ihn interessant? Und warum drängte Rita, die ihn sonst immer dafür schalt, jetzt geradezu, sich in die Ermittlungen einzuschalten? Vielleicht war es wirklich nur der Versuch, ihn in einem Nebenschauplatz zu beschäftigen, damit er nicht an die wirklich wichtigen Fragen heranging. Wer hatte diese dreiste Gewalttat am helllichten Tage in einer belebten Stadt verübt? Welche Geschäfte hatte van der Kriek betrieben? Immerhin war er offenbar schon vorher im Visier der Polizei gewesen, und das Auge des Gesetzes war leider zu blind geblieben, um den Tod von vier Menschen verhindern zu können.

Lorenz drehte sich um. Das Laken unter ihm war feucht von seinem Schweiß. So konnte er ohnehin nicht liegen bleiben. Er stand auf und tauschte seinen durchgeschwitzten Pyjama gegen einen frischen. Dann breitete er ein großes Handtuch auf dem Bett aus und legte sich darauf. Er starrte durchs offene Fenster in die Nacht hinaus. Ein paar Baumwipfel, die sich sanft im leichten Wind wiegten und sich schwarz vor dem Sternenhimmel abzeichneten. Mehr sah er nicht. Der Windzug erfrischte seinen Körper, und bald fühlte er sich wieder wohler.

Seine nächste bewusste Wahrnehmung war, dass er aufrecht im Bett saß und beide Hände weit von sich gestreckt hielt. Lorenz brauchte einen Moment, bis er bemerkte, dass er geträumt hatte. Der Zauberer hatte etwas zu ihm gesagt. Er konnte sich nicht an die Worte erinnern, so sehr er sich auch bemühte. Aber das Gefühl, das ihn dabei angesprungen hatte, schwang in ihm fort. Angst. Der geheimnisvolle Fremde hatte ihm Angst gemacht. Natürlich, versuchte Lorenz sich zu beruhigen. Was soll man denn sonst empfinden, wenn man schlecht schläft und von fremden Medizinmännern träumt, die unverständliches Zeug quatschen. Der Alte versuchte, diese mal wieder nicht so gute Nacht mit Humor zu nehmen, doch es wollte ihm nicht so recht gelingen. Lorenz legte sich wieder hin und schloss die Augen.

Doch nach ein paar Sekunden war ihm klar, dass an Schlaf nicht zu denken war. Obschon zerschlagen, war er im Kopf hellwach. Seufzend stand er auf und zog sich um. Er legte die Kleidung an, die er tagsüber getragen hatte, trank einen Schluck Wasser und nahm seinen Zimmerschlüssel. Ein kleiner Spaziergang würde ihm guttun. Bevor er das Apartment verließ, schloss er das Fenster, damit es nicht zuschlug, wenn er die Tür aufmachte. Leise trat er auf den Gang. Nichts zu hören oder zu sehen. Er machte ein paar Schritte, dann blieb er lauschend stehen. Alles, was er vernahm, waren ein heller leiser Pfeifton und das Rauschen des Blutes in seinen Ohren. Lorenz war allein.

Langsam setzte er seinen Weg fort. Aus manchen Zimmern drangen Schnarchgeräusche, in einem schien leise ein Fernseher zu laufen. Sicherlich schliefen auch andere Bewohner der Seniorenresidenz in dieser Nacht nicht. Wie jede Nacht. Aber Lorenz hatte mittlerweile längst herausgefunden, dass sich dennoch außer ihm niemand aus seinem Zimmer wagte. Sybille Klinkenberg sah das nicht gerne, und niemand wollte sich in eine nächtliche Diskussion mit der Leiterin dieses Etablissements einlassen. Man musste immer damit rechnen, zu jeder Tages- oder Nachtzeit der Klinkenberg zu begegnen.

Doch hier und jetzt war alles still und dunkel. Nur die Notbeleuchtungen an den Wänden und Treppenstufen leuchteten in mattem Grün. Lorenz schlich langsam voran. Seinen Gehstock hatte er vergessen, es fühlte sich aber auch so an, als brauche er ihn nicht. Bei der Überlegung, ob er das Haus verlassen und einen Rundweg an den Felsen vorbei einschlagen oder es doch bei der kürzeren Gangschleicherei bewenden lassen sollte, gab der fehlende Stock dann doch den Ausschlag für die Entscheidung, nicht so weit zu gehen. Er wandte den Kopf, glaubte einen huschenden Schatten bemerkt zu haben. Dann schalt er sich einen Dummkopf, denn er hätte eine Bewegung in seinem Rücken nicht sehen können, selbst wenn da tatsächlich etwas gewesen wäre. Seine angespannten Nerven spielten ihm einen Streich. Außer einer streunenden Katze und der immerwachen Klinkenberg hatte er bei seinen nächtlichen Streifzügen durch die Seniorenresidenz noch niemals jemanden getroffen, soweit er sich erinnerte. Einen Moment überlegte er, Bärbel oder Gustav einen Besuch abzustatten. Vielleicht schlief einer der beiden ja auch nicht. Bärbel hätte er jetzt gerne um sich gehabt, doch die hatte ein sonniges Gemüt und schlief weit besser und regelmäßiger als er. Gustav? Schon eher, aber er war vielleicht nicht allein. Nein, in dieser Nacht musste Lorenz sich selbst genug sein. Wie überhaupt oft. Der Alte seufzte. Dieses Thema war ihm jetzt zu schwer. Dann würde er überhaupt keinen Schlaf mehr finden. Solche Gedanken waren eher für einen Spaziergang in der Sonne geeignet. Oder ein Gespräch mit Freunden. Er nahm sich dies für den kommenden Tag fest vor.

Lorenz bog in einen Gang, der ihn in ein paar Minuten wieder in seinen Trakt zurückführen würde. Er hatte Lust auf einen Kaffee, dann ein wenig kaltes Wasser, das ihn erfrischen würde. Anschließend wieder besser schlafen, auch wenn dies widersinnig erscheinen mochte. Kaffee und kaltes Wasser machten nicht wach, sondern frisch. Dann empfand er die Müdigkeit nicht mehr als bleiern, sondern angenehm und Schlaf fördernd. Davon war er nun leider weit entfernt. Wieder kam er an eine Gabelung, wo ein Flur in Richtung seines Apartments abzweigte. Und wieder hatte er das Gefühl, nicht allein hier zu sein. Doch es war niemand außer ihm da. Dennoch sah er sich nach allen Seiten um. Vielleicht doch eine Katze, die es bei Frauchen nicht mehr ausgehalten hatte und ihre Nachtaktivität auslebte? Nichts dergleichen. Er war der einzige Schleicher im dunklen Flur. Nur noch wenige Meter, dann würde er wieder vor seiner Tür stehen. Mittlerweile wusste er gar nicht mehr, warum er sein sicheres Zimmer verlassen hatte, so sehr wünschte er sich jetzt, wieder dort zu sein. Und dann sah er ihn.

Ein unbeweglicher, großer Schatten vor seinem Zimmereingang, seltsam grün schimmernd in der Nachtbeleuchtung des Flurs.

Lorenz blieb stehen und starrte gebannt auf diesen Kerl, der dort still gegen die Wand gelehnt stand und in seine Richtung blickte. Eine unheimliche Kraft ging von diesem Mann aus, seltsam greifbar und geheimnisvoll. Lorenz versuchte sich zu sagen, dass dies nur Einbildung war, den nächtlichen Schatten in ihm und um ihn herum geschuldet. Und dann ging er weiter auf den Mann zu. Und mit jedem langsam ausgeführten Schritt versuchte er zu ignorieren, was er sofort gewusst hatte. Der Zauberer war zu ihm gekommen. Als er direkt vor dem Mann stand, wollte er etwas sagen, doch der andere legte einen Finger auf die wulstigen Lippen und wies auf die Tür. Natürlich, dachte Lorenz. Er will zu mir, hat auf mich gewartet, wusste, dass ich bald zurückkehren würde in die vermeintliche Sicherheit meines Zimmers. Er nickte, kramte den Schlüssel aus der Tasche und öffnete. Der Mann folgte ihm mit unhörbaren, leichten Schritten. Lorenz schaltete das Licht ein und betrachtete, als seine Augen sich an das grell scheinende Licht gewöhnt hatten, den nächtlichen Besucher genauer. Der weiße Zauberer, stach es in das Gehirn des Alten, und ein Schauer lief über seinen Rücken und weiter hinunter bis in das leicht schmerzende Bein.

Deogratius Mbumba kannte die Wirkung seines seltsamen Äußeren und lächelte Lorenz ruhig an, bis dieser ihn ausreichend gemustert hatte. Lorenz hatte noch niemals einen weißhäutigen Afrikaner gesehen, der ansonsten alle äußerlichen Attribute eines Schwarzen aufwies. Ihm war sofort klar, dass dieser Mann, dessen Alter unmöglich zu schätzen war, auch ansonsten sehr ungewöhnlich sein musste. Dass der Medizinmann ihn hier des Nachts aufsuchte, erschien Lorenz nur folgerichtig. Immerhin hatte er, ohne es genau zu wissen, die Ankunft des Zauberers gespürt. Auch dies erschien ihm völlig vernünftig und innerhalb der außergewöhnlichen Sphäre des Fremden sehr normal. Und da diese seltsame Begegnung möglichst schnell in einem Rahmen stattfinden sollte, der auch für Lorenz' Sphäre Normalität beinhalten konnte, sagte er: »Möchten Sie vielleicht einen Kaffee? Ich wollte mir gerade einen machen.«

»Sehr gerne«, antwortete der Gast mit einer Stimme, die dunkel und kehlig, aber dennoch sehr freundlich und beruhigend klang.

Lorenz setzte Wasser auf, lud Bohnen in seine Handmühle und begann den Kaffee zu mahlen. Wie nebenbei fragte er: »Sie haben mir einen Brief aus Afrika geschrieben, nicht wahr? Und Sie waren auch bei van der Kriek, als der erschossen wurde.«

Der weiße Zauberer lächelte. »Babu Bertold ist so, wie ich es gedacht habe. Will immer alles sofort wissen. Ich bin Deogratius Mbumba.«

»Ich weiß«, sagte Lorenz und beförderte das fertige Kaffeepulver in den Glaszylinder. »Das heißt, ehrlich gesagt, ich habe mir den Namen nicht so richtig merken können. Aber Sie sind der Medizinmann aus dem Kongo.«

»Nennen Sie mich Deo.«

»Wenn's sein muss.«

»Es ist einfach, und alle nennen mich so. Außer, sie haben Angst vor mir, dann sagen sie Mganga Zeru Zeru.«

»Also Deo. Wie trinken Sie Ihren Kaffee?«

»Mit nichts drin, wenn er gut ist.«

»Gut.«

Der Ndoki setzte sich hin und sah Lorenz zu, wie dieser heißes Wasser in den Zylinder goss, umschwenkte und dann ein Sieb mit einem Handgriff in den Zylinder einführte. Lorenz bemerkte, dass sein Tun beobachtet wurde, und erklärte: »Das ist ein äthiopischer Wildkaffee. In dieser Zubereitung verliert er am wenigsten von seinem Aroma. Das Wasser darf nicht ganz kochend heiß sein, und mit diesem komischen Pömpel hier presse ich den Kaffeesatz gleich nach unten.«

»Pömpel?«

Lorenz lachte. »Entschuldigung, das können Sie wohl nicht kennen. Ich weiß auch nicht, wie dieses Ding hier richtig heißt.«

Deo antwortete: »Eine French Press. Gute Art, Kaffee zu machen.«

Lorenz machte große Augen, sagte aber nichts weiter dazu. Er nahm zwei Tassen aus dem Schrank und stellte sie auf den Schreibtisch. Deogratius Mbumba machte keine Anstalten, weiter zu einem angeregten Gespräch beizutragen. Daher war es wieder Lorenz, der das Wort ergriff: »Es kommt nur selten fremder Besuch des Nachts, um einen Kaffee mit mir zu trinken. Warum haben Sie mir diesen Brief geschrieben, woher kennen Sie den Paten vom Rursee, was hatten Sie in dem Laden zu suchen, in dem vier Menschen erschossen wurden, und was wollen Sie jetzt hier? Und sind Sie der weiße Zauberer, von dem die alte Magdalena Döring in ihrem Schmidter Hexenhaus träumt?«

»Babu Bertold und seine Fragen«, lächelte Deogratius. »Ich bin nicht gekommen, um Fragen zu beantworten. In einem Sprichwort heißt es, wer viel weiß, wird schnell alt. Ich habe keine Angst davor, alt zu werden, bin es ja auch schon. Wie sieht es aber beim Babu mit dem Altwerden aus?«

Lorenz wollte sofort eine schlagfertige Riposte geben, jedoch fiel ihm keine ein. Stattdessen antwortete er nur: »Weiß nicht.«

Er drückte den Filter im Kaffeebereiter nach unten und goss ein. Dann gab er Deogratius die Tasse. Der probierte sofort einen Schluck, als sei er wegen nichts anderem gekommen, und meinte: »Gut.«

Auch Lorenz nippte an dem heißen Getränk, stellte die Tasse wieder ab und sah Deo gespannt an. Der erwiderte gelassen den Blick, sagte aber nichts. Es dauerte nur wenige Sekunden, bis Lorenz das Schweigen brechen musste und fragte: »Nun sagen Sie schon, was machen Sie um diese Zeit hier bei mir? Was wollen Sie von mir?«

Der Medizinmann trank noch einen Schluck, intensivierte sein Lächeln und antwortete: »Ich wusste nicht, was ich erfahren würde. Aber ich wurde nicht enttäuscht.«

Lorenz erwartete, dass der Afrikaner fortfahren würde. Da dieser das jedoch nicht tat, fragte er weiter: »Na, das ist ja wunderprächtig, was auch immer ich Ihnen Spannendes offenbart haben mag. Und weiter? Erfahre ich auch etwas? Wären Sie so freundlich, mir eine Enttäuschung ebenfalls zu ersparen?«

»Ich kam um diese Zeit hier an. Deshalb bin ich jetzt da.«

»Wie bitte?«

»Nun, Babu hat mir zwei Fragen gestellt. Was ich von ihm wollte, habe ich beantwortet. Warum ich jetzt gekommen bin, auch.«

Lorenz fuhr sich mehrmals durch den Bart, der sich anfühlte, als beginne er sich mächtig zu sträuben. »Gut«, sagte er dann. »Ich gebe zu, meine Fragen waren nicht sonderlich schlau gestellt. Lassen Sie es mich anders versuchen. Ich interessiere mich für die Hintergründe des Mordes an van der Kriek und drei weiteren Menschen, die bei ihm waren. Wer steckt dahinter? Es kann doch wohl kein Zufall sein, dass Sie dort waren, als das geschah.«

»Was ist also Babus Frage? Wer die Menschen ermordet hat?«

»Genau.«

»Das weiß ich nicht«, sagte Deogratius. »Aber wer Antworten sucht, sollte die Wild Bunch besuchen.«

»Wild Bunch? Was ist das?«

Deogratius trank den Kaffee in einem langen Zug aus. Lorenz wunderte sich, wie der Afrikaner das immer noch sehr heiße Getränk so hinunterschlürfen konnte.

Dann sagte Deo: »Babu wird die Wild Bunch finden. Was er dort findet, weiß ich nicht. Lala salama, Babu Bertold.« Mit diesen Worten stand er auf, immer noch lächelnd, und ging zur Tür. Noch bevor Lorenz irgendetwas sagen oder tun konnte, verließ der Zauberer sein Zimmer. Es dauerte ein paar Sekunden, bis Lorenz sich von der Überraschung über den plötzlichen Abgang erholt hatte und zur Tür geeilt war. Als er in den Gang trat, war dort niemand zu sehen. Deogratius Mbumba war verschwunden.

19. Kapitel

Die Sonne schien ungehindert durch das Fenster. Lorenz hatte beim Zubettgehen den Vorhang nicht zugezogen. Schon in den ersten Sekunden des Erwachens war ihm klar, dass er ansonsten noch einige Zeit länger geschlafen hätte. Der nächste Gedanke, der seinen noch nicht ganz betriebsbereiten Denkapparat durchzuckte, betraf den wirren Traum, der ihn in der Nacht heimgesucht hatte. Der weiße Zauberer. Was für ein Unsinn. Erst die alte Döring, und jetzt hatte es ihn selbst wohl auch erwischt.

Lorenz richtete sich halb auf und blinzelte in den Raum hinein. Auf dem Tisch standen zwei Kaffeetassen. Kein Traum. Natürlich nicht. Der seltsame Medizinmann war wirklich bei ihm gewesen. Nun war Lorenz wach und erhob sich. Wenigstens so, dass er jetzt aufrecht auf der Bettkante saß. Rubbelte sich durch die Haare, dann durch den Bart. Gut, so ganz wach war er doch noch nicht, aber er kam auf Touren.

Deo. So hieß der Albino. Deogratius Mbumba. Die Erinnerung an diesen nicht gerade eingängigen Namen zeigte Lorenz an, dass er sich nun in Gänze dem Wach-Sein übergeben hatte. Zumindest was den Kopf betraf. Der Körper wollte noch nicht so recht, einige Stellen schienen sich über die Aktivierung entrüsten zu wollen, als er sich vom Bett erhob und in Richtung Badezimmer schlurfte. Er horchte in sich hinein. Das Knie tat weh, der Nacken war verspannt, im Lendenwirbelbereich schien alles versteift zu sein. Und die Hüfte tat so, als wolle sie sich bei ihrem Besitzer unbeliebt machen und in absehbarer Zeit durch einen künstlichen Doppelgänger ersetzt werden. Also alles wie üblich. Besser wird's halt nicht mehr, dachte der Alte grimmig.

Wenige Minuten später betrat Lorenz den Speisesaal der Seniorenresidenz, wo bereits emsiges Treiben herrschte. Natürlich, denn die meisten Insassen trieb die senile Bettflucht zum Frühstücksbuffet. Er wollte beginnen, sich über den Umstand zu ärgern, dass dies auch auf ihn zutraf. Da fiel sein Blick auf den Tisch, an dem Bärbel und Gustav auch schon beisammensaßen. Lorenz steuerte die Freunde an und setzte sich. »Moin.«

»Guten Morgen«, sagten beide wie aus einem Munde, und Bärbel fügte noch ein »Lieber Lorenz« hinzu.

»Der liebe Lorenz hatte nächtlichen Besuch.«

Gustav grinste. »Hat dich nun doch endlich der vierte Frühling gepackt? Oder wollte der Sensenmann dich holen und musste frustriert und unverrichteter Dinge wieder abziehen?«

Lorenz setzte eine dramatische Miene auf. »Der weiße Zauberer war bei mir.«

»Was?«, rief Bärbel aus. »Wirklich?«

»Wirklich«, bestätigte Lorenz. »Meine liebe Enkeltochter hat mir bösartigerweise verschwiegen, dass es sich bei dem afrikanischen Medizinmann, der mir einen Brief aus dem Kongo geschrieben hat und der am Tatort des vierfachen Mordes aufgegriffen wurde, um einen Albino handelt. Sieht außergewöhnlich aus, das kann ich euch sagen.«

»Ein Albino?« Gustav nickte. »In Afrika gelten sie als Zauberer oder auch als besessen. Werden oft verfolgt, sogar getötet wegen ihres Aussehens.«

Bärbel war sichtlich aufgewühlt. »Dann hat die alte Frau Döring also nicht nur gesponnen? Vielleicht war dieser Mann auch schon bei ihr gewesen, und sie hat das in ihrer Verwirrtheit als Traum abgetan?«

»Eher aufgrund der Auswirkungen des psychedelischen Krautes, welches unser zwielichtiger Pfleger ihr verabreicht«, grinste Lorenz. »Da ist das letzte Wort auch noch nicht gesprochen. Aber das soll uns erst einmal nicht ablenken. Jedenfalls war dieser Deo, so nennt er sich, heute Nacht bei mir. Hat mir einen tüchtigen Schrecken eingejagt, dieser blasse Bursche. Ist aber ein ganz Netter. Vermutlich. Vielleicht. Ich weiß ihn noch nicht wirklich einzuschätzen.«

»Und«, fragte Gustav. »Was wollte er? Was hat er gesagt?«

Lorenz rollte mit den Augen und rief in Richtung der Theke: »Junge Frau, haben wir frisches Rührei und Speck da? Und Würstchen? Und Frikadellen?«

»Lorenz«, meinte Bärbel kopfschüttelnd. »Du wolltest doch zumindest zum Frühstück auf tierische Fette verzichten.«

Lorenz erwiderte das Kopfschütteln. »Verzicht ist ein so unschönes Wort. Und wenn ich mich recht erinnere, wolltest du das. Ich war mir da nicht so sicher. Das mit dem vegetarischen Essen hört sich alles sehr gesund an, aber wenn man erst mal über siebzig Jahre Fleisch gegessen hat … ich weiß nicht.« Er stand auf und ging zum Buffet.

Bärbel nahm es mit einem Lächeln auf, als er mit Körnerbrötchen und Rührei zurückkehrte, auf die fleischigen Zulagen jedoch verzichtet hatte.

»Jedenfalls, da steht dieser Albinozauberer im Dunkeln, und ich sehe mich plötzlich mit ihm in meinem Zimmer mitten in der Nacht Kaffee trinken«, nahm Lorenz seinen Bericht wieder auf. »Natürlich weiß ich jetzt immer noch nicht, was diesen Menschen umtreibt, was er mit dem Mord zu tun hat, und überhaupt macht er einen Zinnober, dass es nur so eine Pracht ist. Gehört wohl zu seinem Beruf.«

»Aber irgendwas muss er dir doch gesagt haben. Wozu ist er denn gekommen?«, wollte Gustav wissen.

Und Bärbel fügte die Frage an: »Und wie hat er dich überhaupt gefunden? Mitten in der Nacht kommt er hier herein?«

Lorenz schmunzelte. »Er ist halt ein Zauberer. Und ein bisschen was hat er mir tatsächlich gesagt. Habe mir leider keine Notizen gemacht, als er raus war, aber ich denke, das Wichtigste habe ich behalten: Er meinte, wenn ich mehr erfahren will über den Mord an van der Kriek, soll ich eine gewisse Wild Bunch besuchen.«

»Wild Bunch?«

»Ja, so sagte er. Keine Erläuterung. Nichts weiter. Wollte das eigentlich sofort im Internet suchen, habe ich aber vergessen.«

»Gut, dass du diesen Begriff nicht vergessen hast«, grinste Gustav. »Das ist Englisch und bedeutet so viel wie der wilde Haufen. Eine Bande, eine Rotte raubeiniger Gesellen. So was in der Art.«

»Was soll uns das sagen?«, fragte Bärbel.

»Weiß nicht«, meinte Lorenz und schmierte mit etwas Argwohn eine Portion Margarine auf das aufgeschnittene Brötchen. »Er meinte, dort solle ich suchen. Eine Bande, ein Syndikat, was weiß ich, irgendeine Verbrecherorganisation.«

»Aber warum diese spezielle Bezeichnung? Das muss doch etwas zu bedeuten haben?«, grübelte Gustav.

»Vielleicht hat er nicht gewusst, wie er es richtig sagen sollte?«, mutmaßte Bärbel. »Er ist Afrikaner. Erstaunlich eigentlich, dass er sich mit dir unterhalten kann.«

Lorenz schüttelte den Kopf und schob sich eine Gabel voll Rührei in den Mund. Nach ein paar Sekunden sagte er: »Mehr Salz«, und fügte dann schnell, bevor Bärbel dazu etwas sagen konnte, hinzu: »Nein, dieser Deogratius spricht ein ganz hervorragendes Deutsch und vermutlich noch ein paar andere Sprachen mehr. Ich habe jedoch den Eindruck, dass es ihm zu gefallen scheint, sich nebulös auszudrücken. Ein Zauberer eben.«

»Also, er kommt zu dir, lässt sich einen Kaffee spendieren und faselt etwas von einer Bande, die du aufsuchen sollst.« Gustav kam aus dem Grinsen und Kopfschütteln nicht heraus. »Warum erlebe ich so was nicht? Aber im Ernst, der Mann kommt aus Afrika, hat sich dort schon Gedanken über dich gemacht, sogar deine Adresse ermittelt und einen Brief geschrieben, und jetzt ist er da.«

Bärbel warf ein: »Und des Mordes verdächtig scheint er ja nicht mehr zu sein, sonst hätte man ihn nicht laufen lassen.«

»Das stimmt«, meinte Lorenz. »Wenn er noch unter Verdacht stünde, wäre er aufgrund der Fluchtgefahr sicher in Haft.«

»Was also haben wir davon zu halten?«

»Ich denke, ihr habt eine schöne Aufgabe, wenn ihr nach dieser Wild Bunch recherchiert. Der weiße Schwarze traut mir zu, die zu finden, also schafft ihr das auch. Ich werde einer alten Freundin ein paar Fragen stellen.«

»Einer alten Freundin?«

»Genau. Friederike Pottkämper weiß mehr über den Schmuggel in der Eifel als irgendjemand sonst, den ich kenne. Meine hinterlistige Enkelin hat mir aufgetragen, in dieser Richtung ein paar Dinge zu ermitteln. Und das tu ich jetzt gleich auch.«

Bärbel machte große Augen. »Auch ungewöhnlich. Sonst will Rita doch, dass du das Kriminalisieren und Ermitteln ganz lässt?«

»Daher vermute ich ja auch eine Heimtücke. Keine Ahnung, wofür das gut ist, aber ich tu's, weil ich ein braver Opa bin.«

Es war eine durchaus schweißtreibende Angelegenheit, einen Rollstuhl vor sich herzuschieben. Das ließ Lorenz sich jedoch nicht anmerken, als er mit Friederike Pottkämper eine Runde durch den Kurpark drehte. Die alte Lehrerin schien nach anfänglicher Skepsis sogar große Freude daran zu gewinnen. So beschloss Lorenz wagemutig, die Route in Richtung des Felsenrundgangs auszudehnen. Die Sonne schien warm durch die Baumwipfel, es roch nach Moos, Erde und frischem Grün. Es hatte lange genug nicht geregnet, sodass der Boden fest war und der Rollstuhl sich gut über den Wanderweg schieben ließ.

»Es ist ein bisschen kalt«, sagte Friederike Pottkämper und versuchte, ihre Decke zurechtzuzupfen. Lorenz wunderte sich, war es doch eher angenehm warm, doch er hielt an und half ihr dabei, sich gemütlich einzuwickeln. Er wischte sich den Schweiß von der Stirn und schob den Rollstuhl weiter.

»Sagen Sie mal«, begann er endlich. »Sie wissen doch so viel über den Schmuggel in der Eifel.«

»Du meinst die Kaffeeschmuggelzeit nach dem Krieg?«

»Zum Beispiel.«

»Das war anfangs ein harmloser Nebenverdienst für die armen Leute hier. Doch dann wurde daraus schnell tödlicher Ernst.«

»Was meinen Sie damit genau?«

Die Alte lachte leise. »Zuerst einmal hörst du auf, mich zu siezen, das ist ja nicht zum Aushalten. Du bist doch nicht mehr mein kleiner Schüler, nicht wahr?«

»Wohl kaum.«

»Dann nenn mich bitte Friederike, mein lieber Lorenz.«

»Ich werde es versuchen.«

»Also gut. Nach dem Krieg gab es doch diese Sondersteuer auf Kaffee. Wir gingen nach Holland, packten unsere Rucksäcke voll Kaffee und kehrten des Nachts zurück. Manchmal wurden wir aufgegriffen, meistens ging es aber gut. In Aachen bezahlte man für das Pfund Kaffee um die 1500 Reichsmark. Klar, dass manche Zöllner geschmiert wurden. Die verdienten ja auch nichts. Dann aber, es muss so gegen Ende der Vierzigerjahre gewesen sein, nach der Währungsreform, wurde es übertrieben, von beiden Seiten. Manche Banden benutzten Kaffeekreuzer, große amerikanische Wagen zum Beispiel, um zig Säcke Kaffee auf einmal transportieren zu können. Straßensperren wurden errichtet, mit Krähenfüßen wollte man die Reifen der Gegner plätten. Manche bastelten Besen vor die Räder, Schmuggler wie Polizeifahrzeuge, um das zu verhindern. Ein Belgier setzte sogar zwei Panzerwagen ein, um den Kaffee über die Grenze zu bringen. Der Zoll setzte immer häufiger Schusswaffen ein. Es gab Tote, auch unter uns, die wir als Frauen mit Kindern ein paar Pfund über die grüne Grenze tragen wollten. 1953 wurde die Kaffeesteuer abgeschafft, und der Spuk war vorbei. Mit Butter war bald auch nichts mehr zu verdienen. Dann kam das Wirtschaftswunder, und wir waren in der Eifel mal wieder die Ärmsten im Westen.«

»Und heute? Werden die alten Schmuggelwege noch benutzt? Für andere Sachen, mit denen man heutzutage Geld machen kann?«

Friederike Pottkämper lachte. »Lieber Lorenz, was fragst du da eine alte Frau wie mich? Ich weiß noch ziemlich genau, wie der Sommer zweiundfünfzig war und mit wem ich wann auf Schmuggeltour gegangen bin, aber ich kann dir nicht mal mehr sagen, was ich heute zum Frühstück hatte.«

»Das weiß ich auch nicht mehr.«

»Nicht doch, das sagst du doch jetzt nur so, oder?«

Lorenz grinste, ohne die Frage zu beantworten. Dummerweise hatte er die Wahrheit gesagt. Er hatte tatsächlich keine

Ahnung, was er vor gar nicht allzu langer Zeit gefrühstückt hatte. Aber das war es nicht, was ihn ärgerte. Vielmehr schalt er sich einen Narren, weil er geglaubt hatte, die alte Lehrerin hätte ihm mit den Geschichten von damals weiterhelfen können. Der Schmuggel in der Eifel war Historie. Was immer auch der ermordete Händler mit den alten Wegen gemeint hatte, stellte keine heiße Spur dar. Auch die Polizei musste arg verzweifelt sein, wenn sie Hilfe von ihm erwartete so wie er von einer fast Hundertjährigen. Er fühlte sich mit einem Mal sehr müde, im Kopf wie auch körperlich. Die Handflächen an den Griffen des Rollstuhls waren nass geschwitzt, und sein Rücken tat weh. Einen Versuch wollte er noch wagen. »Überlegen Sie … äh, überleg mal, ob dir dazu nicht doch noch etwas einfällt.«

»Wozu?«, fragte Friederike Pottkämper zurück.

»Na ja, worüber wir eben sprachen.«

»Worüber haben wir denn gesprochen?«

Lorenz holte tief Luft und bemühte sich, nicht zu laut und stoßweise auszuatmen. »Nun, vom Schmuggel in der Eifel.«

Die Alte lachte. »Ja, das war eine wilde Zeit. Da könnte ich Geschichten erzählen. Was willst du denn wissen?«

Lorenz seufzte leise, dann lächelte er. »Bitte erzähle mir doch, mit wem du damals unterwegs warst. Was du so erlebt hast.«

»Das tu ich gern. Ich war ja noch jung, hatte gerade meine erste Stelle als Lehrerin bekommen. Nachmittags gingen wir über die Grenze, und des Nachts kehrten wir mit Kaffee in unseren Rucksäcken zurück. Ich ging meistens in einer Gruppe mit anderen jungen Frauen und ein paar Jugendlichen, auch kleine Kinder waren dabei. Stell dir vor, Lorenz, ich habe in der Seniorenresidenz den Bernd Robker wiedergetroffen. Der war noch als Halbwüchsiger mit von der Partie. Später, als es gefährlicher wurde und die Zöllner scharfe

Hunde auf uns hetzten und auch auf uns schossen, nahmen wir die Kinder nicht mehr mit. Der Robker war trotzig, wollte kein Kind mehr sein und lief trotzdem mit. Wir haben manche Nacht unendliches Glück gehabt, kann ich dir sagen. Aber ich habe in meiner Gruppe nie jemanden in meinem Beisein verloren. Gott sei Dank.«

»Das ist gut«, meinte Lorenz. »Und der alte Robker ging wirklich als Junge mit dir auf Kaffeeschmuggel?«

Wieder lachte Friederike Pottkämper herzlich. »Wie du das sagst. Du bist doch nur wenige Jahre jünger als er.«

Lorenz dachte an den freundlichen Greis, der ihm des Öfteren mit seinem Rollator begegnete. Der war kaum älter als er selbst? Immerhin schob er einen Rollstuhl mit seiner Lehrerin vor sich her und das auf diesem Weg, der sich gerade anschickte, wirklich ziemlich steil und anstrengend zu werden. Lorenz spürte, wie sein Puls sich beschleunigte und der Atem kaum nachkam, genug Luft in die Lungen zu pumpen. Er blieb stehen und ruhte sich ein wenig aus. Wartete, bis dieses Gefühl der Schwäche abnahm und mit dem ruhigeren Atem auch wieder die Kraft in die Glieder zurückkehrte. Dann setzte er den Weg fort. Nach nur wenigen Metern blieb ihm jedoch wieder die Luft weg, und das Herz schlug ihm bis zum Hals. Dieser verdammte Weg war auch wirklich nicht von schlechten Eltern. Er ließ die Bremse des Rollstuhls einrasten und ging schnaufend eine Runde um die alte Lehrerin herum, die mittlerweile mit einem Lächeln auf den Lippen eingeschlafen war. Lorenz brummte leise: »Der alte Ermittler wusste, er hatte sich zu viel versprochen und wohl auch zu viel vorgenommen. Nun musste er zum Äußersten greifen, um die Situation zu retten.«

Dann griff er zu seinem Mobiltelefon und wählte die Nummer von Benny Bethge. Als der sich glücklicherweise nach sehr kurzer Zeit meldete, sagte Lorenz: »Bursche, ich brauche dich und deine jugendlichen Kräfte hier auf dem Felsenrundweg.«

»Was genau soll ich tun?«, quäkte es aus dem Handy.

»Herrgott, du ersparst mir auch keine Peinlichkeit«, maulte Lorenz ins Mikrofon. »Ich bin mit der alten Pottkämper unterwegs und schaffe es mit dem schweren Rollstuhl nicht weiter.«

»Okay, kein Problem. Ich komme. Wo genau bist du?«

Lorenz sah sich um. Sein Blick fiel auf den markanten Felsen am Wegrand, und er erinnerte sich, dass Benny gerne hier in dieser Gegend kletterte. »An so einem Felsen mit einer Menge Haken und weißen Klecksen von den schmierigen Pfoten der Naturfreunde, wie du ja auch einer bist.«

Benny lachte und fragte nach: »Stehen an dem Felsen irgendwelche Namen? Bezeichnungen der Routen?«

Lorenz trat ein paar Schritte näher und konnte einige Schriftzüge identifizieren. »Hier kann ich was lesen. Links steht was Verrücktes von wegen Saftriss und in der Mitte Zitrone.«

»Alles klar«, meinte Benny. »Du stehst vor der Obstwand. Klasse Routen, die Zitrone ist 'ne sechs plus bis sieben minus und überhängend. Hab ich auch schon geklettert. Bin gleich da, ruh' dich nur aus.«

Lorenz steckte das Telefon weg und grummelte leise: »Worauf du dich verlassen kannst.« Dann setzte er sich auf einen warmen, glatten Stein und tat so, als wolle er nur ein wenig die laue Luft und das Gezwitscher der Vögel in den Bäumen genießen. Er schloss die Augen, stützte den Kopf auf den Handballen und überließ sich seiner Müdigkeit. Gleich darauf schreckte er wieder hoch. Benny Bethge stand grinsend vor ihm. Lorenz musste wohl doch eine größere Zeitspanne abwesend gewesen sein, als es ihm selbst erschienen war. Die Hände, die das Gewicht seines Kopfes länger, als ihm lieb war, in einer ziemlich unmöglichen hockenden Position gehalten hatten, fühlten sich taub an. Der Alte stand auf und versuchte dabei, sich die Steifigkeit seiner Glieder nicht anmerken zu lassen.

»Opa Bertold, da hast du dir aber eine Tour vorgenommen«, spöttelte Benny. »Sei froh, dass ich gerade frei war und die Klinkenberg nix mitbekommen hat. Jetzt lass uns zusehen, dass wir flott nach Hause kommen.«

»Nach Hause«, grummelte Lorenz und bemerkte dabei, dass ihm diese Formulierung gar nicht mal so absurd erschien.

Benny war so freundlich, Lorenz den Rollstuhl mit der friedlich schlummernden Friederike Pottkämper das letzte Stück des Weges zu überlassen. So konnte er den Eindruck erwecken, er hätte den Ausflug allein bewältigt. Am Eingang der Seniorenresidenz überließ er es dem Pfleger jedoch gerne, die Alte auf ihr Zimmer zu bringen, während er dem eigenen Domizil zueilte. Dort angekommen, entledigte er sich der durchgeschwitzten Kleidung und gönnte sich eine Dusche. Als er dann wenig später erfrischt auf seinem Bett lag, kehrten die Lebensgeister langsam, aber sicher zurück. Ein wenig ärgerlich war es schon. Er war keinen Schritt weitergekommen. Was hätte die hochbetagte Lehrerin ihm auch über aktuelle Entwicklungen des Schmuggels in der Eifel erzählen können? Nun ja, einen Versuch war es wert gewesen und außerdem einfach ein schöner Ausflug, auch wenn seine mangelnde Fitness diesem ein unerwünschtes Ende beschert hatte.

Das Klopfen an seiner Tür ließ ihn aus seinen Überlegungen aufschrecken. Lorenz warf sich einen Morgenmantel über. Bärbel und Gustav traten, als er ihnen geöffnet hatte, mit einem Gesichtsausdruck ein, als würden sie darauf brennen, ihm Neuigkeiten zu berichten. Und die ließen dann auch nicht lange auf sich warten.

»Wir haben sie gefunden!«, platzte Bärbel mit leuchtenden Augen heraus.

»Wen?« Lorenz hatte das Gefühl, dass er sofort wissen müsste, wovon die Freundin sprach, aber dummerweise war das nicht der Fall.

»Ja, was schon?«, fragte Gustav zurück. »Die Wild Bunch!«

»Aha? So schnell?«

»Tja, mein Lieber, während du dir einen netten Spaziergang gegönnt hast, haben wir uns an einen Computer gesetzt und das weltweite Netz durchsucht. Doch wir mussten gar nicht allzu sehr in die Ferne schweifen, denn das Gute liegt sehr nah.«

»Nun kommt mir nicht mit Goethe. Wer oder was ist diese Wild Bunch denn nun?«

Gustav überließ Bärbel die Antwort. »Es handelt sich um eine Truppe, die durch die Eifel zieht und Wildwest-Shows aufführt.«

»Wildwest-Shows? Also Cowboy und Indianer spielen?«

»So was in der Art. Die ziehen mit Planwagen durch die Gegend und finanzieren ihr Leben offenbar mit diesen Veranstaltungen.«

»Lass mich raten«, brummte Lorenz. »Die Truppe pendelt zwischen Belgien, Holland und Deutschland, nicht wahr?«

»So sieht's aus, wenn man ihren Tourenplan liest.«

»Dann werden sie ihr Tagediebdasein wohl nicht nur mit der Schaustellerei finanzieren, oder?«

»Das können wir uns genau ansehen«, meinte Gustav. »Die nächste Show ist am Sonntag in Simmerath, gar nicht weit also.«

»Sonntag? Das wäre ja schon morgen!«

»So ist es, alter Knabe. Benny kann uns hinfahren. Die Heimleitung befürwortet Wochenendausflüge in Eigeninitiative zur Aktivierung der Insassen, hab ich mir sagen lassen.«

»Was? Hat die Klinkenberg etwa ein Seminar besucht?«

20. Kapitel

Die Sonne schien warm auf das alte Fachwerk. Bienen summten in den Blumenbeeten und ließen die alte Frau, die vor dem Haus saß, in ein angenehmes Dösen verfallen. Magdalena Döring hatte etwas von dem Heilkraut geraucht, das Benny ihr zurechtgemacht hatte. Anschließend war sie immer etwas müde, aber dafür auch sehr entspannt. Sie überließ sich mit geschlossenen Augen der Wärme. In solchen Momenten konnte sie sich für kurze Zeit von dem Schmerz, den die alten Narben in ihrer Seele immer wieder hervorbrachten, lösen und sich der Illusion hingeben, dass alles wunderbar und in friedlicher Ordnung sei. Ein altes Kinderlied kam ihr in den Sinn, und leise sang sie es in der Sprache ihrer Heimat. *Anna-Kathrinche wo jehste …*

Die Melodie vesetzte ihr Herz in sanfte Schwingungen, trug es behutsam auf den Sonnenstrahlen fort. In dieses Lied mischten sich leise andere Töne, ein fremdartiger Gesang, exotisch und doch vertraut klingend. Die Sprache konnte Magdalena nicht verstehen, doch der tiefe, samtige Klang der Stimme verriet ihr, dass die Worte dazu dienten, Trost und Hoffnung zu spenden. Der weiße Zauberer, dachte die alte Frau. Er ist da, er bringt mir zurück, was ich vor langer Zeit verlor. Eine magische Kraft hielt sie auf dem Tanz in den Sonnenstrahlen fest, ließ sie ganz langsam wieder hinunterschweben. Sie spürte den Stuhl, auf dem sie saß, und öffnete lächelnd die Augen. Da sah sie ihn.

Der Zauberer stand vor ihr, eingehüllt in einen Nebel aus Sonnenlicht und Blütenstaub. Er schaute sie an, erwiderte ihr Lächeln auf eine Weise, die ihr jeden Anflug von Erschrecken nahm. Sie hatte gewusst, dass er kommen würde, in ihren

Träumen hatte sie ihn immer wieder gesehen. Doch die Furcht, die ihre nächtlichen Visionen begleitet hatte, war nun unendlich weit entfernt und kam ihr vor wie die unbegründete Angst eines Kindes vor dem Unbekannten.

»Endlich bist du da«, sagte sie.

»Ja«, antwortete Deogratius Mbumba, trat näher zu ihr und nahm Magdalenas Hände in die seinen. Sie stand auf, sanft von dem Zauberer in die Höhe gezogen, und musste mit einem Mal lachen. »Ich hatte solche Angst vor dir. Aber jetzt, wo ich dich endlich leibhaftig vor mir sehe, komme ich mir ein wenig dumm vor.«

»Das musst du nicht«, sagte Deo, und der Klang seiner Stimme sagte der alten Frau, dass er dies genau so meinte.

»Wie hast du mich gefunden?«

»Das war nicht schwer. Ich sah dich in meinen Träumen, so wie du mich gesehen hast.« Das Lächeln des Zauberers nahm einen spitzbübischen Zug an. »Und jemand sagte mir, wo du wohnst.«

»Ich träumte oft von dir. Und du brachtest mir mein Kind zurück. Ich weiß nicht, warum ich Angst davor hatte. Ich glaube, ich wollte nicht, dass du mir wieder wehtust. Ich weiß doch, dass das nicht möglich ist. Mein Kind ist lange tot.«

»Weißt du das so genau?«

»Was meinst du damit?«

»Hast du dein Kind gesehen und dabei gewusst, dass es tot ist?«

Magdalena dachte lange nach, dann schüttelte sie den Kopf. »Nein, das tat ich nicht. Es war eine schrecklich schwere Geburt. Ich wusste nicht mehr, was geschieht, und dann, als alles vorbei war, sagte man mir, dass mein Kind nur noch tot aus mir herausgekommen ist.« Sie stockte kurz, um dann hastig auszurufen: »Ist es denn nicht wahr? Lebt mein Kind noch?«

Deo streichelte ihr über die Stirn. »Das weiß ich nicht. Ich sehe vieles, aber nicht alles. Die Geister sagten mir, ich müsse dich aufsuchen um deines Kindes willen. Hilf mir herauszufinden, warum ich nun den Weg zu dir gefunden habe.«

»Ich soll dir helfen?«, sagte Magdalena zögerlich. »Du bist doch der weiße Zauberer, und ich bin nur eine dumme alte einsame Frau.«

»Oh nein«, antwortete Deogratius. »Du bist eine Mutter. Das ist eine mächtigere Magie, als ich jemals besitzen kann.«

Magdalena wusste darauf nichts zu sagen. So blieb ihr nur, sich auf die Tugenden einer guten Gastgeberin zu besinnen. »Soll ich uns einen Kaffee machen?«

Der Afrikaner lachte. »Alle trinken hier immer Kaffee. Das gefällt mir. Ich würde sehr gerne mit dir eine gute Tasse trinken.«

Sie gingen ins Haus, und der Zauberer beobachtete die Alte bei der Zubereitung des Kaffees. Während Magdalena hantierte, fragte sie ihn: »Wie soll ich dich nennen?«

»Alle nennen mich Deo.«

»Gut. Deo.«

Deogratius setzte sich auf einen Stuhl. Er sah sich um, ließ die Einrichtung des kleinen, engen Hauses auf sich wirken. Dann fragte er unvermittelt: »Was ist damals mit dem Vater deines Kindes geschehen? Warum konnte er nicht bei dir sein?«

»Woher weißt du?«

»Ich weiß nicht. Erzähle es mir bitte.«

»Nun gut.« Magdalena Döring nahm zwei Tassen aus dem Schrank und stellte sie auf den Tisch. Ihre Hände zitterten dabei. »Ich habe ihn sehr geliebt. Und er mich auch. Dann kam diese schreckliche Nacht. Er ging mit den anderen über die Grenze, um Kaffee herüberzubringen. Mein Kind sollte bald auf die Welt kommen, deshalb war ich nicht mehr dabei.«

Sie stockte. Deo wartete eine Zeit lang, dann fragte er: »Was geschah in jener Nacht?«

»Er wurde erschossen. Ein Zöllner wollte sie aufhalten. Konnte gar nicht sehen, wen er traf. Mein Liebster war sofort tot, hat man mir später gesagt. Bekam eine Kugel in den Kopf.«

»Wurde der Zöllner dafür bestraft?«

Magdalena schüttelte den Kopf. »Nein. Er durfte ja schießen. Außerdem erzählte man, er habe behauptet, gar nicht geschossen zu haben. Und er hatte Kollegen, die bezeugten, dass keine Patrone in seiner Waffe fehlte. Eine Krähe hackt der anderen ja kein Auge aus. Weiß man ja.«

»Ist das so?«

»Ja, so sagt man doch.«

»Wenn das so ist ...«

Die beiden schwiegen. Die alte Frau wischte sich eine Träne aus dem Auge und goss Kaffee ein. Der Zauberer beobachtete sie. Was verband ihn mit dieser Frau? Er spürte, dass die Geschichte ihres Geliebten und ihres Kindes, die sie beide in den dunklen Jahren nach dem großen Krieg verloren hatte, für ihn wichtig war. Deo wusste jedoch noch nicht, warum das so war. So funktionierte seine Magie nicht. Alte Sünden waren es, die immer noch ihre Wirkung entfalteten und einen Schleier über das legten, was heute geschah. Böses zog immer Böses nach sich. Er hoffte, dass sich dieser Schleier bald lüften würde, bevor noch mehr schlimme Dinge geschahen. Deo nahm einen Schluck und lächelte. Die alte Frau machte einen guten Kaffee.

21. Kapitel

Lorenz sah misstrauisch zum Horizont, wo sich drohende Wolkenbänke anschickten, den über ihnen noch blauen Himmel zu verdunkeln. »Lasst uns ein überdachtes Plätzchen suchen«, sagte er zu den anderen, die sich schon auf einer Holzbank niedergelassen hatten.

»Hier sieht man aber am besten«, meinte Bärbel. »Das Wetter bleibt schön, sei doch mal ein bisschen optimistisch.«

»Ich will in erster Linie trocken bleiben«, grummelte Lorenz und wies auf eine etwas abseits gelegene Bank, über der eine Überdachung gespannt worden war. Am Rand der Wiese, die zum Schauplatz der Vorstellung werden sollte, standen mehrere Planwagen, wie sie wohl so oder ähnlich zur Eroberung des Wilden Westens von Siedlern gefahren worden sein mochten. Einer der Planwagen wies eben jenen Regenschutz auf, mit dem Lorenz nun liebäugelte. »Da sitzen wir besser.«

»Das sind aber vielleicht gar keine Besucherplätze«, wagte Benny zu widersprechen.

Lorenz schüttelte entschieden den Kopf. »Wenn es gleich zu regnen beginnt – und das wird es –, werdet ihr mir dankbar sein.«

Gustav grinste. »Bevor wir uns jetzt stundenlang anpupen lassen, tun wir unserem Brummbär lieber den Gefallen. Wer weiß, wofür es gut ist.«

Also gingen die vier Freunde zu der Bank, auf der Lorenz zufrieden Platz nahm. Er sah sich neugierig um. In der Mitte der Wiese hatte man einen indianischen Marterpfahl aufgestellt. Rundherum befanden sich einfache Holzbänke, die sich nun mehr und mehr füllten. Lorenz schätzte, dass etwa dreißig bis vierzig Besucher hier sitzend Platz finden konnten. Als ein Reiter sein Pferd auf die Wiese lenkte und sich, lässig aufs Sattelhorn gestützt, an das Publikum wandte, waren höchstens zwanzig Personen da. Lorenz berechnete anhand des Eintrittspreises den Umsatz für diese Vorstellung und kam schnell zu dem Schluss, dass eine Schaustellertruppe von diesem Erlös niemals leben konnte, wenn dies eine durchschnittlich besuchte Vorstellung sein sollte.

»Ladies and Gentlemen«, unterbrach der Reiter Lorenz' Gedankengänge. »Wir befinden uns hier in Deutschlands Wildem Westen. Tödliche Kämpfe haben hier stattgefunden. Ob Römer oder Amerikaner, alle haben sie hier geblutet.«

Lorenz zollte dem Sprecher Achtung, offenbar wusste dieser etwas mehr über die Geschichte der Eifel, als er von einem Freizeitcowboy angenommen hatte.

»Heute wollen wir Ihnen eine Vorstellung davon geben, wie es im Westen Nordamerikas zuging, als die weißen Siedler sich anschickten, neue Lebensräume zu erobern, und auf welche Kultur sie dabei in Form der Ureinwohner, fälschlicherweise Indianer genannt, trafen. Sie erleben ein Duell zwischen Revolverhelden, wie es wirklich ausgesehen hat, beobachten eine Marterzeremonie der Sioux und erfahren von der legendären Pfadfinderin Sacajawea, wie sie die berühmte Expedition von Lewis und Clark geführt hat. Und Sie sehen, zu welchen erbarmungslosen Kämpfen es zwischen Rothäuten und weißen Eindringlingen während der sogenannten Eroberung des Wilden Westens kam. Gute Unterhaltung, und bleiben Sie in Deckung. Gleich wird es gefährlich!«

Der Reiter schnalzte mit der Zunge und gab seinem Pferd die Hacken zu spüren, sodass es ansatzlos in einen furiosen Galopp sprang und eine Runde drehte, dass der Rasen in Fetzen von den Hufen spritzte.

»Was für ein prächtiges Pferd!« Bärbels Augen glänzen.

»Ja«, bestätigte Gustav. »Ein Quarter Horse, wie es im Buche steht. Schau dir die muskulöse Brust an und diese Beine. Wundervoll.«

»Bevor ihr jetzt komplett dahinschmelzt, erinnert euch daran, dass wir zu kriminalistischen Ermittlungen hier sind«, raunte Lorenz den beiden zu. Dann wurde seine Aufmerksamkeit auf einen alten Indianer gelenkt, der mit einer Flasche in der Hand auf die Wiese trat oder wankte. Das Publikum begann zu lachen, denn Minnewakan Schmitz verstand sich darauf, den betrunkenen Indianer höchst komisch zu geben – was ihm nicht schwerfiel, denn er war in der Tat alles andere als nüchtern. Er baute sich vor den Zuschauern auf. »How!«, rief er und trank noch einen Schluck aus der Flasche. »Ich bin Minnewakan, und ihr müsst mir helfen. Mein Stamm will jetzt gleich einen gefangenen Feind martern, nur dummerweise ist er mir entwischt. Das verfluchte Feuerwasser ist schuld. Das gibt Ärger. Gibt es unter euch einen Freiwilligen, der sich an den Pfahl binden lässt?«

Natürlich meldete sich niemand spontan. Minnewakan schlenderte herum und betrachtete die Anwesenden. »Kein Freiwilliger? Sind die Bleichgesichter denn alle feige?« Er merkte auf, als er eine Meldung im Publikum gewahrte. Lorenz kam es so vor, als sähe der Indianer ihn an, und tatsächlich steuerte Minnewakan auch genau auf ihn zu. Etwas unsicher sah er sich um. Dabei fiel ihm Benny auf, der hinter ihm stand und mit beiden Händen auf ihn zeigte. »Du Bengel, was soll denn das?«, brummte Lorenz, doch Minnewakan war schon bei ihm und fasste ihn an der Schulter. Das Publikum applaudierte, Bärbel gab ihm einen freundlichen Schubs, und nun konnte er nicht mehr anders, als aufzustehen und Minnewakan zur Mitte des Platzes zu folgen. Ehe er sich versah, war er gefesselt. Lorenz raunte Minnewakan zu: »Denk dran, ich weiß, wo dein Tipi steht.«

Dann hörte er einen Ruf aus dem Hintergrund, der sich indianisch anhörte. Minnewakan wandte sich an das Publikum. »Meine Leute meinen, dieser Gefangene sollte zuerst von mir gebührend vorbereitet werden. Ich bin ein gefürchteter Messerwerfer!« Er trank noch einen großen Schluck, von dem Lorenz anhand des Geruchs erahnen konnte, dass es sich tatsächlich um echten Whiskey handelte, und schickte sich dann an, ein paar Schritte vor dem Marterpfahl Aufstellung zu nehmen. Offenbar wollte er von dort tatsächlich ein Messer werfen, welches er nun mit der Linken aus dem Gürtel zog, während die Rechte erneut die Flasche zum Mund führte. Lorenz dachte immer noch an einen Scherz, allerdings war das taube Gefühl in der Magengegend anderer Meinung. Er ertappte sich dabei, einen Hilfe suchenden Blick gen Himmel zu richten. Dort hatten sich mittlerweile schwarze Wolken über ihnen zusammengezogen, es sah bedrohlich nach Regen aus. Was ihm eben noch missfallen hatte, erschien ihm jetzt als Rettungsversuch einer höheren Macht. Und tatsächlich setzte in diesem Moment ein Wolkenbruch ein, der sich nur wenige Sekunden durch vereinzelte Tropfen ankündigte, dann aber völlig unvermittelt so dicht herunterprasselte, dass die Zuschauer fluchtartig ihre Plätze verließen und zum nahe gelegenen Parkplatz eilten, um in ihren Autos Schutz zu suchen. Minnewakan Schmitz suchte ebenfalls fluchend Unterschlupf unter der Plane, wo Lorenz eben noch gesessen hatte. In kürzester Zeit war der Platz wie leer gefegt. Lorenz zerrte an seinen Fesseln, die der trunkene Indianer aber unverschämterweise mit einem ordentlichen Knoten versehen hatte, der den Alten unerbittlich am Pfahl fixierte.

»Ich liebe Animation«, knurrte Lorenz und fühlte, wie der Regen seine Kleidung durchtränkte und das Wasser über seinen Körper lief, als stünde er nackt unter der Dusche. Er beobachtete Bärbel, die eine Regenjacke aus ihrem Rucksack holte und diese überzog. Immer gut auf alle Eventualitäten vorbereitet, dachte Lorenz. Dann sah er Bärbel, Benny und etwas dahinter, so als ginge es ihn eigentlich nichts an, Minnewakan auf ihn zukommen.

»Bindet mich ja nicht los«, knurrte er sie an, als sie begannen, seine Fesseln zu lösen. »Ich bin dem Tod geweiht und bringe bestimmt Schande über meinen Stamm, wenn ich jetzt der Marter entfliehe.«

»Ach du Armer!«, rief Bärbel aus und half ihm, möglichst schnell aus dem Regen in den Unterstand zurückzukommen.

»Hat nicht eben irgendein doofer Berufspessimist etwas von Regen gesagt?«, maulte Lorenz weiter. »Ich sehe nichts von Regen. Muss an dem vielen Wasser in der Luft liegen.«

»Tut mir leid«, meinte Minnewakan Schmitz. »Das hätte spaßig werden können. Jetzt sind alle weg.«

»Tja, diese Show ist wohl buchstäblich ins Wasser gefallen.« Der Mann, der eben aus dem Sattel seines Pferdes heraus die Veranstaltung eröffnet hatte, war zu ihnen getreten. Er reichte Lorenz die Hand. »Ich bin John Chisum, der Leiter dieser Truppe. Bitte verzeihen Sie die Unannehmlichkeiten. Ich denke, wir werden trockene Kleidung in Ihrer Größe haben. So kann ich Sie nicht gehen lassen.«

»John Chisum?«, fragte Lorenz entgeistert zurück und ergriff Chisums ausgestreckte Rechte. Der grinste, schob seinen Hut in den Nacken, sodass das in der Krempe gesammelte Regenwasser nach hinten abfloss, und antwortete: »Eigentlich Jean Ledoux. Aber hier in der Wild Bunch hat jeder seinen Wildwest-Namen. Ich bin John Chisum, und der betrunkene Indianer hier, der Sie zum denkbar unpassendsten Wetter an den Pfahl gebunden hat, heißt bei uns Minnewakan, was so viel bedeutet wie heiliges Wasser oder auch Whiskey. In seinem Pass, falls er noch einen hat, steht allerdings Matthias Schmitz.«

»John Chisum«, wiederholte Lorenz noch einmal. »Deshalb wollte Deo, dass ich die Wild Bunch kennenlerne.«

»Was?« Chisum schaute Lorenz überrascht an. »Sie kennen Deogratius Mbumba?«

»Allerdings«, bestätigte Lorenz, der sich am liebsten die Zunge abgebissen hätte, weil er sich darüber ärgerte, so gedankenlos vor sich hingeplappert zu haben.

»Und er hat Sie zu mir geschickt?«

»Nun ja. Er wollte, dass ich mir die Show einmal ansehe. Keine Ahnung warum. Offenbar, weil er ein Freund von Ihnen ist?«

»Das ist er«, bestätigte Chisum. »Sie müssen mir unbedingt erzählen, wie Sie den alten Medizinmann kennengelernt haben. Ich bitte Sie, seien Sie meine Gäste!«

Er gab nun auch Bärbel, Gustav und Benny die Hand und sagte dann: »Kommen Sie, wir gehen in unser Gemeinschaftszelt. Meine rechte und linke Hand, Buck Schichterich, wird Ihnen trockene Kleidung geben, sein Zeug dürfte Ihnen passen.«

Jean Ledoux alias John Chisum führte die Freunde durch das Camp. Lorenz konnte nur wenige Meter weit sehen, wenigstens machte ihm der dichte Regen nun, in Erwartung trockener Kleidung, nicht mehr viel aus, zumal er ohnehin nicht mehr nasser werden konnte. Er stapfte hinter Chisum her, betrachtete die stämmige Figur des Wahlcowboys vom Hut, dessen breite Krempe schon wieder voll Wasser stand, über den Poncho bis hin zu den Westernstiefeln, an deren

Hacken keine Sporen klemmten, wie Lorenz es eigentlich erwartet hätte. Chisum schlug den Eingang zu einem geräumigen Zelt auf, in dem bereits einige Personen Zuflucht gesucht hatten. Nachdem er Hut und Poncho abgelegt hatte, stellte Chisum den Gästen diese Anwesenden vor. Zunächst wies er auf den Alten, der in einem Stuhl hing, der für Lorenz wie ein Anglermöbel aussah und rechts wie links Halterungen für Bierdosen aufwies, welche dort auch steckten. »Das hier ist unser ältestes Mitglied, Fritz Podolski. Er hat aber bestimmt längst vergessen, dass er so heißt, deshalb nennen wir ihn nur noch Old Wabble.«

Podolski stand auf, sich nicht ohne Mühe aus dem tiefen Sitz nach oben windend, und machte eine ungelenke Verbeugung, um dann wieder in eine sitzende Position zurückzufallen. Dabei sagte er: »Himmelherrgott, ihr seid ganz schön nass, logisch wenn ihr von draußen kommt, dat is klar.«

Die hinter ihm stehende Frau meldete sich zu Wort: »Herrjeh, nun schau dir das alte Gerippe an das kann man sich ja nicht mitanseh'n, muss man aber und stellen Sie sich vor ich mach das schon ein halbes Jahrhundert, ich weiß auch nicht wie ich das aushalte aber irgendwie geht es, einer muss ja die Nerven behalten und wer wenn nicht ich. Am besten ist Sie beachten Old Wabble gar nicht, wollen Sie vielleicht einen heißen Tee? Ich denke, Sie können einen vertragen.«

Chisum grinste und stellte die Frau mit den Worten vor: »Wie ihr euch fast schon denken könnt, ist das Old Babble. Sie ist weder ohne ihr Geplapper noch ohne Old Wabble denkbar, und ich weiß nicht, ob sie von irgendjemand in den letzten Jahren Hubertine Dornfelder genannt wurde. Von mir jedenfalls nicht.«

»Guten Tag, Frau Dornfelder«, sagte Lorenz. »Mein Name ist Lorenz Bertold, ich verfüge nicht über einen anderen wohlklingenden Zusatznamen, dafür aber über charmante Begleiter. Hier ist Bärbel Müllenmeister, der alte Dörrfisch hier nennt sich Gustav Brenner, und der überaus junge Schlingel heißt Benny. Mister Chisum war so freundlich, mir trockene Kleidung zu versprechen, nachdem dieser versoffene Indianer mich im strömenden Regen an einen Pfahl binden musste. Sobald ich trocken gelegt bin, komme ich sicherlich gerne auf Ihr Angebot zurück, was den heißen Tee angeht. Nun bin ich auf der Suche nach einem Herrn mit dem überaus einprägsamen Namen Buck Schichterich, der meine Kleidergröße aufweisen und ein paar Textilien für mich übrig haben soll.«

»Sie haben ihn gefunden«, sagte ein Mann, der ihnen bis jetzt den Rücken zugedreht und sich an einem voluminösen Gasherd zu schaffen gemacht hatte. »Ich bin Buck. In meinem Pass steht Isidor, aber wer mich so nennt, dem schieße ich ohne Mahnung eine Kugel durch die Gestalt, selbst wenn sie meine Maße aufweisen sollte. Okay?«

Lorenz deutete eine Verbeugung an. »Dann wäre es vielleicht besser gewesen, uns Ihren übrigens sehr wohlklingenden Namen gar nicht erst zu verraten, denn jetzt werde ich ständig versucht sein zu ergründen, ob Sie diese Drohung im isidorischen Ernstfall auch in die Tat umsetzen würden.«

Old Wabble lachte. »Der macht dat in echt, dat is klar.«

»Keiner schießt hier jemandem ein Loch in die Gestalt«, meinte Chisum, bevor Old Babble auch nur anheben konnte, einen Redeschwall zu dem Thema abzulassen. »Buck, leihst du unserem Gast bitte ein paar von deinen Klamotten? Immerhin ist er nur durch unsere Schuld so böse durchnässt worden.«

»Kein Problem, John«, meinte Buck Schichterich und warf sich einen Regenmantel über. »Komm mal mit, gehen wir zu meinem Wagen.«

Lorenz folgte dem Mann und maß dessen Gestalt dabei kritisch. So also sah man ihn? Mittelgroß und mit einer Linie, die sich in der Körpermitte deutlich verdickte. Es stimmte schon, er hatte in den letzten Jahren ein wenig an Gewicht zugelegt. Dennoch hoffte er, dass Buck Schichterichs Sachen ihm etwas zu weit um die Taille sein würden.

Der Regen prasselte immer noch mit Macht herunter. Auf der Wiese hatten sich bereits tiefe Pfützen gebildet. Lorenz hörte hinter sich die atemlos schwatzende Old Babble, die offenbar ihren Lebensgefährten antrieb, sie zu ihrem Domizil zu begleiten, um irgendetwas Schmackhaftes von dort in das Gemeinschaftszelt zu bringen. Als er sich umdrehte, sah er aber nur Minnewakan Schmitz, der ebenfalls das Zelt verlassen hatte, vermutlich um neuen Fusel zu besorgen, denn seine Flasche war mittlerweile leer. Lorenz hoffte, dass seine Freunde im Gespräch mit Chisum nicht allzu viel verraten würden. Das hatte er ja ärgerlicherweise selbst schon zur Genüge besorgt. Dann konzentrierte er sich auf Schichterich, der ihm behilflich sein wollte, in seinen Planwagen zu steigen. Der Alte lehnte die dargebotene Hand ab und krabbelte ächzend auf den Bock und von da in das Innere des Wagens. Dort sah es erstaunlich aufgeräumt aus. Schichterich öffnete einen aus Holzlatten und Leinenbezug bestehenden Kleiderschrank und entnahm diesem eine Jeans, ein Hemd sowie Unterwäsche. »Das dürfte tatsächlich in etwa passen«, murmelte er. Dann betrachtete er Lorenz' Schuhe, die ebenfalls völlig durchnässt waren.

»Welche Schuhgröße?«

»Zweiundvierzig.«

»Ich hab vierundvierzig, aber die Westernstiefel fallen schmal aus. Wird schon gehen, denke ich.« Mit diesen Worten stellte Schichterich ein Paar Stiefel vor Lorenz und legte noch Socken obenauf. Dann meinte er: »Wenn du willst, nimm dir noch eine von meinen Jacken, die am Eingang hängen. Und eine Decke, damit du nicht schon wieder nass wirst bis hinten. Alles okay?«

Lorenz nickte. »Alles gut. Vielen Dank.«

Buck Schichterich tippte mit dem Zeigefinger an seine Hutkrempe und ließ den Alten allein. Nun spürte Lorenz erst so richtig, wie sehr er in den nassen Sachen fror. Schnell zog er sich aus und streifte die fremden Sachen über. Das angenehme Gefühl trockener Kleidung tröstete ihn über die Erkenntnis hinweg, dass Bucks Hemd an keiner Stelle zu weit für ihn war, wie er eigentlich insgeheim gehofft hatte. Als er die Socken angezogen und seine Füße dann endlich auch in die ungewohnten Westernstiefel gestopft hatte, musste er grinsen. Er ging ein wenig auf und ab. Die Absätze schlugen den Rhythmus seiner Schritte dumpf auf den Holzboden des Planwagens. Das gefiel ihm. Gerne hätte er sich in einem Spiegel betrachtet, doch so etwas gab es hier nicht. Er wandte sich zum Ausgang. Dort hing eine schwere Jacke, die aussah, als habe dafür Buffalo Bill höchstpersönlich einem Bison das Leder über die Ohren gezogen. Die zog er sich über. Als sein Blick auf einen Hut fiel, der ebenfalls an einem Haken hing, nahm er diesen und setzte ihn auf. Buck Schichterich hatte eben selbst einen Hut auf dem Kopf gehabt, also sollte es sich um ein Ersatzstück handeln, das Lorenz wohl ausleihen durfte.

So ausstaffiert krabbelte er auf den Sitz des Wagens. Der Regen war etwas leichter geworden, aber es war immer noch sehr dunkel. Lorenz senkte den Kopf, damit seine Brille nicht sofort voller Regentropfen sein und er nichts mehr sehen würde. Ärgerlicherweise fiel ihn dabei der Hut vom Kopf. Das gute Stück rollte unter den Planwagen. Leise fluchend kletterte Lorenz hinterher. Dabei gelang es ihm sogar halbwegs, die saubere Kleidung auf dem nassen Grund nicht sofort wieder einzusauen. Da er aber den Hut unter dem Wagen nicht aufsetzen, sondern nur in die Hand nehmen konnte, in tief gebückter Haltung mit nur einer Stützhand aber sehr unbeweglich war, verharrte er einige Sekunden in dieser eher unwürdigen Haltung und überlegte, wie er sich daraus ohne Hexenschuss und nasse Knie befreien konnte. In diesem Moment gewahrte er eine Bewegung neben dem Planwagen. Eine Stimme flüsterte etwas, jemand antwortete ebenfalls flüsternd. Lorenz konzentrierte sich, um neben dem auf die Plane prasselnden Regen etwas von dem Gespräch verstehen zu können. Wer flüsterte, hatte etwas Interessantes mitzuteilen, dachte der Alte. Und er wurde nicht enttäuscht. Er vernahm ein paar stimmlos hingehauchte Worte:

»… hätten doch längst hier sein sollen.«

»So blöd können die Bullen doch gar nicht sein.«

»Stimmt. Es wird doch nur einen Chisum in Westernklamotten geben, oder?«

»Wir müssen uns was überlegen. Viel Zeit ist nicht mehr.«

»Lass uns erst mal ins Zelt gehen. Man wird auf uns warten.«

»Okay.«

Die beiden Gestalten – Lorenz konnte zu seinem Leidwesen keinerlei Einzelheiten erkennen – lösten sich aus der Deckung des Planwagens und schritten schnell in Richtung des Gemeinschaftszeltes. Der Alte hätte viel darum gegeben zu sehen, wen er da belauscht hatte. Doch er brauchte viel zu lange, um endlich wieder nach oben zu krauchen. Niemand war mehr zu sehen.

»Kommissar Wollbrand wusste, dass ihn diesmal nur sein verbrauchter Körper daran gehindert hatte, einen entscheidenden Schritt weiterzukommen.« Mit diesen Worten stapfte Lorenz missmutig zurück, um wenigstens so schnell als möglich im Zelt zu sein und aus den dort Anwesenden den Kreis der Kandidaten, die für die flüsternden Unbekannten infrage kamen, zu ermitteln. Als er in das Gemeinschaftszelt eintrat, sah er neben seinen Freunden ärgerlicherweise die gesamte Wild Bunch versammelt. Old Wabble und Old Babble kannte er schon, Minnewakan Schmitz, Buck Schichterich und John Chisum ebenfalls. Letzterer stellte Lorenz die weiteren Mitglieder der Truppe vor. Er wies auf einen Mann, der einen dichten schwarzen Vollbart trug und sehr athletisch aussah, auch deutlich jünger als Chisum und Schichterich war.

»Das ist Wild Bill Hickok, unser bester Schütze. Wenn Sie ihn Willi Behnke nennen, schießt er Ihnen ein Ohrläppchen ab.«

Wild Bill sagte dazu nichts, sondern tippte nur zu einem wortlosen Gruß mit dem Finger an die Hutkrempe.

»Echt? Ich wusste gar nicht, dass Bill so heißt«, sagte eine junge Rothaarige lachend. »Ich bin Calamity Jane.«

»Unser Nesthäkchen«, ergänzte Chisum. »Sie heißt eigentlich Klara Olbrecht und kann so gut mit Tieren umgehen wie sonst keiner, den ich kenne. Sie pflegt unsere Pferde und reitet wie der Teufel. Die anderen kennen Sie ja schon.«

Lorenz deutete eine Verbeugung an. Da trat eine Frau vor, die ihn mit ihren leuchtend blauen Augen und dem glänzend schwarzen Haar, das ihr bis an die Oberschenkel reichte, sofort in ihren Bann schlug. Mit einer Stimme, die dunkel und betörend weiblich zugleich war, gurrte sie: »Willst du mich denn nicht vorstellen? Nun gut, das kann ich auch selbst, ich bin ja schon groß. Mein Name ist Sacajawea.«

»Sehr erfreut«, entgegnete Lorenz. Er versuchte, das Alter der Frau zu schätzen. Sie war sicher älter als die mädchenhafte Calamity Jane, aber ob sie nun dreißig oder vierzig oder gar fünfzig war, darauf konnte Lorenz sich unmöglich festlegen. Gerade als er anfangen wollte zu überlegen, warum ihn das eigentlich so sehr interessierte, und er weiterhin dachte, dass er diese Frau nun lange genug angestarrt hatte, trat Old Babble vor und meinte: »Da brat mir einer einen Storch jetzt schaut euch mal an wie dieser alte Knabe aussieht! Könnte glatt die Ponderosa übernehmen, da schauste – was, Buck? So gut kann man in deinen Klamotten aussehen, hihi. So und jetzt lasst uns mal was essen es ist schon lange nach Mittag und dieser Regen macht hungrig und überhaupt wenn eine Vorstellung so doof ausfällt muss man sich was Gutes tun sonst schlägt einem das auf den Magen und deshalb geht jetzt einer von den Jungs mal an den Grill und legt die Steaks auf und ich kümmer mich um den Salat und das Gemüse und so.«

Lorenz sah mit Erstaunen, dass die Alte jetzt tatsächlich einmal Luft holte.

Chisum bot ihm einen Platz an und sagte: »So, mein Lieber. Jetzt bin ich aber wirklich gespannt zu hören, wie Sie Deogratius kennengelernt haben. Was haben Sie miteinander zu tun?«

Lorenz hatte natürlich gewusst, dass diese Frage kommen würde, nachdem er diese Information verfrüht herausgeplappert hatte, war aber nun dennoch nicht unbedingt vorbereitet.

»Tja, wenn ich das jetzt so genau wüsste«, sagte er und kraulte nachdenklich seinen Bart, um Zeit zu gewinnen. Dabei dachte er angestrengt darüber nach, wie viel dieser Cowboy von dem wusste, was Deogratius Mbumba mit Lorenz gesprochen hatte, und – das beschäftigte ihn vor allem – ob Chisum die vier Menschen kaltblütig erschossen hatte. Deogratius schien das ja nicht zu glauben, wenn er ihn richtig verstanden hatte. Schließlich raffte er sich zu den Worten auf: »Sie scheinen ihn ja viel besser zu kennen als ich.

Er kontaktierte mich, weil er glaubte, ich wüsste etwas über einen gewissen Paten der Russenmafia. Der Mann heißt Wladimir Slotin. Kennen Sie den vielleicht? Der weiße Schwarze meinte jedenfalls, ich solle Ihre Vorstellung besuchen. Das ist alles sehr nebulös.«

Chisum sah Lorenz prüfend an. »Allerdings. Und mehr als das. Ich kann mir nicht vorstellen, dass Deo glaubt, ich hätte irgendetwas mit der Russenmafia zu tun. Absurder Gedanke.«

»Das hat er auch nicht gesagt. Wie stehen Sie beide denn zueinander? Er lebt doch im Kongo, nicht wahr?«

Chisum nickte zustimmend. »Allerdings, genau wie ich vor einigen Jahren – oder mittlerweile schon Jahrzehnten. Ich bin Belgier, müssen Sie wissen, und meine Eltern zogen damals, als ich ein Kind war, in den Kongo. Bin sozusagen ein Buschkind. Deogratius war ein Freund meiner Eltern, er ist für mich wie ein zweiter Vater. Als ich mit meinen Eltern zurück nach Europa kam, habe ich ihn anschließend immer wieder besucht. Er selbst ist auch weit gereist, hat in den USA und Deutschland studiert. Vielleicht hat er Ihnen erzählt, dass er Arzt ist. Praktiziert allerdings im Kongo als traditioneller Allgemeinmediziner, was bedeutet, dass er ein Ndoki ist, ein Zauberer. Ich liebe diesen Kerl.«

»Ah, ich verstehe. Er selbst hat mir gegenüber nur sehr unklare Aussagen gemacht. Schon sehr geheimnisvoll.«

Chisum lachte. »Ja, er liebt den mysteriösen Auftritt. Gehört wohl zu seinem Beruf. Aber lassen Sie sich nicht von dem Ndoki täuschen: Er ist ein hochgebildeter Mann und sehr scharfsinnig.«

»Nichts anderes habe ich angenommen. Nun wüsste ich aber gerne erst recht, warum er wollte, dass ich Sie kennenlerne. Wenn Sie beide befreundet sind, wird er Ihnen dies doch sicherlich gerne verraten, oder?«

»Darauf würde ich nicht wetten«, antwortete Chisum. »Jedoch erwarte ich ihn bald wieder hier, dann können wir ihn dies gerne fragen.«

»Tun wir das.«

Das Gespräch schien damit ein natürliches Ende gefunden zu haben, und Lorenz war fürs Erste zufrieden, so glimpflich aus dem Thema herausgekommen zu sein. Nun lenkte er um: »Und Sie sind ja eine lustige Truppe. Sie ziehen durch die Gegend und spielen Cowboy und Indianer? Machen Sie das nur für diese Vorstellungen oder leben Sie immer so?«

Buck Schichterich antwortete: »Die Show haben wir entwickelt, um ein bisschen Geld zu verdienen. Hauptsächlich lieben wir den Wilden Westen und das freie Leben. Manche machen das nur am Wochenende, wir die ganze Zeit.«

»Das ist faszinierend«, meinte Bärbel, die auch froh war, dass das heikle Zwiegespräch zwischen Lorenz und Chisum beendet war. »Reichen denn die Einnahmen aus der Show für den Lebensunterhalt? Ich meine, Sie müssen ja nicht nur essen, da sind ja auch noch die Pferde und so weiter.« Sie wurde rot, nachdem sie die Frage ausgesprochen hatte. Als sie dies bemerkte, hoffte sie, die anderen würden glauben, ihr sei die Frage nach dem Geld peinlich. In Wahrheit war ihr plötzlich klar geworden, dass sie direkt und ohne nachzudenken etwas angesprochen hatte, was sie eigentlich hier insgeheim zu ermitteln versuchten. War die Wild Bunch eine Tarnung für kriminelle Machenschaften? Sie hoffte, dass die anderen ihre Frage nicht so verstanden hatten. Die junge Calamity Jane antwortete zu Bärbels Erleichterung in sehr unbekümmerter Weise: »Sie würden staunen, wie wenig Geld man zum Leben braucht, wenn man keine Miete zahlt und kein Auto fährt. Aber ich muss zugeben, meine Eltern haben Kohle ohne Ende und nötigen mir öfter mal was auf.

Das würde dann für die ganze Truppe wieder ein paar Monate reichen, wenn es denn nötig wäre.«

»Ist es aber nich«, meldete sich Old Wabble zu Wort. »Meine Rente reicht dreimal für das Leben hier, dat is klar.« Dabei schielte er zu Old Babble hinüber, die jedoch mit der Essenszubereitung beschäftigt war und sich nicht einmischte.

»Sie sehen«, sagte Chisum, »wir sind nicht auf die großen Gagen angewiesen, die wir natürlich bei unseren Zuschauerzahlen auch gar nicht haben. Wir sind vogelfrei und glücklich.«

»Coolio«, meinte Benny. »Und ich lass mich für ein paar Piepen von der Klinkenberg durch die Seniorenresidenz scheuchen.«

»Tatsächlich?« Sacajawea strahlte den Pfleger aus ihren blauen Augen so intensiv an, dass sich sein Gesicht sofort mit einer leichten Röte überzog. Sie quittierte dies mit einem unergründlichen Lächeln. »So ein starker junger Mann lässt sich scheuchen? Diese Klinkenberg muss ja eine heftige Frau sein.«

»Heftig ist kein Ausdruck«, antwortete Benny. »Sie ist ein Drache, groß wie ein Baum und knallhart. Aber der Job ist gut. Ihr seht ja, ich hab mir Arbeit mitgebracht.« Er wies auf Lorenz, Gustav und Bärbel, die diese Aussage kopfschüttelnd bis lächelnd hinnahmen.

»Schlagfertig ist er auch noch«, säuselte die Wahlindianerin.

»Und ob«, meinte Bärbel, welcher die Wirkung der attraktiven Frau auf Benny natürlich nicht entging. »Er ist ein Meister des Kendo.«

»Beeindruckend«, lächelte Sacajawea.

»Nicht doch«, wehrte Benny ab. »Ein Meister bin ich nicht.«

»Du musst mir das mal zeigen. Ich finde das spannend.«

»Gerne. Dafür braucht man nur einen Stock oder eine Stange.«

Sacajawea grinste Benny frech an. »Das dürfte wohl keine Schwierigkeit für dich darstellen, oder?«

»Jetzt reicht es aber«, meinte Wild Bill. »Wir sollten was essen.«

»Stimmt«, sagte Chisum. »Steaks und Bohnen mit Speck, dazu ein Bier, dann ist der Tag mein Freund. Sagen Sie, hätten Sie nicht Lust, ein paar Tage hier mit uns zu verbringen?«

»Nun ja«, antwortete Lorenz. »Wir haben ja eigentlich ...« Er stockte.

Gustav begann zu lachen. »Keine Zeit, meinst du? Wer, wenn nicht wir?«

»Außer mir natürlich«, maulte Benny. »Ich kriege jetzt so kurzfristig bestimmt nicht frei.«

»Das wäre aber sehr schade«, gurrte Sacajawea, die sich damit einen bösen Blick sowohl von Wild Bill als auch von Calamity Jane einfing.

Lorenz sprach schnell weiter: »Also, ich finde, das ist eine sehr gute Idee. Ich könnte einen Tapetenwechsel vertragen, und Benny bekommt sicherlich seinen Urlaub, dafür werde ich schon sorgen. Die Klinkenberg frisst mir doch aus der Hand.«

»In welchem Leben? Nicht in diesem«, grinste Gustav. »Aber ich wäre auch dafür. Ich bin seit meiner Zeit in Uruguay nicht mehr geritten.«

»Sie haben in Uruguay gelebt?« Calamity Jane sah den Alten mit Bewunderung an.

»Ja, Kindchen, ziemlich lange sogar. Bin gespannt, ob ich es noch kann. Dort waren wir jeden Tag zu Pferd unterwegs.«

»Das gibt bestimmt spannende neue Geschichten am Lagerfeuer«, meinte Chisum. »So ist es denn beschlossen: Die Wild Bunch bekommt Zuwachs. Ihr müsst nur Schlafzelte für euch mitbringen, alles andere wird sich finden.«

»Und Pferde werden wir besorgen«, fügte Gustav hinzu. »Bärbel, du kannst doch auch reiten, nicht wahr?«

»Aber ja«, antwortete Bärbel begeistert. »Das wird ganz fein.«

»Ganz fein, ja sicher«, brummte Lorenz. »Mich bekommen keine zehn Pferde auf den Rücken eines Gauls.«

»Oha«, sagte Gustav. »Unser Marschall ist ein Infanterist. Das werden wir ja noch sehen, geht ja gar nicht.«

»Wir werden sehen«, wiederholte Lorenz und dachte dabei an etwas ganz anderes als reiten.

»John, auf ein Wort.«

Buck Schichterich setzte sich zu seinem Freund, der alleine vor dem Feuer saß und gedankenverloren mit einem Ast in der Glut stocherte.

»Was gibt's, Buck?«

»Es ist doch gut, dass Deo hier ist, nicht wahr?«

Chisum sah Schichterich prüfend an. »Natürlich ist es das. Warum fragst du?«

Buck grinste unsicher. »Es ist keineswegs ein Zufall, dass er gerade jetzt gekommen ist. Ich habe ihn hergebeten.«

»Ach. Jetzt wird mir einiges klar. Also hat der Zauberer nicht nur etwas geträumt.«

»Yep. Dass er genau zu dem Zeitpunkt kommt, wenn Wim ermordet wird, war natürlich nicht geplant. Wer weiß, vielleicht ist das doch Teil seiner Magie. Jedenfalls schrieb ich ihm. Du weißt, ich traue Wild Bill nicht. Und du kannst mir zwar vertrauen, aber wenn du jemandem glaubst, dann ist es Deo.«

»Hast du ihm unseren Anwalt zur Seite gestellt, als er verhaftet worden ist?«

»Yep. Fühlte mich verantwortlich. Hat ja auch funktioniert.«

»Scheint so. Wie kommst du darauf, dass wir ihn brauchen?«

»Nun ja, ich habe da ein paar Dinge erfahren – nein, sagen wir, ein paar Gerüchte gehört, die ich mich nicht auszusprechen wage, bis – na ja, bis Deo da Klarheit schaffen kann. Und wenn das einer kann, dann der Zauberer. Es ist auch kein Zufall, dass dieser Opa Bertold jetzt hier ist und meine Klamotten trägt.«

»Mein Freund, du sprichst in Rätseln.«

»Sorry. Zurzeit kann ich dir nicht mehr sagen. Wenn es nicht stimmt, was ich mir so denke, mache ich mehr kaputt, als nötig wäre. Bitte vertrau mir. Mit Deos Hilfe wissen wir bald mehr.«

Chisum wollte Buck Schichterich noch etwas fragen, doch es näherte sich jemand den beiden, und so ließ er es dabei bewenden.

»Hallo Männer«, sagte Wild Bill Hickok und setzte sich neben die beiden ans Feuer. »Habt ihr 'nen Schluck Whiskey für mich?«

22. Kapitel

Als das Mobiltelefon aus dem Haufen nasser Wäsche heraus klingelte, saßen Lorenz und seine Freunde im Minivan der Seniorenresidenz, den Benny rasant wie immer Richtung Nideggen steuerte. Lorenz packte mit gelindem Widerwillen in seine durchnässte Weste und sah im Display, dass Rita ihn anzurufen versuchte.

»Hallo mein Herzchen«, sagte er, als er den Knopf zur Annahme des Gesprächs gedrückt hatte. Es kam jedoch keine Antwort. Die Leitung war still. Mürrisch betrachtete er die Anzeige, über die sein Handy ihm mitteilte, dass er das Gespräch abgelehnt hatte.

»Nein, habe ich nicht«, knurrte er und ärgerte sich über seine Wirrköpfigkeit, die in letzter Zeit immer öfter in solchen Kleinigkeiten des Alltags zum Vorschein kam. Nun konzentrierte er sich, aktivierte die Anrufliste und markierte den letzten Eintrag. Dann drückte er die nicht zu übersehende dick grün markierte Taste. Kaum eine Sekunde später meldete sich seine Enkelin. »Hallo Opa. Wo steckst du?«

»Hallo Engelchen. Warum fragst du?«

»Weil wir mit Kuchen vor deiner Zimmertüre stehen und du nicht aufmachst. Habe mich sogar getraut, mehrmals anzuklopfen.«

Schlagartig fiel Lorenz wieder ein, dass er sich mit Rita und Paul zum Kaffee in der Seniorenresidenz verabredet hatte. Es war Sonntag und nach vier, also Kaffeezeit.

»Natürlich, Schatz. Tut mir leid, wir haben einen Ausflug gemacht, der länger gedauert hat als geplant. Wir rollen aber gerade Richtung Heimat. Fünf Minuten, dann sind wir da.«

»Drei!«, rief Benny dazwischen.

»Fein«, sagte Rita. »Mein großer Junge hier neben mir wird nervös, wenn er Kuchen in der Hand hat und weder naschen darf noch einen Kaffee dazu bekommt.«

»Bin gleich da, Liebes. Habe spannende Neuigkeiten für dich«, antwortete Lorenz und drückte auf den roten Knopf, diesmal ganz gezielt, um das Gespräch abrupt zu beenden. Er wusste, Rita würde jetzt vor Ungeduld platzen und seine Ankunft kaum erwarten können. Das machte ihm Spaß.

Benny brauchte tatsächlich keine drei Minuten mehr, bis er den Wagen vor der Seniorenresidenz Burgblick parkte.

»Ihr Lieben, denkt dran: Heute nach dem Abendessen machen wir eine Lagebesprechung!«, sagte Lorenz. »Ich werde den Kommissaren jetzt nur das Notwendigste mitteilen, unsere Schlussfolgerungen treffen wir in Ruhe, wenn sich jeder das Erlebte mal durch den Kopf hat gehen lassen.«

»So machen wir's«, meinte Gustav.

Bärbel, die während der Rückfahrt sehr schweigsam geblieben war, zog die Nase kraus. »Was immer wir auch denken, du solltest Rita alles erzählen, was du weißt, und die erfahrenen Polizisten entscheiden lassen, was nun weiter geschehen soll. Ich muss immer daran denken, dass wir eben vielleicht mit Mördern zusammengegessen haben.«

»Du schon wieder«, grinste Lorenz, doch insgeheim gab er der klugen Freundin recht. Vielleicht war er im Begriff etwas zu tun, was seine Möglichkeiten bei Weitem überstieg. Andererseits – tat er das nicht ständig? Während er in Richtung seines Zimmers schritt, wobei er erfreulicherweise keinerlei Schmerzen im Bein verspürte, obwohl er jene seltsamen ungewohnten Stiefel trug, dachte er darüber nach, dass es vielleicht ein Merkmal des Alters war, sich nur dann nicht zu übernehmen, wenn man unbeweglich und langweilig wurde. Andererseits war Bärbel der quicklebendige Gegenbeweis.

Sie war eher vorsichtig, immer darauf bedacht, ihre Grenzen nicht zu überschreiten, vielleicht nicht einmal auszuloten, aber dennoch voller Energie. Nun ja, sie hatte aber auch gerade mal vierundsiebzig Lenze gesammelt, während er schon siebenundsiebzig war. In diesem Alter zählte, ähnlich wie in der frühen Jugend, jedes Jahr. Lorenz hatte noch nicht wirklich damit begonnen darüber nachzudenken, was er Rita und Paul von der Wild Bunch erzählen sollte, als er in den Gang einbog, in dem sich sein Apartment befand, und die beiden dort stehen sah. Als sie ihn sahen, brachen sie spontan in ein schallendes Gelächter aus. Paul stellte sich breitbeinig in den Flur, ließ seine Hand krallenartig neben dem Oberschenkel schweben, als sei diese bereit, blitzschnell einen Revolver zu ergreifen, und rief: »Zieh, Cowboy!«

Lorenz wusste für eine Sekunde nicht, was dieser alberne Quatsch zu bedeuten hatte, doch dann begriff er, dass dies mit seiner Kleidung zusammenhing. Mit Buck Schichterichs Outfit, von den Stiefeln bis zum Hut, den er auch noch auf dem Kopf trug, sah er natürlich aus wie ein alternder, unrasierter John Wayne mit Bauch. Er rief Paul entgegen: »Ich rate dir, sei schnell oder sei tot!«

Paul antwortete lachend: »Pah, ich rate dir: Flieh oder stirb! Aber selbst wenn du versuchen solltest zu fliehen, habe ich sechs kleine Freunde, die alle schneller rennen können als du.«

»Wer will denn hier fliehen?«, brummte Lorenz, als er bei den beiden angelangt war. Er gab Rita einen Kuss und Paul die Hand.

»Opa, wo hast du denn gesteckt? Und was soll dieses witzige Outfit? Wir warten schon eine ganze Zeit lang auf dich, und du spielst den Cowboy?«

Lorenz grinste, als er die Tür zu seinem Zimmer aufschloss, und meinte: »Irgendeiner wartet immer.«

Drinnen setzte er sich als Erstes auf die Bettkante und zog die Westernstiefel aus. »Oh Kinder, was habe ich mir da angetan.«

»Das frag ich mich auch, Opa«, versetzte Rita und legte das Paket mit Kuchen auf dem Tisch ab.

Paul fügte hinzu: »Genau, erzähl mal. Ich mach derweil Kaffee, wenn ich darf.«

»Ausnahmsweise«, meinte Lorenz. »Du weißt ja, wo alles steht. Und übernimm dich nicht mit der Mühle. Oder besser gesagt, mach sie nicht kaputt mit deinen Riesenpranken.«

Als er die Stiefel von den Füßen gezogen hatte, legte er sich erst einmal aufs Bett und atmete tief durch. Im Liegen begann er zu erzählen. »Also, wir waren heute bei einer Westernshow in Simmerath. Da gab eine Truppe eine Vorführung, oder besser gesagt, sie wollte es, aber ein Wolkenbruch erster Kajüte beendete das Schauspiel, noch bevor es richtig angefangen hatte. Dummerweise war ich zu diesem Zeitpunkt in einer höchst lächerlichen Situation, nämlich festgebunden an einem indianischen Marterpfahl, und bevor man mich wieder losband, war ich schon völlig durchnässt. Einer aus der Truppe mit dem irren Namen Buck Schichterich lieh mir daraufhin etwas von seinen Klamotten, womit auch dieser ungewöhnliche Aufzug schon erklärt wäre.«

Rita lachte. »Du warst an einen Marterpfahl gebunden und trägst Klamotten von einem Buck Schichterich? Wie verrückt ist das denn?«

»Nicht wahr?«, grinste Lorenz. »Aber es kommt noch besser. Der Chef der Truppe nennt sich John Chisum.« Er hielt inne und richtete sich auf, um Ritas Reaktion auf diese Neuigkeit zu beobachten. Rita war wie elektrisiert, und Paul hielt entgeistert in der Drehbewegung an der Kaffeemühle inne.

»Was? Du hast einen Chisum getroffen?«, stieß Rita hervor. »Jetzt sag mir nur noch, dass das ein Zufall ist!«

»Nein, mein Goldengel, ist es natürlich nicht. Ich bekam eine Information, dass ich diese Wildwest-Truppe besuchen sollte. Das tat ich, unterstützt von Bärbel, Gustav und Benny. Und der Ausflug war nicht umsonst, der Tipp war heiß. Ihr habt euren Chisum.«

»Wer gab dir diesen Tipp?«

»Der weiße Zauberer. Du kennst ihn, er heißt Deo.«

»Deogratius Mbumba? Der Medizinmann aus dem Kongo?«

»Sehr wohl. Er besuchte mich des Nachts, toller Zinnober, kann ich euch sagen. Der Junge versteht sich auf einen guten Auftritt. Sagte mir eigentlich nichts Konkretes, aber er schickte mich aus, um diesen Chisum zu finden. Bin also quasi so etwas wie das Werkzeug eines Zauberers.«

Rita verdrehte die Augen. »Opa, irgendwann … nein, ich sag es nicht. Und du hattest natürlich nicht vor, uns vorher zu informieren, wenn ein wichtiger Zeuge in einem Mordfall auf dich zukommt und dir eine Spur zu dem unbekannten Hauptverdächtigen gibt?«

»Nun ja, erstens ist dieser Deo keiner, der sich klar ausdrückt, und zweitens ist einer, der sich Chisum nennt, nicht zwangsläufig ein Mörder, nur weil jemand gehört hat, dass einer einen anderen am Tatort so nannte.«

»Klar, Opa. Hier laufen ja auch eine Menge Chisums herum.«

»Meinte ja nur«, maulte Lorenz. »Eigentlich macht dieser Kerl nicht den Eindruck eines kaltblütigen Mörders. Etwas raubeinig sind die da alle, aber Killer? Ich weiß nicht. Jedenfalls werde ich das sicherlich noch herausfinden, denn ich werde ein paar Tage dort mit der Wild Bunch im Western-Camp leben. Wurde von Chisum eingeladen und habe angenommen.«

»Nein!«, rief Rita spontan aus. »Das ist viel zu gefährlich. Stell dir vor, dein erster Eindruck täuscht dich und du begibst dich in die Hände eines Mörders! Das lasse ich nicht zu.«

Lorenz schüttelte den Kopf. »Wie lieb, dass du so besorgt um mich bist. Aber mal ehrlich, glaubst du, wenn Chisum vier Menschen auf dem Gewissen hätte, würde er mich und meine Freunde zu sich einladen, damit wir ihn beobachten können? Und er wird sicherlich nicht in seinem eigenen Camp noch mal vier Leute umbringen, selbst wenn er der gesuchte Mörder sein sollte.«

»Wilde Spekulationen«, meinte Paul. »Gefährlich ist es allemal, da muss ich Rita recht geben. Und wir müssen uns fragen, warum dieser Afrikaner dir diesen Tipp gegeben hat. Er scheint mir doch eine Schlüsselfigur in dem ganzen Salat zu sein. Wir werden auf jeden Fall Erkundigungen über diese Truppe einziehen, bevor du da noch mal einen Fuß hineinsetzt. Natürlich reicht die Tatsache, dass sich jemand Chisum nennt, nicht für eine Verhaftung, aber es besteht auf jeden Fall ein klarer Verdacht. Und übrigens, von den Klamotten, die du da trägst, werden wir Proben nehmen, die wir mit den Tatort-Analysen vergleichen können. Da waren mehrere Männer; wenn dieser Chisum dabei war, dann vielleicht auch dieser ...«

»Buck Schichterich«, grinste Lorenz. »Und ich sage euch, egal was ihr herausfindet: Ich werde der Einladung Chisums folgen. Ein Mann muss tun, was ein Mann tun muss. Und jetzt pack mal den Kuchen aus.«

23. Kapitel

»Moin!«

Ella Kock steckte ihren Strubbelkopf in Ritas Büro, wo diese gerade zusammen mit Paul und Manfred Schreckhügel vor dem Rechner saß.

»Hallo Ella«, sagte Rita, stand auf und gab der Dürener Kollegin die Hand. »Schön, dass du so schnell kommen konntest.«

»Habe auf der A 4 Blaulicht benutzt, sonst hätte ich 'ne Stunde im Stau gestanden«, grinste Ella Kock und fuhr sich durch das Haar.

»Wieder kurz geschnitten?«, fragte Paul.

»Musste sein. Lange Haare gehen mir auf den Sack. Bin halt nicht so eine Prinzessin wie Roswitha und werde es auch nie.«

Rita lächelte vor sich hin, sagte aber nichts dazu. Vielmehr kam sie sofort zur Sache: »Also, wie schon am Telefon gesagt, haben wir wahrscheinlich diesen Chisum ausgemacht. Er heißt eigentlich Jean Ledoux, nennt sich aber John Chisum, ist Belgier, hat lange im Kongo gelebt. Seine Eltern wurden vor einem Jahr in Antwerpen ermordet, man vermutet, dass die beiden, immerhin schon über achtzig Jahre alt, seit langer Zeit afrikanische Artefakte nach Europa geschmuggelt haben und von Konkurrenten aus dem Weg geräumt wurden.«

»Da konnte wohl einer nicht abwarten, bis sie auf natürliche Weise abtreten«, kommentierte Ella.

»So sieht das aus. Und wir vermuten, dass dieser Ledoux, der nun eine Wildwest-Company betreibt, mit der er im Eifler Grenzgebiet herumtingelt, diese als Deckung für Schmuggelgeschäfte nutzt. Er kannte vermutlich den ermordeten van der Kriek, der als einziger Händler nah der Grenze für afrikanische Kunst bekannt war. Hier in Köln gibt es mehrere Adressen; in Düren oder Aachen war er der Einzige, von dem wir sicher wissen, dass er Fetische und andere Kunstgegenstände illegal verkauft hat.«

»Also Moment«, meinte Ella. »Belgier und Kongo, das versteh ich. Ein altes Paar macht seit langer Zeit in Schmuggel, versteh ich auch. Der Sohn ist wohl das Kind seiner Eltern und führt die Geschäfte weiter. Also nehmen wir ihn doch einfach hoch, oder?«

»So einfach ist das nicht«, schaltete sich Manfred ein. »Es gibt eine Akte über diesen Ledoux bei Europol, beim BKA und eine Blue Notice bei Interpol, auf die wir aber allesamt keinen Zugriff haben. Noch nicht. Haben wir beantragt, wir warten auf die Freigabe. Bevor wir diese Informationen nicht haben, sollten wir besser nichts unternehmen.«

»Okay, das versteh ich, mein Dicker«, feixte Ella. »Wer bist du überhaupt, wenn ich fragen darf?«

Manfred lachte laut auf. »Jeder, der mich Dicker nennen darf, kann mich auch fragen, wer ich bin. Ich bin KK Manfred Schreckhügel, arbeite mit Paul zusammen.«

»Freut mich«, sagte Ella und gab Manfred die Hand. »KHK Ella Kock, Düren.«

»Ich glaube, ich hole uns mal 'ne Runde Kaffee und ein paar Kekse, was meint ihr?«, fragte Manfred.

»Immer her damit«, antwortete Ella schnell. »Hab noch kein Frühstück gehabt, und das hier könnte was dauern.«

Manfred verließ das Büro. Ella, Rita und Paul starrten gemeinsam auf den Bildschirm, auf dem eine Meldung zu lesen war, nach der sie das angeforderte Dossier über einen Jean Ledoux, geboren 1951 in Malmedy, nicht einsehen konnten.

Die Türe öffnete sich wieder, und Manfred trat herein. Er hatte weder Kaffee noch Kekse dabei, dafür jedoch einen

Mann, der sich ohne Umschweife vorstellte. »Guten Morgen, Kolleginnen und Kollegen. Mein Name ist KHK Stefan Keller, BKA. Ich bin zuständig für Europol-Ermittlungen. Sie interessieren sich für Jean Ledoux?«

»KHK Bertold. Ja, das tun wir«, sagte Rita, die sich von ihrem Bürostuhl erhoben hatte. »Haben Sie Informationen für uns? Der Mann wird verdächtigt, in Düren vier Menschen erschossen zu haben.«

Keller schüttelte den Kopf. »Bedaure, leider nein. Ich kann Ihnen versichern, dass Ledoux im Visier einer grenzüberschreitenden Fahndung steht. Ich weiß, dass dies für Sie sehr unbefriedigend ist, aber ich muss Sie bitten, keinen Kontakt zu Ledoux aufzunehmen, ihn weder zu befragen noch zu verhören.«

»Lachhaft«, platzte Ella heraus. »Wo gibt's denn so was?«

Keller lächelte. »Ich bitte Sie! Wir müssen doch jetzt nicht Sheriff gegen Bundesmarschall spielen, oder? Ihre Vorgesetzten wurden bereits informiert und haben keine Einwände. Ich habe mich eigens nach Köln aufgemacht, um Sie persönlich zu informieren, weil ich weiß, dass Sie mich und Europol als Hemmschuh für Ihre Ermittlungen sehen werden. Ich kann es Ihnen auch nicht verübeln, muss Sie aber gleichzeitig darauf hinweisen, dass ich die Befugnis habe, Ihnen jede weitere Tätigkeit in Richtung Jean Ledoux zu untersagen.«

»Dafuq«, meinte Ella und sah Paul und Rita Hilfe suchend an. Die zuckten jedoch beide nur mit den Schultern.

Keller fügte hinzu, als er sich schon zum Ausgang wandte: »Ich kann Ihnen versichern, dass wir für dieselbe Sache arbeiten, und möchte Sie herzlich, aber dringend bitten, nicht in übergeordnete Ermittlungen einzugreifen. Verfolgen Sie ruhig die russische Spur weiter, ich halte das im Dürener Mordfall durchaus für Erfolg versprechend, und da werden wir uns nicht gegenseitig stören.«

»Heißt das, Sie haben unsere Ermittlungen überwacht?«

»Das geschah eher zufällig, Kollege Gedeck«, bemerkte Keller, deutete einen Gruß an und verließ Ritas Büro.

»Der weiß, warum er so schnell raus ist«, brummte Paul und rieb sich die Rechte, die er zu einer Faust geballt hatte.

»War das jetzt ernst gemeint, dass es Sinn macht, die Russen weiter zu beobachten, oder will der uns nur raushalten?«, fragte Manfred.

Rita schüttelte den Kopf. »Glaube ich nicht. Das war kein Arschloch. Zumindest glaubt er, dass eure Ermittlungen nicht ganz sinnlos sind. Ich werde mit der Chefetage sprechen, um den Rückpfiff abzusichern. Vieleicht bekomme ich ja von dort noch die eine oder andere Information. Aber wir sollten, so ärgerlich das auch ist, diesen Chisum in Ruhe lassen.«

»Und unser verdeckter Ermittler?«, fragte Paul.

»Den müssen wir umgehend abziehen, keine Frage.«

»Oder instruieren und weiter für uns arbeiten lassen.«

»Paul!«, rief Rita. »Das meinst du doch nicht ernst!«

Paul zuckte mit den Achseln. »Irgendwie schon.«

Ella fragte verdutzt: »Welcher verdeckte Ermittler?«, und schlug sich dann mit der flachen Hand auf die Stirn. »Der verrückte Opa Bertold! Sagt mir, dass das nicht wahr ist!«

24. Kapitel

»Du bist früh auf.«

John Chisum trat zu Wild Bill Hickok, der gerade dabei war, seinen Bart mit einem offenen Rasiermesser zu entfernen. Die Sonne hatte sich noch nicht über den Horizont erhoben, doch alles deutete darauf hin, dass es ein freundlicher Tag werden würde.

»Wir wollen doch heute nach Schmidt weiter, nicht wahr?«, antwortete Bill.

»Ist aber keine große Reise. Und das Wetter wird gut. Wir müssen nicht früh aufbrechen. Du nimmst dir den Bart ab?«

»Macht mich zu alt.«

»Meint wer? Calamity Jane oder Sacajawea?«

»Wieso?«

»Es sind doch immer die Frauen, für die wir jünger aussehen wollen. Es ist Sacajawea, nicht wahr? Du hast bemerkt, wie sie diesen jungen Mann angesehen hat, der mit den Rentnern hier war. Eifersüchtig?«

»Auf den kleinen Altenpfleger? Wohl kaum.«

»Nun ja«, grinste John. »Er ist sportlich, sieht gut aus, es ist doch offensichtlich, dass unsere Schöne auf ihn steht.«

»Was soll's? Sie ist halt eine Schlampe. Aber eine göttliche. Frauen können tun, was sie wollen, solange sie das Essen fertig haben, wenn du nach Hause kommst.«

»Wenn du es sagst. Der Junge wird ein paar Tage bei uns sein.«

»Darüber wollte ich sowieso mit dir sprechen«, brummte Wild Bill. »Der Junge ist mir egal. Aber dieser Alte, der den Deo kennt, der macht mir Kopfschmerzen. Was macht er hier? Der will doch schnüffeln, das sollte auch dir klar sein.«

»Wenn Deo ihn zu uns geschickt hat, dann wird das sicher schon seine Gründe haben.«

Wild Bill spuckte aus. »Du vertraust dem Nigger, ich weiß. Aber selbst du weißt nicht wirklich, was er im Schilde führt. Und diese alten Leute, die er uns jetzt auf den Hals geschickt hat, stören uns doch nur.«

Chisum grinste. Er kannte die barsche Art seines Kumpans und nahm es ihm nicht übel. »Es mag sein, dass die Alten schnüffeln wollen. Aber wenn das so ist, halte ich es für besser, sie im Blick zu haben. Je näher sie mir sind, desto mehr kann ich sie kontrollieren. Deo weiß das. Und er tut nichts ohne Plan.«

»Wenn du meinst.«

»Yep, meine ich. Und wenn dieser Alte unser Feind ist, wird sich das herausstellen. Wenn ich etwas mehr bewundere als einen treuen Freund, dann ist es ein erklärter Feind.«

»Wie auch immer«, meinte Bill und schabte seine Wange frei. Als er meinte, damit fertig zu sein, sah er Chisum an. »Ich halte es für einen Fehler. Und keiner kann mich davon abhalten, diesen Leuten genau auf die Finger zu sehen. Wenn sie zu neugierig werden, gibt's was auf die Finger.«

»Gut, ich nehme deine Meinung zur Kenntnis. Aber ich habe es so entschieden. Sei du nur wachsam, ich bin es auch. Immer.«

»Das weiß ich, Boss.«

Chisum nickte nachdenklich. »Okay. Sieh zu, dass du dich nicht schneidest.« Damit wandte er sich ab. Nachdem er ein paar Schritte gegangen war, drehte er sich noch einmal zu Wild Bill um und sagte: »Und es stimmt: Du siehst jünger aus ohne Bart. Aber nicht besser.«

25. Kapitel

Ach Kinder, ist das schön hier.«
Lorenz saß auf dem von der Vormittagssonne erwärmten Sandsteinfelsen und sah auf die Rur hinunter, die sich zwischen Maubach und Zerkall durch das grüne Tal tief unter ihnen schlängelte. Er liebte diesen Blick vom nahe Nideggen gelegenen Eugenienstein. Eigentlich hatte er an diesem Tage keine Wanderung geplant, gab es doch genug in Ermittlungen zu tun. Bärbel und Gustav hatten jedoch vehement darauf gedrungen, und nun war er ihnen dankbar dafür. Bärbel reichte ihm einen Becher Kaffee. Sie hatte wie immer einen sorgfältig befüllten Proviantrucksack dabei. Nach einem kleinen Imbiss, bestehend aus gegrillten Auberginenscheiben und Maiskolben, tat ein Schluck Kaffee gut. So ließ sich auch der atemberaubende Blick über das Rurtal noch besser genießen. Die Bemerkung über fehlende Frikadellen hatte er klugerweise vor dem Gemüse schon geschluckt. Jetzt streckte er die Beine aus und seufzte glücklich. Hier konnten die Gedanken frei fließen, und er fühlte sich nach dem bis dahin zurückgelegten Fußweg noch kein bisschen müde. Kommissar Wollbrand überlegte, wie der Stand der Dinge war, und daran wollte er die Freunde teilhaben lassen.

»Wir haben also eine Horde von Freizeitcowboys, einen Zauberer, der mit dem Chef der Truppe namens John Chisum befreundet ist und welcher an einem Tatort aufgegriffen wurde, wo angeblich eben jener Chisum vier Menschen erschossen haben soll. Und nun wurden wir von beiden gedrängt oder eingeladen, die Truppe zu begleiten. Was soll uns das sagen?«

Gustav grinste. »Vielleicht, dass wir diesen Blick noch einmal genießen sollten, bevor wir geteert, gefedert, skalpiert, gelyncht und erschossen werden?«

»Gustav!« Bärbel sah ihn mit rollenden Augen an, um anzudeuten, dass sie solche gewalttätigen Vorstellungen gar nicht liebte.

»Bärbel!«, gab Gustav lachend zurück.

Lorenz schüttelte den Kopf. »Wir werden diesen Blick noch genießen, wenn der oder die Mörder längst dem Gericht überantwortet worden sind. Sollte es dieser Chisum gewesen sein, werden wir das herausfinden. Weiß nicht so recht, was davon zu halten ist. Deo scheint sein Freund zu sein. Würde er Chisum für schuldig halten, hätte er uns nicht auf ihn angesetzt. Es sei denn, um seine Unschuld zu untermauern. Vielleicht hat er auch Angst um ihn. Aber andererseits – vielleicht kocht er sein eigenes Süppchen und will dem belgisch-kongolesischen Eifelcowboy das Handwerk legen?«

»Was hatte er denn nun mit dem Paten vom Rursee?«, wollte Bärbel wissen. »Wegen diesem Fiesling hatte er dich doch eigentlich kontaktiert, oder nicht?«

»Das verstehe ich auch noch nicht. Meine Rita und ihr großer Kerl verfolgen diese russische Spur, vielleicht gibt es da etwas Neues. Das Frollein Hauptkommissarin wollte heute noch einmal zu mir kommen. Bin gespannt, was sie herausbekommen hat.«

Gustav bemühte sich, einen Maiskolbenstrunk von den letzten Körnern zu befreien, und sagte dabei: »Ich finde es jedenfalls gut, wenn wir ein paar Tage mit der Wild Bunch zusammen sind. Mir ist in letzter Zeit ein wenig die Decke auf den Kopf gefallen.«

»Also überlegst du doch, mit Alexander zusammenzuziehen?«

»Nicht wirklich. Wir kennen uns doch kaum, und er sucht gerade eine Bleibe in der Gegend. Wir warten einfach ab, was geschieht.«

Lorenz schüttelte nachdenklich den Kopf. »Ich glaube ja auch nicht, dass man sich in unserem Alter noch mal in eine feste Beziehung stürzen sollte. Irgendwie ein komischer Gedanke. Aber, na ja, bei dir ist es vielleicht etwas anderes.«

»Warum?«, fragte Gustav zurück. »Weil ich schwul bin?«

»Neinnein«, beeilte Lorenz sich zu sagen und schalt sich im Stillen einen Dummkopf, dass er sich ohne Not auf ein solches Glatteis begeben hatte. »Ich meine vielmehr, ich war ja ein halbes Jahrhundert verheiratet, und danach … ich weiß nicht.«

»Das weiß man nie«, lächelte Gustav mit einem Seitenblick auf Bärbel. »Solange du ein Herz in der Brust hast, was schlägt, kannst du auch lieben. Oder etwa nicht?«

»Stimmt wohl«, brummte Lorenz und suchte nach einer Gesprächswendung, die ihn aus den Untiefen dieses Themas herausführte. »Und solange ich Beine habe, die mich forttragen, sollte ich zusehen, dass sie mir nicht einschlafen. Wollen wir mal so langsam zurückgehen?«

»Gehen können wir, aber nicht zurück«, meinte Bärbel. »Wir haben da noch etwas vor.«

»Was heißt wir?«, fragte Lorenz argwöhnisch. »Ich habe da so das dumme Gefühl, dass ich ungehörigerweise zwar nicht planerisch, aber dafür in der Ausführung zu diesem Wir gehöre.«

»Fühle, was du willst, aber du gehst mit uns jetzt da Richtung Rur hinunter«, grinste Gustav. Dabei wies er auf einen Trampelpfad, der in Lorenz' Augen abenteuerlich steil und verwunden aussah.

»Seid ihr des Teufels?«, sagte er denn auch verwundert. »Wenn wir da hinuntergehen, sind wir ja noch Stunden unterwegs und müssen diesen verfluchten Berg erst einmal wieder herauf, bevor wir nach Hause kommen! Außerdem wollte Rita mir noch einen Besuch abstatten. Geht also nicht.«

»Geht doch«, versetzte Bärbel. »Mit Rita habe ich gesprochen, wir treffen sie woanders.«

»Woanders?«

»Da, wo wir jetzt hingehen. Eine klitzekleine Überraschung.«

Lorenz brummte: »Der alte Ermittler wollte spontan fragen, warum sich das nicht nach Weihnachten anhörte, sondern eher nach missglücktem Kindergeburtstag, doch er verkniff sich diese Frage, weil er seine Kollegen mittlerweile lange und gut genug kannte, um zu wissen, dass diese Schlümpfe ihn ohnehin nicht aufklären würden, bis er sich von der angedrohten Überraschung mit eigenen Augen überzeugt haben würde.«

»Wohl bemerkt«, meinte Gustav. »Die Schlümpfe werden nichts sagen, bis wir da sind. Also, hinunter mit den müden Knochen!«

»Ich will mal annehmen, dass du nur über dein eigenes abgehalftertes Skelett sinnierst«, knurrte Lorenz und erhob sich. Die ersten Schritte auf dem schmalen Pfad, der den Mausauel ins Rurtal hinabführte, taten ihm etwas weh, und die Knie fühlten sich steif an. Aber bald ging es besser, er suchte sich für seine Begriffe recht geschickt die richtigen Tritte, um zwischen holprigen Steinen und rutschigem Laub nicht den Halt im steilen Abhang zu verlieren. Als sie zehn Minuten später am Fuß des Hügels angekommen waren, war Lorenz nass geschwitzt, aber mit sich zufrieden. Gustav übernahm nun die Führung. Lorenz war gespannt, wohin es nun gehen würde, ließ sich aber nichts anmerken. Gustav schwenkte auf ein Gelände ein, auf dem ein ausgedehntes

Gebäude stand, umsäumt von eingezäunten Weiden. Die großen Tiere, die darauf weideten und die Ankömmlinge mit großen dunklen Augen neugierig beäugten, ließen bei Lorenz die Alarmglocken läuten. »Wir sind doch wohl nicht wegen der Pferde da, oder?«

Bärbel lachte auf. »Aber natürlich, mein argwöhnischer Brummbär. Was denn sonst? Wir wollen zur Wild Bunch, da können wir doch nicht ohne unsere Pferde hingehen!«

Lorenz wusste, dass seine Freunde früher regelmäßig geritten waren, wollte jedoch einwenden, dass er noch nie auf einem solchen Tier gesessen hatte und es auch ganz sicher nicht mehr versuchen würde. Dass Gott nicht gewollt haben konnte, dass Zweibeiner auf Vierbeinern sitzen und er sich mit einem veganen Wesen, welches ein Mehrfaches seines Körpergewichts aufwies, nicht auf eine so intime körperliche Verbindung einlassen würde. Dann dachte er, dass es unschicklich wäre, dies in Bärbels Gegenwart zu sagen, obwohl diese sicher leichter war als er selbst, aber eben Veganerin und Pferdeliebhaberin. Und so war er am Ende dieses Gedankengangs heilfroh, dies alles nicht ausgesprochen zu haben, noch nicht einmal als Kommissar Wollbrand. Stattdessen sagte er nur: »Wer hat denn gesagt, dass ich da reiten muss? Außerdem gab es Reitpferde in Nordamerika auch erst ab dem siebzehnten Jahrhundert, vorher wurden sie von den Indianern höchstens verzehrt, und deswegen ...«

»Ach Lorenz«, lachte Gustav. »Deine historischen Ausschweifungen können dich auch nicht retten. Der Wilde Westen ist ohne Mustangs nicht denkbar, und wir werden dich auf des Westmanns liebsten Freund setzen, ob du willst oder nicht. Und sei es nur, damit wir unseren Spaß haben!«

»Da könnt ihr lange auf euren Spaß warten«, brummte Lorenz und folgte den Freunden missmutig.

Es dauerte keine dreißig Minuten, bis Bärbel und Gustav zu ihrem Spaß kamen. Eine junge Frau führte ein riesiges Tier aus dem Stall, das gutmütig auf Lorenz zugetrottet kam. Der Alte betrachtete das zottelige Fell, welches bis auf die Hufe herabhing, und sah auf die Rückenlinie des Pferdes, welche deutlich über Augenhöhe verlief.

»Das ist nicht euer Ernst«, stieß er hervor. »Und überhaupt, ich glaube nicht, dass dies ein Pferd ist. Das ist eine trächtige Elchkuh oder etwas noch Schlimmeres.«

»Das ist Betty Blue«, antwortete die junge Reiterin, die nach einem aufmunternden Lächeln seitens Bärbel zu Lorenz trat und ihm die Zügel in die Hand drückte. »Betty Blue ist ein belgischer Blauschimmel aus Brabant und sehr gutmütig.«

»Blauschimmel?«, fragte Lorenz zurück. »Also ein Riesenkäse?«

»Nun sei nicht albern«, meinte Bärbel. »Setz dich mal drauf. Du wirst sehen, von da oben erfährt man die Welt ganz anders.«

»Wenn ich vorhabe, aus Dachrinnen zu trinken, komme ich vielleicht auf diese belgische Dame zurück.«

»Nun zier dich nicht so.«

Bärbel nahm ihm die Zügel ab, schubste ihn sanft an die Seite des riesigen Tieres und hielt Lorenz einen Steigbügel hin. Gustav trat hinzu und schickte sich an, Hilfestellung zu geben. Seine Handhaltung deutete an, dass er sich darauf vorbereitete, Lorenz unter den Hintern zu greifen, wenn er versuchen sollte, sich in den Sattel zu schwingen.

»Wie komme ich jetzt bloß aus dieser Nummer wieder heraus?«, fragte Lorenz und äugte zwischen Steigbügel und dem in schwindelerregender Höhe liegenden Sattel hin und her. Dann, in einem Anflug von Gehorsam und dem Spaß an einer verrückten Situation, auch wenn er selbst der Gegenstand des Wahnsinns sein sollte, steckte er einen Fuß in den Steigbügel und wollte sich hochstemmen. Gustav konnte sich ein Lachen nicht verkneifen, hielt den Freund am Hosenbund fest und meinte: »Mein lieber Lorenz. Bitte zu beachten: Du befindest dich auf der linken Seite des Pferdes. Das bedeutet, du solltest auch den linken Fuß in den Bügel stecken, ansonsten schaust du übers beachtliche Heck der guten Betty Blue. Und das ist nicht im Sinne des Erfinders.«

»Wollte ja auch nur mal Maß nehmen«, knurrte Lorenz, zog den rechten Fuß zurück und steckte stattdessen den linken Fuß in den Steigbügel. Dann, nach einigen Sekunden und dem ständigen Wechsel von allesamt höchst lächerlichen Körperhaltungen, die Lorenz schnellstmöglich zu vergessen gedachte, saß er tatsächlich auf dem breiten Rücken des Kaltblüters, der diese Turnübungen geduldig über sich ergehen ließ. Nur ein Schnauben schien anzudeuten, dass ihm irgendetwas ungewohnt vorkam. Der Alte klopfte dem Pferd sanft auf den Hals und sagte: »Tut mir leid, mein gutes Mädchen, aber ich habe das auch nicht gewollt. Bedanke dich bei diesen fiesen Freunden, mit denen man keinen Feind zu fürchten braucht.«

»Wenn dich ein Feind so sieht, lacht er sich ohnehin tot! Sag mal, Opa, was machst du da oben?«

Rita stand wie aus dem Nichts neben ihm und sah grinsend zu Lorenz hinauf. Der stützte sich aufs Sattelhorn, so wie er es zuletzt bei John Chisum gesehen hatte, und meinte: »Der Doktor hat gesagt, ich soll mir 'ne Luft suchen, die weniger bleihaltig ist. Bei euch Bullen da unten weiß man ja nie. Und im Seniorenheim ist es gefährlich.«

»Ganz schön großkotzig, der Opa, wenn er mal was höher sitzt!« Benny grinste Lorenz frech wie immer an.

»Was, der Bengel ist auch hier?«

»Klar, Opa. Rita hat mich abgeholt, damit ich ihr zeige, wo diese Location hier ist. Wusste die Adresse nicht.«

»Und warum sind wir jetzt überhaupt alle hier?«

Bärbel antwortete: »Nun, erst einmal, weil wir uns Pferde besorgen müssen. Und zweitens, weil Rita dich jetzt ohnehin treffen wollte.«

»Wie auch immer«, meinte Lorenz. »Da ich aber mit meiner Enkelin nicht vom hohen Ross herab reden möchte, erklärt mir erst einmal, wie ich von diesem Ungetüm wieder herunterkomme.«

Gustav kam aus dem Lachen gar nicht heraus. »Mein lieber Lorenz, runter kommen sie alle, glaub mir. Aber wenn ich mir so überlege, wie du dich abgestrampelt hast, um diese Betty zu besteigen, würde ich dir raten, erst einmal dort oben zu bleiben. Bärbel und ich kümmern uns um unsere Pferde, und Rita führt dich ein bisschen im Kreis herum, damit du dich an Betty Blues Bewegungsablauf gewöhnen kannst. Geht das klar, Rike?«

»Kein Ding«, antwortete die junge Frau. »Ich leihe euch Betty Blue gerne. Ihr wisst mit Pferden umzugehen, und wenn ihr immer dabeibleibt, kann bei unserem gutmütigen Mädchen nicht wirklich was passieren. Gehen wir in den Stall. General Custer und Candy warten schon auf euch.«

Bärbel übergab die Zügel an Rita, und dann ließen sie Lorenz mit Rita und Betty Blue allein. Rita begann langsam herumzuspazieren. Das riesige Pferd folgte der Kommissarin gutmütig. Lorenz hatte trotz des langsamen Schritts das Gefühl, auf einem wilden Ochsen zu galoppieren, hielt sich am Sattelhorn fest und überließ sich seinem Schicksal. Absteigen konnte er ohne fremde Hilfe ohnehin nicht, also blieb ihm auch nichts anderes übrig.

»Nun sprich«, meinte er zu seiner Enkelin. »Was machen die Ermittlungen?«

»Schwierig«, antwortete Rita. »Dieser Chisum ist in eine größere Sache verwickelt. Wir sind an die Kandare genommen worden. Es gibt keine Ermittlungen für uns.«

»Was soll das heißen?«

»Das heißt, mein lieber Opa – und glaube mir, ich habe dem nicht schnell und leichten Herzens zugestimmt –, dass wir die weiteren Schritte in dieser Richtung Kommissar Wollbrand überlassen müssen.«

»Was?« Lorenz glaubte nicht richtig gehört zu haben. »Du meinst wirklich ...?«

»Ja, Opa. Aber ich bitte dich inständig und von Herzen, sei bitte bitte ganz vorsichtig. Halte dich in Chisums Nähe auf, aber unternimm nichts, schnüffle nicht zu auffällig und reize ihn nicht.«

»Wie käme ich dazu?«, grinste Lorenz. »Und sieh mich an, Betty Blue und ich sind doch völlig unauffällig, meinst du nicht auch?«

Rita lachte und schüttelte den Kopf. »Weit davon entfernt, Opa!«

Lorenz erwiderte das Kopfschütteln und murmelte: »Der in Ehren ergraute Ermittler hatte ein wenig das Gefühl, zwar nicht im falschen, aber doch in einem ganz und gar ungewöhnlichen Film zu sein. Er konnte nicht anders, sein Blick ging über die Mähne seines Tieres zum Horizont, und seine Lippen formten leise die Worte: ›Da sah ich ein fahles Pferd, und der, der auf ihm saß, hieß Tod, und die Hölle folgte ihm nach.‹«

26. Kapitel

Diese Observierungsscheiße ist nicht gut für meine Figur.« Manfred Schreckhügel griff sich eine neue Ladung Nachos aus der Tüte.

Paul grinste: »Du isst doch überall, Manni. Pass nur mit dieser Salsa-Sauce auf. Die macht üble Flecken.«

»Ach wo«, antwortete Manfred kauend, grapschte mit der Hand, in der er die Nachos hielt, nach der Dose, verfehlte sie ein wenig und stupste sie mit einem seiner ungeschickten fleischigen Finger von der Mittelkonsole.

»Nix passiert, nix passiert«, beeilte er sich zu sagen und hob die Dose wieder aus dem Fußraum auf. Dann stellte er den Fuß auf den Fleck, der unten verblieben war.

»Doch was passiert«, versetzte Paul und wies in die Richtung, in der er Ludmilla Alejnikova sah, wie sie gerade mit Kastriot Visar Kreshnik in einen Hummer stieg. Der Fahrer sah sich prüfend nach allen Seiten um, so als könne er auf diese Weise verhindern, dass sie beobachtet wurden, oder zumindest versteckte Beobachter entdecken, was ihm natürlich nicht gelang. Dann stieg auch er ein und setzte das mit dunkel getönten Scheiben und schusssicheren Vollgummireifen versehene Monstergefährt in Gang.

Paul startete den Motor und folgte dem Hummer in gebührendem Abstand. Die Verfolgung führte sie aus dem Kölner Villenviertel Hahnwald auf die Autobahn 4, über den Rhein und dann in den Stadtteil Porz. Manfred kommentierte: »Alles Böse dieser Welt kommt aus Porz und Ehrenfeld.«

»Das mag sein«, meinte Paul. »Aber der da sieht nicht so aus, als stamme er von da oder dort.«

Sie waren auf einen notdürftig asphaltierten Weg eingebogen, der an die Bahnstation Rosenhügel führte. Dort stand ein Mann, der seinen Hut tief ins Gesicht gezogen hatte und mit Lederjacke, Jeans und Stiefeln bekleidet in der Tat nicht unbedingt wie ein typischer Kölner aussah. Paul parkte seinen Wagen so weit entfernt hinter einer Reihe anderer Wagen, dass er sicher war, den Beobachteten nicht aufzufallen. Dann hielt er die Kamera mit dem Teleobjektiv ans Auge und sah, wie die Alejnikova mit dem Albaner ausstieg. Der wartende Mann behielt seine lässige Haltung bei, als die Russin ihn ansprach und er mit ihr ein Gespräch begann. Dieses schien einen eher unfreundlichen Verlauf zu nehmen, denn Kastriot begann bald wild in der Luft herumzufuchteln, so als steche er mit seinem Stilett auf jemanden ein.

»Wer ist dieser Cowboy?«, fragte Manfred. »Lass mich auch mal durch die Linse schauen.«

»Ich mache gerade Bilder, die kannst du dir gleich ansehen«, erwiderte Paul, ganz auf seine Tätigkeit konzentriert. »Sieht so aus, als hätten wir hier einen der Mörder aus Düren im Gespräch mit einer führenden Vertreterin der russischen Schmuggel-Connection. Was sagt uns das?«

»Zugriff!«, sagte Manfred, meinte dies aber nicht wirklich ernst und beschränkte den Zugriff auf eine weitere Handvoll Nachos.

»Quatschkopp«, grinste Paul. »Aber wir wissen, dass wir auf der richtigen Spur sind. Ich versuche, möglichst gute Bilder von der Fratze dieses Texaners zu schießen, und dann machen wir, dass wir hier wegkommen.«

»Wollen wir den Cowboy nicht weiterverfolgen?«

»Wie willst du denn das anstellen?«, fragte Paul zurück.

Manfred verstand sofort, was Paul meinte. Ein Zug rollte in den Bahnhof ein, und der Mann stieg ein.

»Das war aber ein kurzes Gespräch«, sagte Manfred enttäuscht.

»Aber vielleicht effektiv und auf jeden Fall nicht nachvollziehbar«, kommentierte Paul. »Wollen wir hoffen, dass wir den Kerl in der Datenbank finden. Jetzt zischen wir ab, bevor die an uns vorbeifahren.« Paul drückte Manfred die Kamera in die Hand, in der keine Nachos waren, startete den Motor und wendete den Wagen.

27. Kapitel

Jean Ledoux hatte ein untrügliches Gespür für unheilvolle Situationen. Deshalb wachte er viel früher auf als sonst. Es war noch nicht hell, gerade kurz nach vier.

Er stand auf und machte eine Runde durch das Camp, ohne an Kaffee oder die Morgenwäsche zu denken. Die ersten Vögel zwitscherten sich in den Tag, ansonsten war alles still. Die Pferde waren ruhig, und auch aus keinem der Zelte oder Planwagen war etwas zu hören. Abgesehen vom beherzten Schnarchen Minnewakans, doch dieses Geräusch nahm Jean kaum wahr, gehörte es doch zu der gewohnten Geräuschkulisse des Lagers. Er wünschte sich, Deogratius wäre da und könnte ihm helfen, seine ungute Ahnung zu konkretisieren. Doch der Afrikaner hatte sich noch nicht wieder blicken lassen, und so steuerte er den Wagen Buck Schichterichs an. Er war der Einzige, dem Chisum wirklich hundertprozentig vertrauen konnte. Er stieg auf den Bock, klopfte sachte auf das Holz und lugte in den Wagen hinein. Schichterich lag auf dem Rücken, ohne Decke und voll bekleidet.

»Buck«, flüsterte Chisum. »Bist du wach?«

Es kam keine Antwort. Schichterich schien tief und fest zu schlafen. Chisum wollte sich schon wieder zurückziehen, doch irgendwie hatte er ein merkwürdiges Gefühl, irgendetwas schien nicht zu stimmen. Da er im Dunkel kaum etwas erkennen konnte, betrat er den Wagen und kam näher.

»Buck?«

Als er direkt neben dem Liegenden stand, wusste er, dass von seinem Freund keine Antwort mehr zu erwarten war. Ein Bowie-Messer steckte bis zum Heft in seiner Brust. Chisum musste den Mann nicht berühren, um zu wissen, dass er tot war. Das Messer war sein eigenes, Jean erkannte es sofort. Buck selbst hatte es ihm vor Jahren geschenkt. Nun war es zu ihm zurückgekehrt, mitten in sein Herz. Buck musste sofort tot gewesen sein, als es ihm dort mit Wucht hineingerammt worden war. Jeans Magen verkrampfte sich. Er spürte eine Kälte, die sich durch seine Glieder zog, und schüttelte sich. In diesen Moment des Entsetzens mischte sich eine andere Empfindung. Chisum fühlte sich beobachtet. Noch bevor er den Blick zum Eingang wenden konnte, hörte er eine vertraute Stimme leise sagen: »Böse Sache das.«

»Deo.« Chisum atmete tief durch. »Gut, dass du da bist.«

»Zu spät«, erwiderte Deogratius und kam näher. Mit einem kurzen Blick maß er die Leiche, dann packte er den Toten am Kopf, bewegte diesen leicht, dann einen Arm. Zum Schluss fuhr er mit den Fingerkuppen über die Augenlider Schichterichs. Dann flüsterte er: »Buck starb vor einer oder vielleicht zwei Stunden. Rigor mortis hat gerade erst begonnen.«

»Wer zum Teufel …?«

Chisum beendete die Frage nicht. Deogratius Mbumba wusste auch so, was den Freund gerade bewegte. Der Medizinmann legte eine Hand auf Chisums Schulter. Der hatte Mühe, seine Stimme leise und ruhig zu halten, als er sagte: »Oh Deo, wem kann ich jetzt noch trauen? Buck war ein guter Freund. Eigentlich der Einzige im Camp, für den ich jederzeit meine Hand ins Feuer gelegt hätte. Was soll jetzt werden? Was machen wir mit ihm?«

»Er muss weg. Unsichtbar werden«, antwortete Deogratius.

Chisum nickte zustimmend, wenn auch schweren Herzens. »Du hast recht. Mein Messer steckt in seiner Brust, und ich kann hier jetzt keine Mordermittlungen gebrauchen.«

»Das weiß auch der Mörder«, sagte der Zauberer. »Jemand will dir schaden, dich zur Strecke bringen.«

»Jemand aus der Wild Bunch?«

»Glaubst du, jemand von außen?«

Chisum schüttelte den Kopf. »Ich will mir nicht vorstellen, dass es einer von uns war. Aber andererseits, welcher Fremde sollte sich heute Nacht in unser Lager geschlichen, mein Messer gestohlen und Buck damit erstochen haben?«

»Du willst es nicht, aber du weißt es. Wir werden mit niemandem darüber sprechen. Mit niemandem. Lass uns ihn forttragen, bevor der Erste aufwacht.«

Der Medizinmann packte das Messer und zog es sachte aus dem toten Körper. Beide Männer versuchten das Geräusch, das dabei erzeugt wurde, zu ignorieren. Dann wischte er es sorgfältig an der Kleidung Schichterichs ab und übergab Chisum das Bowie. Der steckte es mit einer Mischung aus Abscheu und Unsicherheit ein.

»Forttragen? Gut, ich habe wirklich kein Interesse, dass hier morgen eine Mordkommission ihr Lager aufschlägt. Aber Buck ist ein guter Freund, ich kann ihn doch nicht einfach wie einen Müllsack entsorgen?«

»Vertrau mir«, sagte Deogratius. »Wir werden ihn ehren und uns schützen. Und jetzt ist die Zeit zu handeln, trauern werden wir später um ihn. Komm, fass mit an!«

28. Kapitel

Der in Ehren ergraute Ermittler würde, sofern er überhaupt noch einmal von dieser monströsen Rosinante herunterzukommen imstande wäre, ganz sicher niemals wieder auf ein Pferd steigen.«

Lorenz machte ein sehr unglückliches Gesicht, das dennoch nur unzureichend den Schmerz ausdrücken konnte, der seinen Rücken und noch mehr dessen Verlängerung plagte. Als er vor zwei Tagen zum ersten Mal auf Betty Blue gesessen hatte, konnte er noch nicht ahnen, wie anstrengend der erste längere Ausritt werden würde. Gustav, der auf einem Appaloosa namens General Custer den Eindruck machte, als habe er sein ganzes Leben ausschließlich im Sattel verbracht, lachte lauthals – nicht zum ersten Mal auf diesem ausgedehnten Ritt – und kommentierte: »Kommissar Wollbrand sieht aus wie ein alter Sheriff, der kurz davor ist, seinen Stern an den Nagel zu hängen – wenn er denn noch die Kraft dazu hat.«

Lorenz grinste müde zurück. »Du bist doch ein … Bärbel, sag doch auch mal was dazu. Bärbel?« Er drehte sich zu der Freundin um. Die war wieder einmal zurückgeblieben, weil sie ihre Fuchsstute nicht davon abhalten konnte, alle Blumen, die diese am Wegesrand fand, anzuknabbern. Bärbel mühte sich redlich, das Tier davon abzuhalten und voranzutreiben, musste aber ob ihrer fruchtlosen Bemühungen auch lachen. »Candy, du hast doch schon mindestens einen Zentner Blumen gefressen. Nun lass doch mal gut sein!«

»Dieses Tier ist verrückt, so wie meins, nur anders!«, rief Lorenz ihr zu und fragte sich in diesem Moment, ob er unbewusst Betty Blue zum Weitertrotten animiert hatte. Jedenfalls setzte sich sein Gaul wieder in Bewegung, was Lorenz die Anmutung eines Wackeldackels gab und alle Versuche, den ungewollten Vorwärtsdrang seines Untersatzes zu stoppen, im Keim erstickte. Er beschloss, alle Ambitionen zur Steuerung des Riesentieres aufzugeben und sich auf Unfallvermeidung und Schmerzreduktion zu beschränken.

Benny, der es sich auf einem Quarter Horse namens Sugar ungemütlich gemacht hatte, grinste ihn an: »Komm, Opa, hab dich doch nicht so. Ich kann auch nicht reiten, aber das geht doch irgendwie. Und, wenn es dich tröstet: Mir tut der Hintern auch ganz schön weh.«

Lorenz würdigte den jungen Pfleger keiner Antwort und sah grimmig vor sich hin. Gustav lenkte seinen Appaloosa neben Lorenz und brachte Betty Blue auf eine Weise, die sich Lorenz nicht erschloss, zu einem gleichmäßigen, aber zügigen Schritt. Der Weg verlief abseits der Serpentine, die von Nideggen nach Schmidt heraufführte, durch den Wald. Lorenz sah zwischen den Bäumen voraus bereits das freie Feld, welches ankündigte, dass die Steigung bald überwunden und Schmidt erreicht sein würde. Er verbiss sich die Schmerzen und war froh, dass der Weg sie viel früher als erwartet aus dem Dunkel des Waldes heraus ins sonnendurchflutete Freie führte. Sein Auge war es gewohnt, das Tempo eines sechsundsiebzig Jahre alten Spaziergängers abzumessen. Auf den Pferden kamen sie jedoch deutlich schneller voran, auch wenn die Tiere sich ebenfalls in einer geruhsamen Gangart bewegten.

Lorenz schob sich Buck Schichterichs Hut tief in die Stirn, um nicht von der Sonne geblendet zu werden. So konnte er die Gestalt besser erkennen, die am Boden hockte und Kräuter sammelte. Deogratius Mbumba erhob sich und sah den Reitern mit jenem unvermeidlichen Lächeln entgegen. Gustav brachte General Custer vor dem Afrikaner zum Stehen, und Betty Blue tat es ihm nach, ohne darauf zu achten, ob dies auch dem Willen ihres Reiters entsprach. Als auch Bärbel sich mit ihrer Candy zu den beiden gesellt hatte, sprach Deogratius sie an: »Shikamoo, liebe Freunde! Hamjambo?«

»Marahaba, hatujambo«, antwortete Gustav. »Habara gani?«

Lorenz brummte: »Geht das auch auf Altgriechisch? Ich möchte mitreden können!«

Der Afrikaner lachte. »Ich habe euch erwartet und mir die Zeit mit dem Sammeln heilsamer Kräuter vertrieben. Lasst uns zum Camp gehen, es ist ganz nah.«

»Ich würde sehr gerne gehen«, antwortete Lorenz. »Aber erstens weiß ich nicht, wie ich lebend von diesem Tier herunterkomme, und wenn es mir gelingt, werde ich vermutlich meine Beine nicht mehr benutzen können.«

»Dann ist es besser, du steigst hier ab und nicht im Lager.« Deogratius stellte sich neben Betty Blue und zeigte Lorenz an, dass er ihm beim Absteigen behilflich sein wollte. Der wollte die Hilfestellung gerne annehmen, fühlte sich aber außerstande, sein Bein über den breiten Rücken des Kaltblüters zu schwingen. Gustav stieg ab und half Lorenz, einen Fuß anzuheben.

»Der alte Ermittler hatte keine Wahl, er musste sich in eine höchst lächerliche Haltung bringen, um eine andere ebenso lächerliche endlich aufgeben zu können.« Mit diesen Worten ließ Lorenz sich zur Seite hinabgleiten, in der Hoffnung, Deogratius könne ihn auffangen und der andere Fuß würde nicht am Sattel hängen bleiben. Die erste Hoffnung erfüllte sich. Die zweite nicht. So hing Lorenz dann kopfüber in den Armen des Medizinmannes, rieb seinen Bauch an dem mächtigen Leib von Betty Blue, während sein Fuß sich am Sattel verhakt hatte. Die belgische Kaltblutdame wandte ihren Kopf zur Seite und beäugte neugierig das Spektakel, das sich so auf ihr auch noch nie ereignet hatte. Lorenz brummte: »Ja, schau du nur. Wenn du das deinen Pferdefreunden weitererzählst, gibt es bald Sauerbraten.«

Dann fühlte er, wie Gustav seinen Fuß vom Sattel löste, er vollends vom Pferd rutschte und in den überraschend starken Armen des weißen Zauberers einen sicheren Halt fand. Auch Bärbel war mittlerweile abgestiegen und zu Hilfe geeilt, und so fühlte Lorenz sich von sechs Händen aufgerichtet und auf die Füße gestellt. Die wackelten und fühlten sich an, als gehörten sie gar nicht zu seinem Körper, ebenso wie die Beine. Als er an sich herabsah, konnte er nicht anders, als lauthals loszulachen, obwohl ihm eigentlich nicht danach zumute war. Er hatte die Beine von Lucky Luke immer für eine maßlose comicartige Übertreibung gehalten. Doch nun sah er, was der breite Rücken von Betty Blue angerichtet hatte. Sein Körper saß auf zwei Krummsäbeln, die ein so deutliches O bildeten, dass sie ihn unmöglich tragen konnten. Als er dennoch versuchte, ein paar Schritte zu machen, sah er sich in seiner bösen Ahnung leider bestätigt. Doch als die Freunde ihm unter die Achseln griffen und ihn stützten, kam wieder etwas Leben in seine Glieder, und bald konnte er dann doch wieder selbstständig gehen. Dann machten sie sich zu Fuß, die Pferde am Zügel haltend, unter der Führung des Afrikaners auf den Weg zum Camp der Wild Bunch.

Dort herrschte reger Betrieb. Chisum begrüßte sie kurz, dann leitete er die anderen weiter an, die Arena für die erste Vorstellung in Schmidt zu präparieren. Die Freunde sattelten ihre Pferde ab und brachten sie in die provisorisch angelegte Koppel zu den anderen Tieren, die die Neuankömmlinge neugierig beschnoberten.

Calamity Jane grinste Lorenz an. »Da hat man sich aber wohl einen Scherz mit Ihnen erlaubt, oder?«

»Wie meinst du das, mein Kind?«, fragte Lorenz zurück.

»Nun ja, Sie sind kein geübter Reiter. Und da gibt es wohl kaum etwas Unpassenderes als so ein Kaltblut. Tolles Tier, aber viel zu groß und vor allem zu breit für Sie, nicht wahr? Ihr Gang verrät es.«

Lorenz versuchte ein Grinsen. »Hatte gehofft, dass man mir das nicht ansieht. Aber ich werde mir das merken, da gibt es wohl bald ein gehöriges Hühnchen zu rupfen.«

Calamity lachte. »Aber Sie haben das nicht von mir, okay?«

Old Babble kam auf die Gäste zu. »Ach da ist die Verstärkung ja da wollen wir doch mal sehen ob es erst einmal 'nen starken Kaffee gibt und Essenszeit ist ja auch bald ich bin gleich so weit.«

Zwei Stunden später saß Lorenz satt und zufrieden im Gras und beobachtete die letzten Vorbereitungen der Wild Bunch für die Vorstellung, die bald beginnen würde. Die Sonne wärmte seine schmerzenden Glieder, und er begann die Tortur des Rittes langsam zu vergessen. Allerdings nahm er sich vor, sich auf keinen Fall wieder in die Vorstellung hineinziehen zu lassen. Er beobachtete die Mitglieder der Truppe, versuchte, sich ein Bild von ihnen zu machen. Die Planwagen standen gut einsehbar am Rande der Wiese. Dort hätte er sich gerne näher umgesehen. Das musste jedoch warten, bis es Nacht sein und die Wild Bunch schlafen würde. Die Wagen verfügten über tiefe Böden, in denen sich so manches verstecken lassen konnte.

Deogratius Mbumba kam auf ihn zu und setzte sich neben ihn. »Es gilt, Dinge zu erfahren.«

Lorenz sah den Medizinmann überrascht an. »Was für Dinge?«

»Menschen sind getötet worden.«

»Ich weiß. Van der Kriek. Er kannte Chisum, nicht wahr? Hatte mit ihm zu tun.«

Deo schüttelte kaum merklich den Kopf. »Diese Menschen meine ich nicht. Ich war bei der alten Frau.«

»Welche alte Frau?«

»Die Frau, die du auch kennst. Sie wohnt am Rande dieses Ortes.«

»Die alte Döring? Was ist mit der?«

»Sie hat Dinge erlebt. Da ist ein Kind. Und ein toter Vater. Eine Blutnacht in vergangener Zeit.«

»Zauberer, du sprichst mal wieder in Rätseln. Was genau?«

»Die Art von Genauigkeit, die du suchst, kann ich dir nicht geben. Deshalb musst du dahin gehen, wo du Antworten findest auf die Fragen, die ich ahne.«

»Und was genau ahnst du? Entschuldigung, streiche das ›genau‹.«

Deogratius ließ wieder sein feines unergründliches Lächeln um seinen Mund spielen. »Der Mord, begangen vor langer Zeit, ist ungesühnt und hat weitere Untaten nach sich gezogen. Das Kind lebt noch, weiß aber nicht, dass es nicht das Kind seiner Eltern ist. Und da ist ein Sohn, dessen Vater beteiligt war in jener Nacht der alten Sünden.« Er überreichte Lorenz einen Zettel, auf dem ein Name und eine Adresse gekritzelt waren.

Lorenz schaute kurz darauf, dann fragte er: »Wer ist das?«

»Gehe hin und finde es heraus. Stelle die Fragen, die ich nicht formulieren kann. Frage diesen Mann nach seinem Vater. Er war Zöllner, damals in den Tagen nach dem großen Krieg. Du wirst etwas herausfinden, was mir verschlossen bleibt.«

29. Kapitel

Die Nacht senkte sich über die Eifel. Die Wild Bunch hatte sich am Lagerfeuer versammelt. Keiner fragte nach Buck Schichterich. Lorenz war ebenfalls abwesend, doch seine Freunde hatten es mit der Bemerkung abgetan, er habe noch etwas zu erledigen vergessen, was keinen Aufschub duldete.

John Chisum nahm die Gitarre zur Hand und stimmte ein Lied an.

»Ein Kämpfer und Streiter,
Ein kühner Reiter,
Ritt einstens durch Colorado.
Er ritt schon lang,
Sein Herz war krank,
Vor Sehnsucht nach El Dorado.

Über die Berge und Wüsten,
Weiter durch Flüsse und Auen,
Reite mein stolzer Reiter!
Reite nur immer weiter,
denn nur so kommst Du
einst nach El Dorado

Seine Kraft ließ nach,
Sein Arm ward schwach,
Auf dem Ritt durch Colorado.
Doch er gab nicht nach,
Es hielt ihn wach
Die Sehnsucht nach El Dorado.«

Chisum ließ den letzten Akkord sanft verklingen und legte dann die Gitarre beiseite. Benny versuchte in die Flammen zu starren, kehrte aber immer zu Sacajaweas Augen zurück, die ihn pausenlos fixierten. Der flackernde Schein des Feuers schimmerte in diesen dunklen Augen, auf ihrem langen schwarzen Haar. Er sah zu Bärbel hinüber, die seinen Blick bemerkte und Benny anlächelte. Und bevor er irgendetwas sagen oder tun konnte, stand Sacajawea auf und kam zu ihm herüber. Sie nahm ihn wortlos bei der Hand, zog ihn zu sich herauf und dann vom Lager weg. Er folgte ihr, traute sich nicht, etwas zu sagen oder sich noch einmal zu den anderen umzudrehen. Er spürte nicht den bohrenden Blick von Wild Bill in seinem Nacken, sondern nur ein Ziehen in der Magengegend, das sich angenehm in seinen ganzen Körper fortpflanzte und heißer war als die Flammen des Lagerfeuers. Als er mit Sacajawea in ihr Zelt trat, stand auch Wild Bill auf, nahm Calamity Jane ebenfalls an die Hand und ging mit ihr ins Dunkel. John Chisum grinste, entkorkte die Whiskeyflasche mit den Zähnen und goss ein paar Gläser halb voll. Dann legte er Holz nach und sah zu, wie die Flammen davon Besitz ergriffen.

30. Kapitel

Das Taxi hielt vor dem unscheinbaren Reihenhaus im Dürener Grüngürtel. Die Fassaden der Blücherstraße sahen alle gleich aus. Lorenz vergewisserte sich, dass er sich an der von Deogratius notierten Adresse befand, bezahlte und stieg aus. Er musste nervös erwartet worden sein, denn der Türöffner summte, kaum dass er geklingelt hatte.

»Sie sind Herr Bertold?«, fragte der Mann, der ihm im Flur entgegenkam.

»Ja«, antwortete Lorenz. »Herr Müller? Haben wir eben miteinander telefoniert?«

»Ja. Kommen Sie herein.«

Lorenz folgte dem Mann in die Wohnung, deren Tür gleich neben dem Hauseingang lag. Drinnen erwartete sie eine Frau, die Lorenz ebenso wie auch Herrn Müller auf etwa sechzig Jahre schätzte. Beide wirkten in ihrer dunkel und einfach eingerichteten Wohnung etwas verloren.

»Bitte, setzen Sie sich doch«, sagte die Frau. Lorenz folgte ihrer Einladung, obwohl er lieber stehen geblieben wäre. Ihr Mann kam gleich zur Sache, jedoch nicht ohne sich fahrig mit einer leicht zitternden Hand durch das dünne Haar zu streichen. »Sie wollten mit uns über meinen Vater reden? Diese alte Geschichte von damals?«

»Ja«, antwortete Lorenz und hoffte, dies würde reichen, um den Mann zu weiteren Ausführungen zu verleiten, denn er hatte keine Ahnung, um welche Geschichte es sich handelte.

»Ich dachte ...«, der Mann stockte und sah seine Frau an, bevor er weiterredete, »ich dachte, das wäre alles ein für alle Mal vergessen. Mein Vater hat Zeit seines Lebens schwer daran getragen, müssen Sie wissen.«

»Das kann ich mir vorstellen«, log Lorenz.

»Ja?«, fragte der Mann, als erhoffte er sich von dieser Floskel einen wie auch immer gearteten Trost. »Er hat beteuert, diesen Jungen nicht erschossen zu haben. Und er wurde ja auch nie deswegen belangt. Aber er stammte aus Vossenack, genau wie der junge Mann, der in jener unseligen Nacht ums Leben kam. Sie wissen ja, wie das damals war mit dem Kaffeeschmuggel in der Eifel. Mein Vater war beim Zoll, und der Schmuggel nahm überhand. Er hat niemals, nicht wie andere Kollegen, auf die armen Menschen geschossen, die seine Nachbarn und Freunde waren. Auch in dieser Nacht nicht. Er hat immer geschworen, nur einen Warnschuss abgegeben zu haben. Seine Kollegen, die dabei waren, haben das bestätigt. Aber der Junge war tot, direkt in den Kopf geschossen. Papa hat die Geschichte immer wieder und wieder erzählt. Wissen Sie, ich war ja damals noch gar nicht geboren. Aber für die Leute aus der Gegend war er ein Mörder, der einen Nachbarsjungen wegen ein paar Pfund Kaffee umgebracht hat. Die Kugel ist dem Jungen glatt durch den Schädel gegangen, wurde nie gefunden. Papa hat geschworen, dass das mit seiner Munition so nie passiert wäre, und es gab ja auch gar kein Verfahren gegen ihn. Dennoch hingen die Eifler ihm das an, und meine Eltern mussten wegziehen, hierher nach Düren.«

»Das ist traurig«, sagte Lorenz, der eifrig zu grübeln begann, warum der geheimnisvolle Zauberer ihn auf diese Geschichte angesetzt hatte.

»Warum interessieren Sie sich denn nun dafür? Haben Sie vielleicht Informationen für uns, was diesen Fall betrifft?«

»Das weiß ich noch nicht«, antwortete Lorenz. »Ich recherchiere über Todesfälle in der Schmuggelzeit. Viel Neues kann ich Ihnen da nicht erzählen, Ihr Vater war ja offensichtlich sehr mitteilsam. Wenn ich dazu etwas publiziere, verspreche ich Ihnen, Ihre Version zu diesem Fall zu veröffentlichen. Wissen Sie sonst noch etwas dazu? Wer genau war dieser junge Mann?«

»Das weiß ich nicht«, sagte Müller. »Tut mir leid.«

»Aber er hatte eine Braut«, fiel seine Frau ein. »Weißt du nicht mehr? Es hieß, er hätte ein Mädchen in Schmidt gehabt, die kurz vor der Niederkunft war. Er durfte sie aber nicht heiraten, weil die Eltern der Frau dagegen waren. Das hat Mama doch erzählt.«

»Ja, kann sein«, sagte Herr Müller, der dieser Information vermutlich nie viel Bedeutung beigemessen hatte. Er lächelte Lorenz unsicher an. »Frauen merken sich so etwas eher, oder?«

»Das ist ganz sicher so«, meinte Lorenz, der gedanklich nicht ganz bei den Müllers war, sondern vielmehr überlegte, ob diese Information von Bedeutung war. Deogratius hatte von einem Kind gesprochen. Und von der alten Döring. War sie etwa die Mutter dieses Kindes? Hatte sie ihren Bräutigam in jener Nacht verloren? Aber sie hatte doch gar keine Kinder.

»Wissen Sie, was aus dem Kind des erschossenen jungen Mannes geworden ist?«

Müller zuckte ratlos mit den Schultern. Seine Frau schien auch hier wieder etwas mehr zu wissen. »Meine Schwiegermutter hat damals erzählt, die Unglückliche habe ihr Kind tot zur Welt gebracht. Der Fluch jener Blutnacht hat auch ihr Kind umgebracht. So hat man in Schmidt erzählt.«

»Aha«, grübelte Lorenz. »Das macht die ganze Geschichte natürlich noch trauriger. Sie wissen nicht doch, wie der Junge hieß, der getötet wurde, oder seine Braut? Bitte, denken Sie noch einmal darüber nach. Das würde mir sehr helfen.«

»Nein«, sagte Frau Müller. »Sie kam aus Schmidt. Wir beide sind in Düren geboren, und zwar erst Jahre nach dieser Geschichte. Wir haben keine Verbindung mehr in die Eifel.«

»Nun gut«, schloss Lorenz und erhob sich aus dem Sessel. »Jedenfalls danke ich Ihnen sehr für dieses Gespräch. Und, wie gesagt, ich erwähne gerne, dass Ihr Vater zeitlebens unter dieser falschen Anschuldigung gelitten hat.«

»Danke sehr«, sagte Müller und reichte ihm die Hand. »Das bedeutet mir sehr viel. Verstehen Sie, diese Geschichte ist so etwas wie der schwarze Schatten meiner Kindheit.«

31. Kapitel

Die Sonne schickte sich an, über den Horizont zu steigen, und tauchte die Wolkenschleier in ein purpurnes Rot. Bärbel Müllenmeister genoss die Ruhe am frühen Morgen. Nebelschleier lagen kühl über den Wiesen, sie hörte kaum etwas anderes als das Zwitschern der Vögel und die Pferde, die nebenan Gras rupften. Bärbel stocherte in den glimmenden Resten des Lagerfeuers, legte ein paar Äste dazu und blies in die schwache Glut, bis kleine Flämmchen aufloderten und sich am frischen Holz nährten. Vorsichtig schichtete Bärbel nun weitere Scheite auf das neu entzündete Feuer, stellte das gusseiserne Dreibein, welches neben der Feuerstelle gelegen hatte, darüber und setzte einen Wasserkessel darauf. Im Gemeinschaftszelt der Wild Bunch hatte sie neben dem Kessel auch Tee gefunden, den sie nun bereiten wollte. Es dauerte nicht lange, bis das Wasser zu kochen begann und sie die Teebeutel in die Kanne geben konnte.

»Ich sehe schon, Sie finden sich zurecht.«

John Chisum war neben Bärbel getreten und tippte zum Morgengruß an seine Hutkrempe.

»Ja, vielen Dank. Sie sind gut organisiert in Ihrem Camp.«

»Gut.«

Chisum setzte sich neben sie auf den Boden. Beide lächelten sich an und schwiegen. Nach einiger Zeit nahm Bärbel die Teebeutel aus der Kanne und goss zwei Becher voll. Nun kam Bewegung in das Camp. Ein Zelt wurde geöffnet, und Benny kam heraus. Er kam mit verschlafenem Gesicht an die Feuerstelle. »Moin zusammen«, sagte er grinsend. Dann wandte er sich um, als er sah, dass auch Sacajawea aus ihrem Zelt trat. Sie kam jedoch nicht zu ihnen, sondern ging zu einem Planwagen, wo gerade Wild Bill den Kopf und seinen nackten Oberkörper herausstreckte. Sie kletterte in den Wagen, in dem die beiden dann verschwanden. Bennys Grinsen fror ein. Chisum bemerkte dies, stand auf und sagte: »Ich geh mich mal um die Pferde kümmern.«

Bärbel nahm eine der Teetassen und reichte sie Benny. »Hier, trink mal einen heißen Tee. Das wird dir guttun.«

Benny nahm die Tasse, trank aber nicht. »Was war das denn jetzt?«

Bärbel sah den jungen Pfleger an, zog es aber vor, darauf erst einmal nichts zu sagen. Es dauerte eine Weile, bis Benny weitersprach: »Die ist gerade zu dem Kerl reingegangen, oder?«

»So sieht es aus.«

»Und der war noch nicht angezogen.«

»Stimmt.«

»Das kann sie doch nicht machen!«

Bärbel ließ sich Zeit mit ihrer Entgegnung. Sie nahm eine Hand des Jungen in ihre und sagte: »Du meinst, weil sie gestern Abend mit dir zusammen war?«

»Klar, was sonst?«

»Hat sie dir versprochen, dies mit niemandem sonst zu tun?«

Benny sah Bärbel überrascht an. »Nein, natürlich nicht.«

»Weißt du wie alt diese – sagen wir mal – Indianerin ist?«

»Nein. Meinst du, weil sie älter ist als ich? Klar, einiges älter. Aber nicht … alt.«

Bärbel lachte hell auf. »Nein, sie ist nicht so alt, dass du dir nicht vorstellen kannst, mit ihr ins Bett zu gehen, verstehe schon. Aber Frauen in ihrem Alter sehen Sexualität und Partnerschaft oft etwas anders als die Mädels in deinem Alter. Weißt du, was ich meine?«

»Denke schon«, grummelte Benny.

»Und dennoch fühlt sich das jetzt sicherlich nicht schön an.«

»Nein.«

»Kann ich verstehen. Das tut mir leid. Aber du bist alt genug, um deine Erfahrungen auch in dieser Hinsicht zu machen.«

»Aber es war ...«, Benny stockte, »es war toll. Sie war so ... ich weiß nicht, wie ich es sagen soll. Ich hatte den Eindruck, sie mag mich.«

Bärbel lächelte. »Sie mag dich ganz bestimmt. Und ich wette, sie hat Dinge mit dir gemacht, die eine junge Frau deines Alters vielleicht eher so nicht macht, oder?«

Benny errötete leicht. »Stimmt. Woher weißt du? Ich meine ...«

Nun musste Bärbel wieder lachen. »Lass dir von einer alten Frau mal etwas über die Ambivalenz der körperlichen Liebe sagen. Dieselben Handlungen, die tiefste Zuneigung ausdrücken, können auch einfach nur Befriedigung des Sexualtriebs bedeuten, und jeder scheinbar oberflächliche Geschlechtsakt hat auch etwas von Kommunikation und Geliebtwerdenwollen. Und man lernt ganz viel über sich: Mit einem Dutzend Frauen Sex zu haben, kann dir mehr Erkenntnis über dein innerstes Selbst bringen als hundert Stunden auf der Couch eines Psychiaters.«

Benny machte große Augen und konnte darauf nichts erwidern.

Bärbel sah, dass er sich über ihre Worte sehr wunderte. »Ich weiß, dass du in mir nur eine nette Oma siehst, und das finde ich auch sehr gesund, aber ich habe ein Leben als junges Mädchen und geschlechtsreife aktive Frau hinter mir und habe das nicht etwa vergessen.«

Benny kratzte sich verlegen am Kopf. »Nee, klar. So hab ich das noch gar nicht gesehen. Aber stimmt schon. Jetzt hab ich so viele Sachen im Kopf, da kann ich mich kaum noch über Sacajawea ärgern. Eben dachte ich, ich falle tot um.«

»Das wäre eine übertriebene Reaktion«, lachte Bärbel. Dann wurde sie schnell wieder ernst. »Aber pass auf bei dieser Frau. Sie nimmt sich einfach, was sie will. Ich wette, sie verfolgt eiskalt und rücksichtslos nicht nur ihre sexuellen Obsessionen, glaub's mir.«

»Ich werde vorsichtig sein, liebe Bärbel«, sagte Benny. Dann grinste er und fügte hinzu: »Ab jetzt.«

32. Kapitel

Zur selben Zeit, als Benny den Rat der erfahrenen und weitaus älteren Freundin fand, versuchte Lorenz Ähnliches. Friederike Pottkämper saß im Garten der Seniorenresidenz und betrachtete den Sonnenaufgang, im Rollstuhl mit warmen Decken umhüllt. Sie spürte deutlich, dass die Zeit gekommen war, Abschied zu nehmen. Und sie tat das ohne Groll, ohne Reue. Sie war dankbar, an diesem Morgen keine Schmerzen zu haben und am Ende eines langen und befriedigenden Lebensweges zu stehen. Als Lorenz zu ihr trat, sah er in ihr eine uralte Frau, die am Ende ihrer Kräfte war, eingefallen und unendlich müde.

»Guten Morgen«, sagte er leise, so als könne er der alten Lehrerin mit seiner normalen Stimme etwas Böses antun.

»Den habe ich, lieber Lorenz«, erwiderte sie, »Auch dir einen wunderschönen guten Morgen.«

Er wunderte sich über den Klang ihrer Stimme, die zwar etwas brüchig und ohne Volumen war, aber dennoch entspannt und auf eine seltsame Art beinahe kraftvoll.

»Geht es Ihnen gut?«

»Lorenz, waren wir nicht beim Du angekommen?«

»Stimmt. Ich bessere mich. Also, geht es dir gut?«

Friederike Pottkämper lächelte. »Ja, das tut es. Und du? Du machst schon wieder dieses Fragezeichengesicht. Das hattest du als Junge schon. Lorenz Bertold will was wissen. Worum geht es?«

Lorenz musste grinsen. Offenbar waren seine Züge trotz des wuscheligen Vollbartes, der zwei Drittel seines Gesichts bedeckte, einfacher zu lesen, als er gedacht hatte.

»Ich frage mich, ob Sie … ob du etwas über eine Familie in Schmidt weißt. Es geht immer noch um den Kaffeeschmuggel in der Eifel, du erinnerst dich.«

»Natürlich.«

»Gut. Ein junger Mann aus Vossenack wurde in einer unseligen Schmuggelnacht erschossen. Es hieß, er habe eine Braut aus Schmidt, deren Eltern den Jungen nicht willkommen hießen, und diese junge Frau hatte kurz nach dem Unglücksfall eine Totgeburt. Kennst du diese Geschichte?«

Friederike Pottkämper blickte überrascht auf. »Du meinst die Dörings aus Schmidt?«

»Volltreffer.«

»Ja, das war eine traurige Geschichte. Der Junge, ich erinnere mich nicht mehr an seinen Namen, war ein armer Tropf aus – ich weiß nicht mehr, ein Nachbarort von Schmidt, vielleicht Kommerscheidt?«

»Vossenack.«

»Stimmt. Er kam aus Vossenack. Die Dörings wohnten in Schmidt, hatten Geld. Wohlhabende Bauern. Das Mädchen war hochschwanger, als der Junge bei einer Kaffeetour erschossen wurde. Sie brachte dann ihr Kind angeblich tot zur Welt.«

»Wieso angeblich?«

»Nun ja. Es war kein Frühchen. Das Kind starb bei der Geburt, aber es wurde nicht beerdigt. Verschwand spurlos. Es gab das Gerücht, ein Freund der Dörings, dessen Frau unfruchtbar war, habe das Kind mitgenommen nach Belgien.«

»Belgien?«

»Ja, Belgien. Dieses Ehepaar kam aus der Ecke Eupen-Malmedy. Irgendwie gab es Gerede unter den Frauen, aber nur unter der Hand. Ich war ja damals auch noch sehr jung und habe mich nicht allzu sehr darum gekümmert. Das unglückliche Mädchen wurde danach sehr sonderlich. Du kannst sie danach fragen, ich glaube, sie lebt immer noch in Schmidt.«

»Magdalena Döring?«

»Ja, ich glaube, so heißt sie.«

Lorenz drückte Friederike Pottkämper die Hand. »Meine Liebe, ich danke dir sehr. Zwar weiß ich noch nicht, was das alles zu bedeuten hat, aber ich kenne einen, der es bestimmt weiß. Zu dem muss ich jetzt gehen.«

»Immer noch so eilig?«, lächelte die alte Frau. »Ich wünsche dir Weisheit und Frieden. Mach es gut, lieber Lorenz.«

»Vielen Dank. Du auch.«

Lorenz drückte noch einmal die Hand der alten Lehrerin, dann eilte er davon. Er wusste in der Tat immer noch nicht, was diese alte Geschichte der Döring mit dem Mord an van der Kriek und der Wild Bunch zu tun hatte, aber er hatte das untrügliche Gefühl, dass er es eigentlich schon wissen könnte. Doch er hatte weder Lust noch Zeit, sich jetzt den eigenen Kopf zu zerbrechen. Er musste so schnell als möglich zur Wild Bunch zurückkehren. Er zückte sein Mobiltelefon und bestellte ein Taxi. Dann rief er Rita an. Es meldete sich jedoch nur ein Anrufbeantworter. Lorenz sprach ein paar hastige Sätze darauf und hoffte, dass sich seine Enkeltochter bald zurückmelden würde.

33. Kapitel

Da bist du ja endlich! Wo hast du nur so lange gesteckt?« Bärbel kam auf Lorenz zu, der gerade aus dem Taxi ausgestiegen war und jetzt auf das Camp der Wild Bunch zustiefelte. »Ich habe ermittelt. Wir müssen uns sofort besprechen. Lass uns die beiden holen und eine Runde spazieren gehen.«

»Nicht nötig, wir sind schon da«, meldete sich Gustav, der mit Benny dazukam.

»Na wunderbar«, brummte Lorenz. »Gehen wir eine Runde.«

Als sie außer Hörweite des Lagers waren, begann er zu erzählen: »Ich habe, angestiftet von Deogratius, mit ein paar Leuten gesprochen. Irgendwie hat der bleiche Schwarze den Sohn eines ehemaligen Zöllners ausfindig gemacht, der bezichtigt wurde, einen jungen Kaffeeschmuggler erschossen zu haben. Dieser war der Verlobte unserer alten Frau Döring, die damals hochschwanger war und nach dem Verlust ihres Geliebten eine Totgeburt hatte. Letzteres wurde jedoch gerüchteweise bezweifelt. Jedenfalls glaubt die Döring, damals ihren Geliebten und ihr Kind an den Sensenmann verloren zu haben.«

»Das ist ja schrecklich«, meinte Bärbel. »Das erklärt ihre Trauer und Einsamkeit. Aber was hat das mit der Cowboytruppe und dem Mord in Düren zu tun?«

»Das weiß ich nicht. Aber ich wette, Deogratius weiß das sehr genau, warum sonst hätte er mich auf diese Spur gebracht?«

»Sicherlich«, stimmte Gustav zu. »Dieser Zauberer ist nach Deutschland gekommen, um hier etwas zu regeln. Er weiß genau, was er tut. Wir sollten ihn umgehend befragen.«

»Richtig«, meinte Lorenz. »Dumm ist nur, dass du eher einen Pudding an die Wand nagelst, als von Deo konkrete Antworten zu erhalten.«

»Chisum ist doch ein guter Freund dieses Deo«, warf Benny ein. »Und der redet doch eher Klartext, oder? Fragen wir doch den.«

»Das ist es doch«, fiel Bärbel ein. »Es stimmt, die beiden sind alte Freunde. Deo ist bestimmt gekommen, um seinem Freund zu helfen, stimmt's?«

»Hm, ja, natürlich, das ist anzunehmen«, grübelte Lorenz. »Chisum wird eines Mordes verdächtigt, der aber erst begangen wurde, als Deo schon hier war.«

»Er ist doch ein Zauberer«, meinte Bärbel. »Er hat das vorhergesehen.«

Lorenz sah Bärbel mit großen Augen an. »Etwas allzu esoterisch gedacht, findest du nicht?«

»Kann doch sein?«

»Findet ihr es denn nicht komisch, dass die Polizei den Chisum nicht verhört, wenn er doch verdächtig ist?«, fragte Benny.

»Natürlich ist es das«, antwortete Lorenz. »Rita hat mir jedoch gesteckt, dass sie von höherer Stelle angewiesen wurde, den Cowboy in Ruhe zu lassen. Da sind noch ganz andere Ermittlungen in Gange, würde ich wetten.«

»Das trifft den Nagel auf den Kopf!«

Die Freunde zuckten zusammen und wandten ihre Köpfe in die Richtung, aus der die Stimme gekommen war. Sacajawea trat auf die Gruppe zu. Offenbar hatte sie sich unhörbar herangeschlichen und das Gespräch belauscht.

»Sieh an, die Indianerin«, brummte Lorenz.

Benny senkte den Kopf und wollte die Frau gar nicht ansehen. Sacajawea bemerkte dies, ein leises Lächeln spielte kurz um ihre Mundwinkel, dann sagte sie: »Es wird Zeit, dass ich mich vorstelle. Mein Name ist Kriminalhauptkommissarin Michaela Delzepich, ich arbeite für eine europäische Ermittlungsbehörde. Ihr seid viel zu nah dran, als dass ich euch noch weiter ahnungslos in der Sache herumstochern lassen könnte.«

»Aha«, meinte Lorenz trocken.

»Scheiße«, stieß Benny hervor.

Michaela Delzepich grinste. »Jean Ledoux alias John Chisum ist ein international gesuchter Schmuggler und mutmaßlicher mehrfacher Mörder. Wir sind seit Jahren an ihm dran, um an seine Kontakte heranzukommen und den ganzen Ring in Belgien, Holland, Afrika und Russland auffliegen zu lassen. Ich habe persönlich mehrere Jahre in diese Ermittlungen gesteckt, riskiere hier täglich mein Leben dabei. Also haltet die Füße still, singt ein Liedchen am Lagerfeuer und stellt keine weiteren Fragen. Vor allem nicht an diesen gefährlichen Afrikaner oder Ledoux. Sprecht am besten mit überhaupt niemandem. Ist das klar?«

Sie wartete keine Antwort ab, sondern verschwand so schnell und lautlos im Gebüsch, wie sie gekommen war. Zurück blieben vier recht verdatterte Freunde, die das eben Gehörte erst einmal verdauen mussten.

34. Kapitel

Im Camp der Wild Bunch herrschte geschäftiges, aber scheinbar friedliches Treiben. Lorenz sah Calamity Jane, wie sie die Pferde versorgte, Old Babble war mit der Zubereitung des Essens beschäftigt, unter Inanspruchnahme der einen oder anderen Handreichung von Old Wabble. Minnewakan und Chisum putzten Sättel und Zaumzeug. Wild Bill und Sacajawea waren nicht zu sehen, ebenso wie Deogratius Mbumba. Lorenz, der immer noch in der Kleidung Buck Schichterichs steckte, fragte sich, wo der Vertraute Chisums abgeblieben sein mochte. Ein Wagen rollte auf dem Feldweg heran, blieb stehen, und eine breitbeinig ausschreitende Frau kam auf das Lager zu.

Lorenz brummte: »Der alte Ermittler ahnte Böses. Diese Kollegin hatte ihm gerade noch gefehlt. Was konnte in dieser brisanten Situation schlimmer sein als ein Elefant im Porzellanladen?«

»Tach, Frau Kock!«, rief er der Dürener Kommissarin zu und tippte in Cowboymanier an seine Hutkrempe.

»Ja hammer denn schon wieder Karneval?«, antwortete Ella Kock und entblößte ihre kräftigen Zähne zu einem breiten Grinsen. »Als kleines Mädchen wollte ich auch immer als Cowboy gehen.«

»Ich dachte eher an Wickie«, entgegnete Lorenz und kam ihr entgegen. Als er nah genug bei ihr war, raunte er ihr zu: »Passen Sie auf. Hier im Lager wird undercover ermittelt. Und nicht nur von mir. Benehmen Sie sich.«

Ella antwortete leise: »Wer immer hier in meinem Mordfall ermittelt, kann mich am Arsch, nur damit Sie's wissen.« Laut fügte sie hinzu: »Wickie war ich auch, ist doch klar!«

»Dachte ich's mir doch. Aber noch mal meine Warnung. Poltern Sie nicht zu viel herum. Das passt jetzt gerade gar nicht. Hat Rita nichts gesagt?«

»Natürlich hat sie das. Und unsere Prinzessin Tausendschön hat den Schwanz eingezogen, genau wie ihr langer Labbes, der nur so aussieht, als wär er ein richtiger Kerl. Muss die kleine Ella wieder die Drecksarbeit machen, ist doch klar.«

Lorenz verdrehte die Augen, was die Kommissarin mit einem weiteren wölfischen Grinsen kommentierte. »Ihre Enkelin weiß, dass ich hier bin, und sie hat mich mit demselben Gesicht angeschaut wie Sie, Opa. Und sie hat mir aufgetragen, Ihnen auszurichten, Sie und Ihre Freunde sollen schnellstens Ihren Arsch von hier wegbewegen. Die Luft könnte bleihaltig werden. Und sie meinte, ich solle Ihnen das hier zeigen.«

Lorenz sah auf das Foto, welches sie aus der Tasche gezogen und ihm vor die Brille gehalten hatte. »Das sieht nach Ärger aus«, murmelte Lorenz, als er das Motiv lange genug betrachtet hatte.

»Rita meinte, Sie würden so was in der Art sagen. Und sie lässt ausrichten, sie könne Sie nicht erreichen.«

Lorenz zog sein Mobiltelefon hervor und sah mit einem Blick, als wäre er mit dieser Technik vollumfänglich vertraut, dass er keinen Empfang hatte. »Mist«, murmelte er. »Sackeifel.«

»Da sagen Sie was«, entgegnete Ella. »Ich weiß ja nicht, wie die Leute hier kommunizieren. Vermutlich jodeln. Wie auch immer, ich rede jetzt ein ernstes Wörtchen mit diesem John Chisum. Wenn der vier meiner Schäfchen abgeknallt hat, muss er dafür hängen.« Damit ließ sie Lorenz und die anderen stehen und ging auf Jean Ledoux zu, der angesichts des neuen Gastes aufgestanden war und ihr entgegenblickte.

»Sie nennen sich Chisum?«, fragte sie und zeigte ihren Dienstausweis.

»So nennt man mich hier, ja. Frau – Kock –, was kann ich für Sie tun?«

Ella steckte den Ausweis wieder ein. »Antworten auf Fragen wären nicht schlecht. Erste Frage: Haben Sie vor ein paar Tagen in Düren vier Menschen erschossen?«

»Nein.«

»Ach, nicht? Warum habe ich diese Antwort erwartet? Aber Sie kannten Wim van der Kriek?«

»Ja.«

»Woher?«

»Meine Eltern und er waren Geschäftspartner. Kunsthandel.«

»Schmuggel mit afrikanischen Artefakten, meinen Sie?«

»Kunsthandel, meinte ich.« Chisum grinste Ella an. »Das war's?«

»Mitnichten. Warum, glauben Sie, wurde einer der Kerle während der Mordtat mit Ihrem Namen angesprochen?«

»Das kann ich Ihnen nicht sagen. Ich war nicht dabei.«

»Aber es gibt nicht so viele Leute, die hierzulande in Cowboyklamotten herumlaufen, oder?«

»Schade eigentlich.«

»Okay«, knurrte Ella. »Ich habe hier ein Foto, kürzlich geschossen von einem meiner Kollegen in Köln. Erkennen Sie jemanden darauf?«

Sie zog das Foto hervor, das Paul ihr gegeben hatte, auf dem ein Mann in Jeans und Hut mit Kastriot Visar Kreshnik und Ludmilla Alejnikova zu sehen war. Chisum betrachtete das Foto und erbleichte. Ella betrachtete seine Reaktion mit Genugtuung. »Na, endlich bekennen Sie Farbe – auch wenn selbige Ihnen gerade aus dem Gesicht entwichen ist.«

In diesem Moment traten Sacajawea und Wild Bill Hickok auf den Platz. Ella erkannte den Mann sofort. »Also, den einen Kerl kennen Sie bestimmt. Da haben wir ihn. Wer sind die beiden anderen?«

»Hören Sie«, flüsterte Chisum. »Stecken Sie das Bild um Himmels willen schnell weg, ich bitte Sie.«

Ella spürte instinktiv, dass es besser war, diesem Hinweis zu folgen. Das Bild verschwand in ihrer Tasche. Sie traute diesem Chisum nicht von einer Stiefelspitze zur anderen, aber etwas in seiner Stimme hatte ihr gesagt, dass er in diesem Punkt nicht log.

»Kennen Sie also die anderen Personen auf dem Bild?«, fragte sie leise.

»Aufpassen, ich sag das nur einmal«, flüsterte Chisum zurück. »Diese Frau ist eine Patin der Russenmafia. Den anderen Kerl kenne ich nicht. Ich bin kein Mörder, fragen Sie bei der Zollfahndung oder Interpol nach. Und mehr sage ich Ihnen dazu jetzt bestimmt nicht.«

»Wie Sie wollen«, antwortete Ella so laut, dass die näher kommenden Wild Bill und Sacajawea es hören konnten. »Ich werde das überprüfen. Meines Erachtens haben Sie keine Erlaubnis für dieses Camp hier. Ich komme wieder!«

»Tun Sie das«, antwortete Chisum ebenso laut.

Ella warf Wild Bill noch einen prüfenden Blick zu und ging zu ihrem Auto. Lorenz raunte sie im Vorbeigehen zu: »Verpisst euch hier, aber pronto.« Als sie eingestiegen war, der Wagen mit Vollgas gewendet wurde und in einer Staubwolke verschwand, trat Wild Bill zu Chisum, der Polizistin nachblickend. »Gibt's Ärger?«

»Wohl kaum«, antwortete Chisum und sah Bill tief in die Augen. »Nicht von dieser Frau.«

35. Kapitel

Stundenlang hatte eine seltsame Stimmung über dem Camp gelegen. Die Spannung war greifbar. Wild Bill blickte immer wieder zu Chisum hinüber, suchte aber kein Gespräch. Sacajawea sprach auffällig freundlich mit Calamity Jane über Belangloses, Minnewakan trank alleine eine Flasche Whiskey aus, und die Freunde ließen sich von Old Babble Geschichten über die Wild Bunch erzählen. Es dämmerte bereits, als Deogratius Mbumba auftauchte. Er sprach kurz mit Wild Bill, danach mit Chisum und kam dann zu Lorenz herüber.

»Was hat Babu Bertold zu berichten?«, fragte er ohne Umschweife. Offenbar hatte selbst der Zauberer sich von der allgemeinen Unruhe anstecken lassen. Vielleicht, so dachte Lorenz, war es auch an der Zeit, schnellstens etwas zu unternehmen.

Deo nahm ihn bei der Hand und zog ihn mit sich fort. Als sie außer Hörweite der anderen waren, fragte der Medizinmann weiter: »Hast du die Geschichte erfahren?«

Lorenz fragte zurück: »Welche Geschichte meinst du? Die von dem Zöllner, der beschuldigt wurde, den jungen Mann erschossen zu haben? Den Verlobten der alten Döring, die immer noch ihrem Kind nachtrauert?«

Deogratius lächelte. »Ich verstehe. Du warst dort.«

»Ja. Aber warum bist du nicht selbst dorthin gegangen? Du wusstest doch, was ich dort erfahren würde, oder etwa nicht?«

»Mir hätten diese Menschen nichts erzählt. Es war gut, dass Babu Bertold dort war. Lebt das Kind der alten Frau noch?«

»Das weiß ich nicht. Es gibt Gerüchte, dass das Kind gar nicht tot geboren worden sein soll, sondern weggegeben wurde.«

»Und wohin? Nach Belgien?«

Lorenz grübelte kurz nach. »Stimmt, ich glaube, so hieß es.«

»Dann ist es also wahr, was mir die Geister im Traum gesagt haben.« Deogratius strahlte.

»Was hat das aber mit dem Mord und der Wild Bunch zu tun?«

»Nichts«, antwortete Deo. »Und alles.« Er machte kehrt und ging zum Lager zurück. Dort trat er zu Chisum. »Sattel dein Pferd. Wir reiten fort.«

Bärbel stupste Lorenz an. »Was geschieht hier? Was haben die jetzt vor?«

Lorenz antwortete: »Ich vermute, der weiße Zauberer gibt der alten Döring ihr Kind zurück. Aber was hier gerade geschieht, weiß ich nicht so genau. Hab da ein ganz dummes Gefühl zwischen Zwerchfell und Nabel. Ich wünschte, Rita und Paul wären hier.«

36. Kapitel

Benny saß im Dunkeln hinter seinem Zelt. Er wollte niemanden sehen, fühlte sich einsam und verloren. Was machte er mit den verrückten Alten in einem Wildwest-Camp voller verrückter Cowboys und Indianer? Vor allem Indianerinnen? Warum hatte diese Undercover-Agentin mit ihm geschlafen? Und warum tat sie das auch mit Wild Bill Hickok? Nur aus dienstlichen Gründen wäre das wohl eher nicht nötig gewesen. Lebte sie hier einen kranken Traum aus? Und warum fühlte er sich zu ihr hingezogen, obwohl ihm das alles schräg und irgendwie nicht richtig vorkam?

Eben hatte Lorenz noch in der Runde der Freunde gesagt, es käme jetzt ganz besonders darauf an, mit niemandem in der Wild Bunch zu sprechen, auch mit der Polizistin nicht. Auch das kam Benny falsch vor. Wer waren sie denn, hier in einer gefährlichen Bande zu ermitteln und so zu tun, als wären sie schlauer als die Kriminalpolizei und Interpol? Das waren definitiv zu viele Fragen, auf die er Antworten suchte und nicht finden konnte.

Er stand auf und schlich sich, genau darauf achtend, von niemandem gesehen zu werden, zu Sacajaweas Zelt. Benny steckte seinen Kopf durch die Öffnung und wollte »pssst«, sagen, doch dieser Laut blieb an seinen Lippen hängen, als er in die Mündung einer Pistole sah. Sacajawea sah, auf wen sie zielte, und ließ lächelnd den Lauf sinken. »Sieh an, der Welpe«, sagte sie leise und winkte ihn herein.

Benny zuckte innerlich zusammen, sagte aber nichts zu dieser Begrüßung und schob sich ins Zeltinnere. Dann schloss er leise den Reißverschluss des Eingangs. »Ich muss mit dir reden«, flüsterte er heiser.

»Lass purzeln, Honey.«

Er sammelte sich einige Sekunden, versuchte sich so bequem wie möglich hinzuhocken, und sagte: »Was hast du jetzt vor? Willst du die ganze Bande festnehmen?«

Um den Mund der Frau spielte ein feines Lächeln, als sie den Kopf schüttelte. »Wo denkst du hin? Diese Bande ist ein Zweig eines riesigen Baumes, den es zu fällen gilt. Chisum wird dann mitfallen, das ist klar. Aber wir sind noch nicht so weit.«

»Weißt du, dass Wild Bill mit der Russenmafia Kontakt hat?«

Wieder dieses Lächeln, diesmal verbunden mit einem Zucken der Augenbrauen. »Natürlich weiß ich das. Bin aber ehrlich schon ein bisschen überrascht, dass du es weißt. Dieser Opa Bertold kramt eine Menge heraus, nicht wahr?«

»Schon«, antwortete Benny. »Das weiß er aber auch nur von dieser Ella Kock, die heute hier war und den Chisum befragt hat.«

»Und der weiß das auch?«

»Was jetzt?«

»Na, das mit Wild Bill und den Russen.«

Benny zuckte mit den Achseln. »Na klar, was denn sonst? ER weiß es doch sowieso, dafür muss doch keine Polizistin mit ihm sprechen.«

»Sicher«, meinte Sacajawea. »Ich meine nur, hat sie ihn direkt darauf angesprochen?«

»Das weiß ich nicht.« Benny war verwirrt. »Ich nehme es an.«

»Gut.« Sacajawea stand auf. »Jetzt pass mal sehr gut auf. Du bleibst hier in meinem Zelt und rührst dich nicht vom Fleck. Ich komme gleich wieder, und dann sprechen wir weiter. Muss nur schnell etwas überprüfen. Okay? Und dann haben wir ja noch ein paar Stündchen Zeit, du weißt schon.«

»Okay«, sagte Benny und sah der Frau nach, wie sie das Zelt verließ und den Reißverschluss hinter sich wieder zuzog. Benny seufzte, legte sich auf den Rücken und schloss die Augen.

»Kommissar Wollbrand hatte ein untrügliches Gespür dafür, wann es Zeit war, einer Sache endgültig auf den Grund zu gehen.«

Lorenz zog einen dunklen Pullover über den Kopf. Seinen im Mondlicht silbrig leuchtenden Vollbart deckte er mit einem schwarzen Baumwolltuch aus dem Fundus des verschwundenen Buck Schichterich ab, ebenso sein Haupthaar. Er hatte nicht vor, seinen Freunden zu sagen, was er im Schilde führte. Vor allem Bärbel hätte sicherlich versucht, es ihm auszureden.

»Der alte Ermittler war bereit, sich wie eine Katze durch das Dunkel des Verbrechens zu bewegen und ans Licht zu bringen, was die Wild Bunch so sehr zu verbergen suchte.«

Mit diesen Worten glitt er aus dem Wagen. Zumindest wollte ihm dies so vorkommen. Den Abstieg von der Deichsel des Planwagens meisterte er geräuschlos. Niemand war zu sehen. Er hörte die Stimme von Old Babble, die ihren Mann in den Schlaf schnatterte. Das Ziel des heimlichen Schleichers war der Planwagen Chisums. Dort hoffte er, belastendes und erhellendes Material zu finden. Da sich im Wagen niemand befand, weil Chisum mit Deo unterwegs war, schien dies der geeignete Zeitpunkt für eine solche Aktion zu sein. Lorenz nutzte jede sich bietende Deckung aus und gelangte ungesehen dort an. Zunächst galt es, das Innere des Wagens zu inspizieren. Er schwang sich auf den Bock und drang in das Domizil des Bandenchefs ein. Mit der Taschenlampenfunktion seines Mobiltelefons leuchtete er den engen Raum aus. Möbel gab es so gut wie keine, in denen etwas hätte versteckt sein können. Dann suchte er den Boden nach Spuren von Fächern darunter ab. Ebenfalls Fehlanzeige. Vielleicht gab es unter dem Wagen eine Klappe zu einem Staufach? Lorenz kletterte wieder aus dem Wagen und krabbelte darunter. Mittlerweile war es so dunkel, dass er sicher sein konnte, nicht gesehen zu werden. Allerdings würde das Licht seines Handys bestimmt auffallen. Deshalb wagte er es nicht, sich dieser Hilfe zu bedienen, und suchte stattdessen den Boden mit seinen Fingerkuppen nach Fugen oder Griffen ab, die auf eine Tür deuten würden.

Ein Geräusch ließ ihn aufschrecken und innehalten. Jemand schwang sich auf den Wagen, sehr leise, auch für Lorenz nur hörbar, weil er direkt darunter lag und kaum zu atmen wagte. Dann vernahm er über sich das Knarren des Holzbodens. Dann Stille. Er lauschte angestrengt, hörte aber nichts als ein Rauschen in seinen Ohren. Er hoffte, dass es sich legen würde, stattdessen baute sich ein Druck auf, als säße er in einem Flugzeug. Lorenz versuchte ein Gähnen, riss seinen Mund so weit als möglich auf, doch vergeblich. Er lag nun im Dunkeln, so gut wie taub, und fragte sich, was da über ihm vor sich ging. War Chisum zurückgekehrt? Oder nutzte ein anderer dessen Abwesenheit ebenfalls aus? Nun meldeten sich auch der Rücken und das linke Bein. Vielleicht half es, wenn er sich herumdrehte. Das wollte er gerade tun, da wurde er von hinten gepackt und mehr als unsanft zu Boden gedrückt. Eine Hand presste sich auf seinen Mund, eine andere versuchte ihn am Hals zu würgen. Er fuchtelte wild herum, versuchte den Angreifer zu packen, bekam ihn aber nicht zu fassen, hatte dann doch etwas in der Hand, was sich weich und rund anfühlte. Er griff so kräftig wie möglich zu, was seinem Gegner kurz und heftig die Luft aus den Lungen entweichen ließ. Dann fühlte er sich mit übermächtiger Kraft an den Handgelenken gepackt, etwas Metallenes schnappte zu, Lorenz spürte, dass er mit Handschellen gefesselt wurde, dann wieder ein fester Druck auf seinem Mund.

»Liegen bleiben und Fresse halten!«, zischte es nah an seinem Ohr. Er versuchte zu nicken. Eine Hand tatschte in seinem Gesicht herum, zog das Tuch von seinem Gesicht, kraulte seinen Bart. Dann wieder die Stimme, die ihm irgendwie bekannt vorkam, jedoch durch das Flüstern nicht identifizierbar war. »Wenn das nicht der verrückte Opa ist.«

Wieder antwortete er mit einem Nicken. Dann gab sich sein Gegner zu erkennen: »Ella Kock. Was machen Sie hier unter dem Wagen?«

Lorenz wollte antworten, wurde aber durch die Hand der Kommissarin, die immer noch auf seinen Mund gepresst war, daran gehindert. Er wusste sich nicht anders zu helfen, als seine Zunge durch die Lippen zu pressen und Ella damit die Handfläche zu lecken. Die gab seinen Mund daraufhin reflexartig frei. »Bäh!«, kommentierte sie seine Aktion.

»Herrgott, und was machen Sie hier?«, flüsterte Lorenz nun zurück.

»Zuerst einmal sage ich Ihnen: Wenn Sie mir noch mal so derbe an meine Titten gehen, ist es zappenduster, Opa!«

»Ich wusste nicht, woran ich gehe«, versetzte Lorenz. »Immerhin haben Sie mich angegriffen. Und ich habe mich gewehrt so gut es ging, und es ist dunkel und verdammt eng hier.«

»Ist ja auch kein Platz für alte Männer«, meinte Ella. »Und jetzt noch mal: Was machen Sie hier?«

»Ich suche nach Schmuggelware, Diebesgut, heißem Zeug.«

»Das sollten Sie besser mal mir überlassen, Opa!«

»Da ich ja jetzt gefesselt bin, wird mir wohl nichts anderes übrig bleiben.«

»Was suchen Sie denn nun hier unten auf dem Boden?«

»Dachte, hier gäbe es vielleicht einen versteckten Boden im Wagen, wäre doch perfekt.«

»Stimmt, das dachte ich auch.«

»Dann wollen wir doch mal danach suchen, oder?«

»Genau. Aber das mach ich. Sie bleiben schön liegen und genießen meine Handschellen.«

»Na ja.«

»Genau.«

Lorenz erwartete nun, dass Ella Kock die Fesseln lösen würde. Doch stattdessen begann sie tatsächlich alleine, den Wagenboden abzusuchen.

»Hey!«

»Still. Ich muss mich konzentrieren. Warte mal, ich glaub, da ist was.«

Die Kommissarin fummelte an etwas herum. Dann knirschte es im Holz, ein Quietschen, offenbar hatte sie tatsächlich eine Tür gefunden. Im nächsten Moment schlug eine Klappe herunter, und mit lautem Getöse purzelten diverse Gegenstände auf sie herunter. Lorenz spürte etwas Haariges auf seinem Gesicht, dachte spontan an einen Schrumpfkopf, bekam eine Gänsehaut und hätte dennoch fast lachen müssen, weil Ella leise unterdrückte Flüche ausstieß, völlig unnötigerweise darauf achtend, ihre Stimme dabei nicht zu sehr zu erheben, denn der Krach, den sie gerade verursacht hatte, musste von jedem im Lager gehört worden sein. Und so war es auch nicht weiter verwunderlich, dass sie im nächsten Moment von Taschenlampen angestrahlt wurden. Eine barsche Stimme, in der Lorenz Wild Bill Hickok erkannte, herrschte sie an: »Kommt da raus, ihr Ratten, aber schnell!«

Dieser Befehl wurde unterstrichen von den matt schimmernden Läufen zweier Revolver, die auf Ella und Lorenz gerichtet waren.

»Verdammte Scheiße«, kommentierte Ella und kroch unter dem Planwagen hervor. Lorenz wollte es ihr gleichtun, konnte sich aber wegen der Handschellen nur langsam und unbeholfen bewegen. Er wurde gepackt und mit roher Gewalt über den Boden geschleift, dann in die Höhe gezogen, bis er etwas wackelig auf den Beinen stand.

»Hab' ich's mir doch gedacht!«, fuhr Wild Bill ihn an. »Dafür werdet ihr baumeln, neugieriges Pack!«

Neben Wild Bill Hickok baute sich eine kleine, sehnige Gestalt auf und sprach Lorenz an, wobei sie jedes seiner Worte mit wilden Bewegungen eines riesigen Messers begleitete: »Und ich werde dir zeigen, wie es sich anfühlt, wenn der stolze Adler wieder und wieder auf dich herabstößt! Ich mache Gewalt mit dir, ich tu dir Schmerzen an, die es gar nicht geben tut!«

Lorenz sah den hektisch fuchtelnden Albaner mit großen Augen an und entgegnete: »Kastriot, du kranke Seele. Wenn du das Letzte sein solltest, was meine alten Augen in diesem Dasein erblicken dürfen, habe ich wirklich ein Hühnchen mit unserem Schöpfer zu rupfen.«

Der Medizinmann saß vor dem Haus und sah in den Himmel. Lauschte auf die Stimmen der Ahnen und darauf, wie sein Geist antwortete. Er spürte, wie alles mit allem zusammenhing, fühlte die Seele einer Mutter, wie sie mit der ihres Kindes verschmolz, sich glücklich auflöste im großen Ganzen. Deogratius Mbumba war zufrieden mit sich und der Welt. Er lenkte seine Aufmerksamkeit in das Innere des Hauses, wo Magdalena Döring in den Armen ihres tot geglaubten Sohnes lag. Nun wusste John Chisum alias Jean Ledoux, dass er als Michael Döring geboren worden war. Deo spürte die große Verwirrung beider Herzen, aber auch dass es gut war. Und in diese Welle großer Glücksgefühle mischte sich plötzlich eine Störung. Etwas, das er nicht vorhergesehen hatte, zumindest nicht für diesen Zeitpunkt. Der Zauberer stand auf und ging ins Haus. Dort legte er Chisum eine Hand auf die Schulter. »Es ist etwas geschehen.«

»Was?« Chisum war mit seinen Gedanken und Gefühlen noch ganz bei seiner Mutter und hatte nicht aufgenommen, was der Zauberer gesagt hatte.

»Es ist etwas geschehen«, wiederholte Deogratius mit Nachdruck. »Wir müssen ins Lager. Jetzt. Sofort!«

»Zauberer«, sagte Magdalena Döring. »Du hast mir mein Kind zurückgegeben. Nimm es mir jetzt nicht wieder weg. Bitte!«

Trotz der Eile, die Deo geboten schien, nahm er sich die Zeit für ein warmes Lächeln. »Niemand kann dir deinen Sohn jemals wieder wegnehmen. Sei ohne Angst.« Mit diesen Worten zog er Chisum mit sich fort. Der küsste seiner Mutter noch einmal die heiße Stirn, dann folgte er dem Medizinmann nach draußen, wo die beiden Pferde geduldig gewartet hatten.

37. Kapitel

Der alte Ermittler wollte ja eigentlich nie mehr auf diesem unmöglichen Riesentier sitzen. Nun aber war er froh, dass sich Betty Blue noch unter ihm befand.«

Lorenz murmelte diese Worte leise vor sich hin, während der Strick um seinen Hals fester gezogen wurde. Sein Kopf steckte in der Schlinge, das Seil führte bis zu einem starken Ast, an der anderen Seite wieder herunter bis zum Sattelhorn Betty Blues. Lorenz betete, dass das Pferd es sich vorerst nicht einfallen lassen würde, sich davonzumachen. Andererseits musste er damit rechnen, wenn Sacajawea, die hinter dem Tier stand, ihm einen tüchtigen Klaps auf den voluminösen Hintern geben würde. Die Handschellen hinter seinem Rücken hatte Wild Bill sehr eng gezurrt, bis auf den letzten Zahn. Das harte Metall schnitt arg in seine fleischigen Handgelenke und schmerzte gehörig. Doch das war jetzt eher nicht das größte Problem des Alten. Bärbel, Benny und Gustav saßen zu seinen Füßen, alle eng aneinandergefesselt. Daneben saßen, ebenfalls gefesselt, Calamity Jane, Old Wabble und Old Babble, denen Bill und Sacajawea offenbar nicht trauten.

Benny sah die Indianerin traurig an. »Warum machst du das?«, fragte er mit etwas weinerlicher Stimme. Sie lachte ihn frech an: »Kleiner, du glaubst einer Frau, die dir ein paar schöne Stunden bereitet, wohl alles? Ich eine Polizistin? Bist du denn blöde?«

»Offenbar«, antwortete Benny niedergeschlagen.

»Lass nur, mein Junge«, versuchte Gustav ihn zu trösten. »Damit kommen die beiden nicht durch. Wetten, die Kavallerie trifft gleich ein? Dieses Spiel wird bald beendet sein.«

Wild Bill lachte laut auf. »Da hast du recht, alter Knabe. Aber es wird nicht gut ausgehen für euch. Was musstet ihr euch auch einmischen?«

»Lasst die Leute gehen«, sagte Ella Kock, die neben Lorenz in ähnlicher Position auf General Custer saß. »Das bringt doch nichts!«

»Das werden wir sehen!«, rief Kastriot Visar Kreshnik, der die Kriminalbeamtin gefesselt und ihren Kopf in die Schlinge gesteckt hatte. »Legt euch nicht mit dem Skipetaren ein!«

»An!«, rief Lorenz. »Du Trottel, es heißt, legt euch nicht mit mir an!«

»Schluss jetzt! Einfach mal die Fresse halten!«, herrschte Wild Bill Hickok ihn an. »Sonst lasse ich die Gäule sofort loslaufen!«

»Oooch«, meinte Lorenz. »Das wäre auch kein Genickbruch.«

»Was?«

»Na ja, ich meine, ich bin ziemlich hartnäckig, keiner der herumschlingert. Und außerdem, ich glaube, ihr seid nicht meine Kragenweite.«

»Opa, du gehst uns echt auf die Nerven, weißt du das?«, meinte Sacajawea nervös.

»Du bist mir ja auch so ein Wendehals«, entgegnete Lorenz. »Erst eine ehrliche Rothaut, dann Polizistin, jetzt Bösewichtin. Bei dir könnte ich glatt 'nen Hals kriegen, nicht wie unser süßer Benny, der sich gleich Hals über Kopf verliebt. Wenn ich daran denke, schnürt es mir glatt die Kehle ab.«

»Okay, das reicht!«, befahl Wild Bill. »Maul halten!«

»Ist ja schon gut«, meinte Lorenz. »Entschuldigung, ich bin halt ein Schlingel. Aber ich sehe ein, so ziehe ich meinen Kopf nicht aus der Schlinge. Wäre euch nicht einmal böse, wenn ihr über mein Gerede 'ne Krawatte bekommt.«

Ella Kock konnte nicht mehr an sich halten und lachte laut los. »Super, Opa Bertold! Wenn ich gleich hier sterbe, werde ich wenigstens gute Laune dabei haben. Das nenne ich Galgenhumor!«

Minnewakan trank einen Schluck aus der Whiskeyflasche und meinte: »Ihr seid mir ja wirklich echte Galgenvögel. Hoffe, Chisum taucht bald auf, sonst jage ich die Gäule sofort los.«

»Damit würde ich noch ein Weilchen warten!« Chisum lenkte sein Pferd in ruhigem Schritt in die Mitte des Platzes und brachte es zum Stehen. Deogratius Mbumba hielt sich hinter ihm.

»Da bist du ja endlich«, rief Wild Bill ihm zu. »Heute wird abgerechnet!«

»Django zahlt heute nicht«, entgegnete Chisum mit ernster Miene. »Ich habe dir nie vertraut. Aber dass du ein paar unschuldige Leute umbringst, um mich auszuschalten? Glaubst du, du könntest meine Geschäfte weiterführen? Du warst ein ganz brauchbarer Helfer, aber die Kopfarbeit solltest du anderen überlassen. Du kannst nicht mal bis drei zählen.«

Wild Bill richtete seinen Colt auf Chisum. »Ich kann sogar bis sechs zählen – aber nur mit dieser kleinen Rechenmaschine.«

»Gut zitiert«, meinte Chisum. »Aber treibe es nicht zu weit. Gib auf, rate ich dir, und verpiss dich zu deinen Russenfreunden.«

Wild Bill lachte heiser auf. »Das kannst du vergessen. Wir geben dir eine faire Verhandlung und dann einen guten Strick um den Hals!«

»Fair? Dieses Wort kennst du nicht.«

»Das haben deine Eltern auch gesagt, bevor ich ihnen das Licht ausgeblasen habe.«

In John Chisums Gesicht zuckte es kurz. »Das warst auch du? Ich hätte es wissen sollen. Damals war da nur ein

Mensch, der dir ein Alibi gab, und das war Sacajawea. Mein Fehler. Diese sinnlose Niedertracht hätte ich einer schönen Frau dann doch nicht zugetraut.«

»Das ist dein größter Fehler«, meinte Sacajawea. »Du traust uns allen nicht allzu viel zu. Wir wollen die große Kohle, nicht den Kleinscheiß, den du uns zugestehst.«

»Das ist der Unterschied«, entgegnete Chisum. »Mir gefällt unser Lebensstil. Für euch war unsere Wild Bunch nur Tarnung. Seit dem Tod meiner Eltern wollte ich ihre Mörder dingfest machen und mit dem Schmuggel nichts mehr zu tun haben. Deshalb habe ich mit Interpol zusammengearbeitet, um dem Spuk ein Ende zu bereiten. Zu viel Gier, zu viele Leichen. Ihr seid verloren, wenn ihr euch an die Russenmafia verkauft.«

»Scheiße!«, rief Wild Bill aus. »Du arbeitest für die Bullen? Ich wollte dich als Konkurrent ausschalten, aber nicht als Spitzel!«

»Wir spielen nicht in der gleichen Liga. Ich sage es dir noch mal: Verpiss dich oder wir bringen es hier zu Ende.«

»So soll es sein«, sagte Wild Bill. »Steig vom Pferd, und wir regeln das wie in den guten alten Zeiten!«

»So soll es sein«, sagte Chisum und stieg ab. »Aber vorher lässt du die unschuldigen Leute frei. Die haben nichts damit zu tun.«

»Das finde ich eine sehr gute Idee«, stimmte Lorenz zu.

»Nichts da«, sagte Wild Bill. »Wenn du hier eine krumme Sache abziehen willst, treibt Sacajawea die Gäule an, und die zwei baumeln.«

»Meinetwegen«, sagte Chisum und nahm breitbeinig Stellung. »Steck deinen Revolver weg. Minnewakan soll seine Flasche in die Luft werfen. Sobald sie den Boden berührt, ziehen wir.«

»Einverstanden.«

Wild Bill gab Minnewakan Schmitz einen Wink. Der meinte: »Ist gut, aber wartet, da ist noch zu viel drin.« Er setzte die Flasche an und nahm noch ein paar große Schlucke. »So, der Rest ist für euch. Oder besser gesagt, für einen von euch.«

»Dir hätte ich auch etwas mehr Verstand zugetraut«, sagte Chisum zu Minnewakan. »Aber den hast du dir ja wohl vollständig weggesoffen.«

»Aber bald kann ich das mit deinem teuren Whiskey machen«, entgegnete der und schickte sich an, die Flasche hochzuwerfen. »Seid ihr bereit?«

»Immer.«

Es entstand eine tödliche Stille auf dem Platz. Lorenz spürte, wie Betty Blue sich unter ihm bewegte. Das Scheuern der Schlinge am Hals ließ ihn frösteln. Leise murmelte er: »Der in Ehren ergraute Ermittler hätte sich nicht träumen lassen, einmal zu hoffen, auf einem Pferd sitzen bleiben zu dürfen. Er hoffte nur, dass Betty Blue sich nicht von Schussgeräuschen erschrecken ließ.«

Dann holte Minnewakan aus und warf die Flasche in einem steilen Bogen in die Höhe. Alle verfolgten die Flugbahn der Flasche mit angehaltenem Atem. Sie erreichte den höchsten Punkt ihrer Flugbahn, senkte sich wieder. Die Hände der beiden Schützen schwebten wie Geierkrallen über ihren Colts. Noch einen kurzen Moment, dann würde die Flasche den Boden berühren. In diesem Moment peitschte ein Schuss auf, und die Flasche zerbarst in tausend Splitter. Alle zuckten zusammen. Chisum und Wild Bill zogen gleichzeitig ihre Waffen, doch eine Stimme ließ sie innehalten. »Stopp! Waffen weg! Polizei!«

Rita Bertold trat hinter einem Planwagen hervor und richtete ihre P99 auf Wild Bills Kopf. Neben ihr zielte Paul auf Sacajawea.

»Rita, mein Goldschatz!«, rief Lorenz aus. Er wollte noch etwas sagen, aber Betty Blue machte einen Satz nach vorne, er verlor den Kontakt zum Sattel und wurde nach oben gerissen. Er spürte, wie seine Beine in der Luft zuckten, dachte noch, wie ärgerlich es war, dass er nicht weiterbeobachten konnte, wie die Sache ausging, dann verlor er das Bewusstsein.

Er sah nicht, wie Deogratius in vollem Galopp auf ihn zugesprengt kam, auch nicht, wie Kastriot Visar Kreshnik sein Messer zog und auf Paul losging, dieser den Stich abwehrte und dem Albaner mit einem gewaltigen schnellen Fausthieb die Nase brach, während Wild Bill die Gelegenheit nutzen und auf die Polizisten schießen wollte, Rita ihn jedoch mit einem gezielten Schuss zu Boden streckte und sofort danach Sacajawea in Schach hielt, bevor diese auch noch auf dumme Gedanken kommen konnte. Minnewakan ergriff die Gelegenheit, sich auf die Seite der Gewinner zu schlagen, und eilte zu Betty Blue, um ihre Zügel zu schnappen und das Pferd stillzuhalten. Deo war bei Lorenz angelangt, zog ein Messer und schnitt den Strick über seinem Kopf ab. Lorenz fiel bäuchlings auf Deos Pferd. Als der Medizinmann ihn auf den Boden legte, die Schlinge entfernte und sofort damit begann, Lorenz seinen rettenden Atem zu spenden, hob sich der Brustkorb des Alten, dann begann er zu zucken, riss die Augen auf und holte tief Luft.

»Ich war's nicht«, stieß er hervor und musste husten.

»Wissen wir!«, rief Ella Kock. »Ich hätte nichts dagegen, wenn ihr jetzt auch meinen Kopf aus der Schlinge ziehen würdet!«

Sacajawea bekam von Rita einen Wink mit der Pistole und beeilte sich, Ella aus ihrer misslichen Lage zu befreien. Dann löste sie auch die Fesseln der anderen, bevor sie sich bereitwillig mit Minnewakan Schmitz zusammen Handschellen anlegen ließ. Paul kettete Kastriot, der von dem Fausthieb immer noch benommen war, dazu und untersuchte dann den regungslos daliegenden Wild Bill Hickok. »Guter Schuss«, kommentierte er. »Genau zwischen die Augen. Der hat nichts mehr gemerkt.«

»Genau wie ich«, meinte Lorenz. »Wusste nicht, dass mir so schnell am Strick die Luft ausgehen würde. Muss wohl an der mangelnden Fitness liegen. Ich werde wirklich zu alt für so etwas.«

»Höre ich da etwa ein wenig Hoffnung auf eine ruhigere Zukunft heraus?«, fragte Rita.

»Das wäre schön«, stimmte Bärbel zu. »So etwas Schreckliches ist doch nun wirklich nichts für uns.«

Lorenz betastete seinen brennenden Hals, wo der Strick einiges an Haut abgerieben hatte, und kommentierte: »Der in Ehren ergraute Ermittler beschloss, die weibliche Sorge vorerst ernst zu nehmen. Für diesmal reichte es sogar ihm.«

38. Kapitel

Auf dem Friedhof hinter der Kirche Sankt Johannes Baptist zu Nideggen herrschte eine verträumte Stille. Lorenz tastete nach Bärbels Hand, fand sie und freute sich über den Halt, den sie ihm gab. Benny suchte eine passende Stelle für das Gebinde, welches die Freunde mitgebracht hatten. Gustav half ihm, die Blumen richtig anzubringen. Als die beiden damit fertig waren, traten sie zu Lorenz und Bärbel zurück.

»Ruhe in Frieden, Frau Pottkämper – entschuldige, Friederike«, sagte Lorenz leise.

Benny meinte: »Sie ist ganz schön alt geworden, oder? Ob ihr das auch schafft?«

»Das kann man nie wissen«, antwortete Lorenz.

»Es ist auch nicht wichtig, besonders alt zu werden. Möglichst bis zum Schluss Herr seiner selbst zu sein, zufrieden und vielleicht sogar glücklich – das ist was.«

»Wohl wahr«, sagte Bärbel. »Können wir das etwa nicht von uns sagen? Ich glaube schon.«

»Ich auch«, meinte Gustav. »Wenn ich heute tot umfallen würde – es wäre in Ordnung.«

»Na ja, für dich vielleicht«, versetzte Lorenz. »Denkst du dabei auch an uns? Wir würden uns erschrecken, und dann müssten wir dich hier wegschaffen, nur um dich ein paar Tage später wieder herzubringen.«

»Lorenz!«, tadelte Bärbel. »Sag doch so was nicht. Denk mal an deine arme Enkelin. Die musste einen Menschen töten.«

»Sie kann das ab. Außerdem, dieser Kerl hat mindestens sieben Menschen auf dem Gewissen. Sacajawea hat alles gestanden, auch dass Wild Bill den armen Buck Schichterich erstochen hat.«

»Schrecklich, nicht wahr?« Bärbel lief ein Schauer über den Rücken, und sie drückte Lorenz' Hand fester. »Aber denk nur, bald wirst du Urgroßvater. Und die alte Frau Döring hat ihr Kind wiedergefunden.«

»Ja. Das gehörte auch zum Plan des weißen Zauberers. Ohne ihn wäre diese Sache nicht gut ausgegangen. Aber auch Deogratius hat nicht alles in seinen Träumen gesehen. Es war Buck Schichterich, der nicht nur um Wild Bills Kontakte zur Russenmafia wusste, sondern auch etwas über die wahre Herkunft seines alten Freundes Chisum erfahren hat. Da es aber nur Gerüchte waren, wollte er dies seinem alten Freund nicht offenbaren und zog Deo hinzu. Dass er ihm den Artikel über mich und Slotin schickte, war ein netter Zug von ihm. Der weiße Zauberer begann dann auf seine ihm eigene Art, die Strippen zu ziehen. Beim nächsten Fall hoffe ich allerdings, ohne afrikanische Magie auskommen zu können.«

»Beim nächsten Fall?« Bärbel sah Lorenz von der Seite mit großen Augen an. »Du bist einfach unverbesserlich!«

Benny lachte auf, sah wie um Entschuldigung bittend zum Grabstein der Friederike Pottkämper und meinte dann leise: »Natürlich ist er das, sonst wäre er doch nicht unser Opa Bertold!«

KBV KRIMINALROMAN

Stefan Barz

SCHANDPFAHL

AB SEPTEMBER 2014
Taschenbuch, 240 Seiten
ISBN 978-3-95441-188-7
9,50 EURO

Der Roman des neuen »Jacques-Berndorf-Preisträgers«

Ein Aufschrei geht durch die Eifel: Am historischen Pranger im Freilichtmuseum Kommern wird nachts ein Mann hingerichtet. Das Opfer ist der Bauunternehmer Andreas Berger – und niemand kann sich vorstellen, wer den beliebten, tief gläubigen Mann töten wollte. Schon kurze Zeit später wird ein weiteres Opfer an dem symbolträchtigen Schandpfahl aufgefunden. Gequält, erniedrigt, grausam getötet. Verbindet die beiden Opfer ein Geheimnis, von dem niemand etwas wissen durfte?
Der Schöngeist Jan Grimberg wird während seiner Polizei-Ausbildung in diesen Fall hineingeworfen und an die Seite des miesepetrigen Kommissars Ralf Steiner gestellt – sein neuer Mentor, der ihm auf Anhieb unsympathisch ist. Jan will sich in den Ermittlungen behaupten, wird von Steiner jedoch kaum ernst genommen.
Aber wirklich ernst wird die Lage für Grimberg erst, als seine neue Liebe Jenny ganz plötzlich ins Visier der Ermittler gerät, denn das ist diesmal … sein eigenes Visier.

Die Jury hat entschieden: »Schandpfahl« hat alles, was ein guter Eifelkrimi braucht!